ÉCHEC ET MAT AU PARADIS

"Domaine français"

Crédits des illustrations :
Page 30 : Jornal *Folha de Minas*, © Arquivo Público Mineiro ; page 240, 300 : © Casa Stefan Zweig, Petrópolis ; page 314 : Collection Agência A Noite, © Musée impérial / Ibram / MinC. Brésil ; page 332 : DR, avec l'aimable autorisation de Pedro Corrêa do Lago.


ISBN 978-2-330-19590-8

Sébastien Lapaque

# Échec et mat au paradis

récit

*ACTES SUD*

*Pour Kristina Michahelles.*

*J'ai appris que la dépression de Stefan n'était pas un cas isolé, mais avait touché plusieurs écrivains européens – et puis les avait quittés – les uns après les autres. Cela n'a pas consolé Stefan, mais en un sens cela m'a aidée, j'ai compris pourquoi les écrivains, à cause de leur imagination, et parce qu'il leur est possible de s'abandonner au pessimisme au lieu de travailler, sont plus susceptibles que d'autres d'être affectés par ce genre de dépressions.*

LOTTE ZWEIG,
2 décembre 1941.

Le 27 août 1941, Stefan Zweig, l'écrivain le plus imprimé et le plus lu dans le monde, a retrouvé le Brésil une dernière fois en compagnie de sa seconde épouse, Lotte Altmann. Privé de patrie depuis l'annexion de l'Autriche, il rêvait d'une autre terre, d'une vie nouvelle, loin du saccage nazi de l'Europe. Début 1942, ce conteur délicat est allé rendre visite au français Georges Bernanos, le romancier des ténèbres débarqué en Amérique du Sud en août 1938 et installé au sommet de la colline de la Croix-des-Âmes, à Barbacena, depuis septembre 1940. Le 23 février 1942, le suicide de Lotte et Stefan Zweig à Petrópolis a interrompu un dialogue qui aurait pu se prolonger. Je me suis interrogé de manière obsessionnelle sur cette mort d'un réfugié du nazisme dans un pays marqué par la dictature de l'État nouveau, longtemps allié de l'Allemagne hitlérienne. Qui a fait le coup ? Le contenu de la conversation entre le juif tenté par l'abîme et le catholique à la réputation d'antisémite m'a accaparé. Que se sont-ils dit, cette longue après-midi ? Au terme d'un quart de siècle d'enquête, je n'en sais presque rien. J'ai donc tout inventé.

## “Il faudra vaincre pourtant”

*Au milieu du mois janvier 1942, peut-être vers la fin, une chaude après-midi d'été austral, à Barbacena, sur les hauts plateaux du Minas Gerais, dans la grande salle à manger de la ferme de la Croix-des-Âmes. Des chaises paillées comme celles qu'on voit dans les églises sont disposées autour d'une longue table ; deux rangées de six et une treizième, au bout à gauche. Sur la droite, une fenêtre laisse passer une lumière jaune. Un bouquet de fleurs tropicales est posé dans un coin, sous une statuette de Notre-Dame de Lourdes. Un peu avant la fin de la conversation, la nuit va tomber comme un coup de hache. Installé sur une petite bibliothèque, sous un portrait du général de Gaulle, un poste de radio à lampes diffuse* Aquarela do Brasil, *un morceau un peu chauvin de* samba-exaltação *alors très en vogue.*

*Georges Bernanos apparaît, appuyé sur deux cannes, et marche difficilement jusqu'au poste de radio qu'il éteint. Il continue jusqu'au fond de la pièce et se retourne lentement. Stefan Zweig entre à son tour dans la salle à manger.*

GEORGES BERNANOS

*(Poursuivant une conversation qui a commencé à l'extérieur.)* Cette musique qu'on entend toute la journée,

dans la rue et dans les cafés… Lorsque je suis arrivé au Brésil, en août 1938, elle m'enchantait. Comme ces airs que sifflent les oiseaux dans les arbres. Ma joie a été de courte durée. À peine avais-je trouvé un peu de paix ici que les accommodements de Munich m'ont fait comprendre que les démocraties n'opposeraient rien d'autre qu'un opportunisme stérile au réalisme des dictatures. Aujourd'hui, ces mélodies sucrées sont incapables de dissiper ma tristesse. Certains jours, elles me font même horreur. Mais le carnaval les renouvelle. Et nous pouvons difficilement contester au peuple brésilien son allégresse enfantine.

STEFAN ZWEIG

*(Très bas.)* Une allégresse enfantine, vous avez raison.

GEORGES BERNANOS

Ce peuple aime tellement peu la guerre.

STEFAN ZWEIG

C'est vrai. Les gens sont pacifiques au Brésil, leur tempérament est doux, leurs enfants sont joyeux. Les femmes sont belles et les hommes amicaux entre eux. Je crois n'avoir jamais vu sur la terre un peuple aussi étranger au fanatisme. Mais cela importe peu… Je n'entends plus ni la musique, ni l'allégresse, ni rien d'autre. Cela fait de longs mois, que je n'entends plus rien. Même les airs que j'ai tant aimés autrefois se sont effacés en moi. Définitivement disparus, avec tout le reste.

GEORGES BERNANOS

*(Paternel.)* Ne dites pas “définitivement”.

STEFAN ZWEIG

*(Solennel.)* Définitivement, je vous le promets.

GEORGES BERNANOS

Même la musique de Schubert et de Mahler ?

STEFAN ZWEIG

Certaines nuits, je ne la retrouve qu'en rêve.

GEORGES BERNANOS

Vous viendrez l'entendre ici, à Barbacena. Nous avons dans notre ville un charmant petit orchestre qui s'installe tous les dimanches après-midi dans le kiosque à musique pour y interpréter des airs européens. Nous n'arriverons pas à faire jouer une symphonie à nos amis, mais je leur demanderai d'interpréter pour vous une sonate dans votre goût. Et des airs de Schubert et Mahler que vous aimerez. Vous verrez, quand les oiseaux du parc s'en mêlent, c'est charmant. Nous réserverons les valses de Strauss pour plus tard. Elles nous feront danser le jour de la victoire.

STEFAN ZWEIG

*(Pour lui-même.) Wer spricht von Siegen? Uberstehen ist alles.*

GEORGES BERNANOS

*(Surpris.)* Que dites-vous ?

STEFAN ZWEIG

Pardonnez-moi. Ce sont des vers de Rilke… Ils me reviennent soudain… *Qui parle de vaincre ? L'essentiel est de survivre.* Ils m'ont poursuivi tout au long de ma vie. Mais aujourd'hui, ils éclairent mon destin de manière nouvelle.

Il faudra vaincre pourtant ! Nous sommes confrontés à des méthodes de destruction de plus en plus efficaces. L'acceptation servile de la violence nous serait fatale… C'est le catholique errant que je suis, banni d'Europe par le mensonge, ayant trouvé asile au Brésil à la veille du hideux septembre de Munich, au moment où les Anglais et les Français se sont félicités de s'être entendus avec Hitler, qui ai bien l'honneur de le dire ici, dans cette maison de la Croix-des-Âmes, à ce fils d'Israël que vous êtes, chargé d'une douloureuse mission. Il faudra vaincre. Vous le savez. Hitler n'est pas un homme avec lequel il est possible de composer. La réorganisation de l'Europe selon l'esprit du nazisme ne laisserait rien indemne que nous pourrions aimer.

## Soleil, arrête-toi

Quarante-trois ans plus tard, à Brasília, le soleil brillait d'une façon nouvelle au-dessus du grand plateau de terre rouge couvert de savanes du centre du pays. Au lever du jour, les bentivis chantaient dans le jaune des ipés. Sur les bords du Paranoá, un lac artificiel imaginé comme un miroir du ciel, les marées de fleurs procuraient un sentiment de paix à ceux qui écoutaient les oiseaux siffler.

Ce 15 janvier 1985, la joie semblait habiter la ville devenue la capitale du Brésil en 1960. Janvier est pourtant un mois humide. Mais les habitants de Brasília, et tout le pays avec eux, ne voyaient que le soleil. Car ce jour, le Sénat et la Chambre des députés ont choisi un nouveau président de la République. C'était la première fois que des parlementaires désignaient ainsi le chef de l'État depuis la confiscation des institutions politiques par un coup d'État militaire, le 31 mars 1964. Cette transition donnait raison à Stefan Zweig, qui célèbre un art national de pratiquer les bouleversements constitutionnels dans un esprit de conciliation, sans effusion de sang, dans *Brésil, une terre d'avenir*, paru à la veille de son dernier séjour.

Fils du roi de Portugal João VI, le prince Pedro a proclamé l'indépendance du Brésil le 7 septembre 1822 sans qu'aucun coup de feu ne soit tiré, aux abords du rio Ipiranga, à São Paulo. Par son mariage avec Marie-Léopoldine d'Autriche, Pedro Ier était le beau-frère de Napoléon. Née à Vienne, son épouse a favorisé une première immigration allemande, suisse et autrichienne à l'intérieur de l'État de Rio de Janeiro, dans un paysage de collines et de rivières abondantes dévalant des montagnes auquel s'est attaché Stefan Zweig quand il a visité Petrópolis, le 22 août 1936, deuxième jour de son premier voyage au Brésil. Son destin était scellé.

Près de sept décennies après l'émancipation de la colonie brésilienne, Pedro II, second et dernier empereur du Brésil, a laissé choir sa couronne sans bruit pour céder sa place à un gouvernement républicain. C'était à Rio de Janeiro, le 15 novembre 1889. "Je suis fatigué, je vais me reposer", aurait dit le souverain avant de s'exiler en France, où il s'est éteint, le 5 décembre 1891, dans une chambre de l'hôtel Bedford à Paris. Près d'un siècle après sa mort, la transition entre les généraux putschistes et les parlementaires élus au suffrage universel a eu lieu à Brasília.

"Dès le matin, le soleil semblait à son zénith", m'a raconté Oswaldo Saldanha, à Belém, à l'embouchure du rio Pará, des années plus tard. "Je me souviens d'une lumière jaune sur le fleuve, de grands oiseaux dans le ciel." Il m'importait peu de savoir si les souvenirs météorologiques d'Oswaldo correspondaient à la réalité. Le fait est qu'il avait conservé en mémoire le ciel bleu d'un grand beau temps. Avec ses camarades, Oswaldo a vu le Brésil changer de couleur.

À l'époque, il servait dans le bataillon de la garde présidentielle. Sur la photographie qu'il m'a montrée, sa tunique bleue, sa ceinture rouge, son pantalon blanc et son shako à aigrette le faisaient ressembler à un soldat de plomb. L'armée, c'était une tradition, dans la famille. En 1944, Euclides, son père, s'était engagé dans le corps expéditionnaire brésilien pour aller se battre en Europe. Il en était revenu avec des blessures et une médaille de carnaval. Il était fier de cette décoration, cependant. J'ai passé une après-midi dans l'appartement où il vivait avec son fils dans un quartier populaire, près du long fleuve aux eaux jaunes. Je me souviens de leur perroquet capable de siffler l'hymne brésilien. À un moment, le père d'Oswaldo s'est levé de son fauteuil avec difficulté, a ouvert un tiroir rempli de vieux souvenir et retrouvé son ruban.

À Brasília, en admirant les bâtiments du Congrès par la fenêtre d'un taxi qui remontait à toute allure la via N1 vers l'herbe pelée du terre-plein central, je me suis rappelé la journée du 15 janvier 1985 telle que me l'a racontée Oswaldo. Édifié au bout de l'Axe monumental, sur la place des Trois-Pouvoirs, le Palácio do Congresso Nacional est l'œuvre d'Oscar Niemeyer, l'architecte agnostique qui dessinait des cathédrales. Il associe une coupole concave et une coupole convexe séparées par deux tours jumelles. Cette dualité exprime les intermittences du consentement populaire dans un régime d'élections libres. En août 1959, ce bâtiment a émerveillé André Malraux, chantre de l'espoir et ministre chargé des Affaires culturelles du général de Gaulle, lors de sa visite du chantier de Brasília… “Audace, énergie, confiance… Ce n'est pas votre devise officielle, mais c'est peut-être celle que vous donnera la postérité.” Depuis l’installation à la tête de l’État de Juscelino Kubitschek, en janvier 1956, une ère nouvelle semblait s’être ouverte.

Le 7 septembre de la même année, le jeune Pelé, âgé de 15 ans, a joué son premier match professionnel avec l’équipe de Santos et marqué un but contre les modestes Corinthians de São Bernardo do Campo ; au même moment, l’enregistrement de la tragédie *Orfeu da Conceição*, une transposition du mythe grec dans les favelas de Rio écrite par Vinícius de Moraes et mise en musique par Tom Jobim, étendait au pays entier la renommée des deux artistes ; à la librairie Leonardo da Vinci, avenida Rio Branco à Rio de Janeiro, les lecteurs réclamaient *A Fugitiva*, la traduction du sixième tome de *À la recherche du temps perdu* de Marcel Proust, due au poète moderniste Carlos Drummond de Andrade ; à Salvador, mille deux cents kilomètres plus au nord, le romancier Jorge Amado, éclairé par l’écrasement des insurgés de Budapest, ne tarderait pas à tourner la page de ses années staliniennes ; en 1958, *Gabriela, girofle et cannelle* ferait taire la langue de plomb du léninisme pour laisser résonner la langue d’oiseau du peuple brésilien et entendre son chant le plus pur ; au mois de juin de la même année, la *Seleção* emmenée par Garrincha, Didi, Pelé, Vavá et Zagallo rapporterait de Suède sa première coupe du monde de football.

“Cinquante ans de progrès en cinq ans”, avait promis Juscelino. Deux années avant l’arrivée au pouvoir de John Fitzgerald Kennedy à Washington, JK, un médecin de formation qui s’est fait connaître dans les assemblées parlementaires de Rio de Janeiro par son style sans apprêt et son éloquence nouvelle, utilisait avec habileté la radio et la télévision pour s'adresser directement aux couches inférieures de la société.

Le nouveau président portait le nom de sa mère, la petite-fille d'un charpentier tchèque arrivé en 1830 dans le Minas Gerais, un État agricole de l'intérieur des terres, dans le Sud-Est du pays, où l'on a découvert de l'or en quantité fabuleuse à la fin du XVIIe siècle. Il était fatalement hanté par le grand songe d'une *Mitteleuropa* dont les exilés chassés par toutes les folies de l'histoire avaient fait un paradis perdu d'harmonie, de tolérance et de paix. Cette nostalgie est l'étoffe même du *Monde d'hier*, l'autobiographie de Stefan Zweig rédigée aux États-Unis au début de l'été 1941, corrigée et terminée au Brésil, peu de temps avant son suicide. Les récits de sa mère avaient peut-être rendu Juscelino sensible à cette *saudade* d'un genre un peu particulier que l'on nomme *Sehnsucht* en allemand, sans chercher d'équivalence. Il y a de l'intraduisible dans toutes les langues de la terre. Hitler mort, Staline mort, Vargas mort, les admirateurs de Salazar et Franco étaient moins nombreux au Brésil. On parlait du mouvement des non-alignés, d'une troisième voie possible entre l'Amérique des trusts et la Russie des Soviets. Ce jeune président semblait capable d'inventer, jour après jour, une nouvelle façon de faire de la politique, fidèle à un programme qu'avait esquissé Stefan Zweig dans un discours prononcé en 1936.

"Quelle vitalité, quel dynamisme dans votre histoire, et que votre nature est belle, extraordinairement belle dans sa diversité insaisissable, comparable en cela aux plus splendides paysages de ce monde ! – oui, pour employer un terme commercial, vous regorgez de matières premières, comme aucun autre pays de cette terre.”

C’était à l’Académie brésilienne des lettres, lors de son premier séjour au Brésil. En Europe, la guerre d’Espagne venait de commencer, mais l’Allemagne n’avait pas encore annexé l’Autriche. En Éthiopie, l’emploi de grenades à l’arsine et de bombes à ypérite par l’artillerie et l’aviation fascistes n’empêchait pas l’Italie d’être toujours regardée comme un allié potentiel par la France et l’Angleterre. Au Brésil, Getúlio Vargas, élu à la tête d’un gouvernement constitutionnel par le Congrès national en 1934, n’avait pas encore instauré le régime dictatorial de l’*Estado Novo*.

En route pour l’Argentine où il était attendu à un congrès d’écrivains, Stefan Zweig avait fait une courte halte au Brésil en quête d’un monde plein de lendemains.

“Aucune autre nation n’a l’avenir qui vous est donné et vous aurez été pour le reste du monde un précurseur, un guide spirituel, un maître. Si l’envie n’était pas un sentiment vil auquel chaque esprit humain se doit de rester inflexiblement fermé, nous devrions vous envier cette conscience merveilleuse d’être portés par l’élan, par l’essor d’une nation tout entière au-devant d’un avenir prodigieux.”

L’histoire des hommes est ainsi faite de moments d’optimisme vibrant et de longs mois d’accablement, parfois de périodes lourdes et pleines de misères. Vers la fin de sa vie, du 21 août 1936 au 22 février 1942, Stefan Zweig a séjourné à trois reprises au Brésil où il a vécu au total 319 jours, soit moins d’un an, avant de se tuer.

Après l'Anschluss, en mars 1938, il a eu de plus en plus de mal à trouver la paix et à se figurer un avenir possible pour une humanité dévastée par les idéologies.

Cet avenir s'est écrit, pourtant. L'histoire brésilienne a continué, heureuse et malheureuse, avec ses grands moments et ses effondrements. En août 1942, le pays est entré dans la guerre aux côtés des Alliés, six mois, jour pour jour après le suicide de Lotte et Stefan Zweig. De 1946 à 1964, une nouvelle constitution démocratique et fédéraliste a été mise en place. Juscelino Kubitschek a été élu président de la République, Brasília a été construite. Et après deux décennies de dictature militaire, la démocratie a été rétablie, en 1985, sans que ne soit tiré aucun coup de feu dans la foule. La vie politique telle que la rêvait Stefan Zweig, orphelin d'un long siècle européen de sécurité collective, d'équilibre et de paix, de 1815 à 1914.

C'est en l'inscrivant dans un demi-siècle, de 1936 à 1985, que j'ai compris l'histoire d'amour compliquée de Stefan Zweig avec le Brésil. Car il s'agit d'amour, avec tout le poids de tragédie qui peut être lié à ce sentiment, surtout chez un héritier du romantisme, un fils de Goethe, le poète des rêves sans limites, lui aussi fasciné par le Brésil dont lui avaient parlé des naturalistes et des explorateurs de son temps.

Dans cette histoire revient sans cesse Georges Bernanos, le cavalier français, romancier de l'angoisse et de la foi, fixé au Brésil de septembre 1938 à juin 1945, après une folle expédition de trois semaines en Argentine et au Paraguay. En août et septembre 1940, Zweig et Bernanos se sont croisés, sans se rencontrer, à Belo

Horizonte, la troisième ville du pays, alors peuplée de cent cinquante mille habitants, dont le futur président, Juscelino Kubitschek, était devenu le nouveau maire en avril. Les chars du général Guderian s'apprêtaient à enfoncer les lignes françaises dans les Ardennes. Avant que la rupture de la ligne Maginot ne soit annoncée au Brésil comme une tragédie, faisant pleurer des garçons vachers croisés par Georges Bernanos, les architectes et les urbanistes appelés à Belo Horizonte par le nouveau maire ont tracé des avenues, érigé des bâtiments et édifié le complexe de Pampulha, une audacieuse préfiguration de Brasília, appuyée sur les capacités infinies du béton, les volutes des églises du Minas Gerais et la courbe merveilleuse des collines.

Georges Bernanos, qui a séjourné dans la capitale du Minas Gerais dès le mois de juin 1939, a peut-être eu l'occasion de s'aventurer sur les chemins de sable rouge de cette cité futuriste édifiée en béton blanc autour d'un lac artificiel entouré de jardins aux courbes souples et lyriques, classiques et sauvages à la fois, dessiné par Roberto Burle Marx. Connu dans le monde entier grâce aux mosaïques ondulantes des promenades de Copacabana et d'Ipanema à Rio, l'inventeur du paysage moderniste brésilien se souvenait d'une fête organisée à São Paulo en l'honneur de Stefan Zweig par son père Wilhelm, un Allemand né à Trèves, immigré au Brésil en 1895.

Mais il n'a pas connu Georges Bernanos, peu accessible à l'idée de jardin d'acclimatation. Il n'était pour lui de jardin qu'au paradis. Ou à Gethsémani en souvenir du lieu où Jésus s'est rendu le soir de son dernier repas, au pied du mont des Oliviers, pour engager la dernière lutte de son âme contre la mort. Un épisode qui obsédait l'écrivain… "Interrogez vos forces. Qui entre à Gethsémani n'en sort plus. Vous sentez-vous le courage de rester jusqu'au bout prisonnière de la Très Sainte Agonie ?" demandera la prieure dans *Dialogues des carmélites*.

En hébreu, *gethsémani* signifie pressoir. Après l'effondrement de 1940, l'écrivain a eu l'occasion de songer à cette origine. Entre juin et août, ce paladin démonté a vécu des semaines d'écrasement à Belo Horizonte. Il séjournait au Palácio Hotel, un bâtiment de l'avenida Afonso Pena à plan carré d'architecture néocoloniale, à la façade constituée d'arcades de style romain couronnée d'un fronton circulaire. "Je ne me sens plus ici un exilé", confiait-il à ses amis. Il avait pris ses habitudes au Café Nice, sur la praça Sete, un établissement fréquenté par les écrivains et les poètes, les hommes politiques et les avocats, les journalistes et les diplomates.

Quand je me suis arrêté dans cette brasserie, en novembre 2002, elle avait beaucoup changé. J'ai cherché le visage de Bernanos sur les photographies accrochées aux murs. Mais personne ne se souvenait de son passage. Comme aucun garçon du Grand Café de la Rade, quai Cronstadt à Toulon, ne se rappelle aujourd'hui que c'est dans cette brasserie, affectionnée par les cols bleus et les pompons rouges de la marine nationale, qu'a été rédigé *Les Grands Cimetières sous la lune*, en 1937.

Le 21 août 1940, Stefan Zweig a retrouvé le Brésil quatre ans après son premier voyage. À cette date, cela faisait trois semaines que Georges Bernanos avait quitté Rio pour Belo Horizonte. Et cet éternel vagabond n'était déjà plus au Palácio Hotel, le 24 septembre, quand son aîné autrichien a posé le pied dans l'état du Minas Gerais, avant de prendre un chemin sinueux pour courir d'Ouro Preto à Congonhas, en songeant au livre qu'il voulait consacrer au Brésil. "Le voyage de Belo Horizonte à Ouro Preto est comme un retour de l'avenir dans le passé. La route à elle seule rappelle éloquemment le passé : le terrain glaiseux, rouge foncé, se transforme au soleil en poussière étouffante, et sous la pluie en une boue marécageuse. Comme hier, il n'est pas encore aisé de se rendre au pays de l'or".

Depuis l'aéroport Santos-Dumont de Rio, Stefan Zweig a effectué un vol en avion d'une heure et demie à bord d'un bimoteur Lockheed de la compagnie Panair do Brasil avant d'atterrir sur la courte piste de l'aéroport Pampulha de Belo Horizonte. Depuis Pirapora, par le chemin de fer, Georges Bernanos avait mis seize heures, trois mois plus tôt. Ce pèlerin de l'absolu ne s'est jamais laissé émerveiller par le paradoxe technique de la contraction des distances. Pour lui, la question n'était pas d'aller le plus vite possible, mais de savoir où il allait. "Aller vite ? Mais aller où ?" demandait-il aux étudiants brésiliens en 1944. "Gagner du temps n'est pas toujours un avantage… Lorsqu'on va à l'échafaud, par exemple, mieux vaut y aller à pied…" Il est un usage de la lenteur qu'il a éprouvé longtemps avant l'effondrement postmoderne des idéologies de la force, de la violence, de la vitesse et de la machinerie. Malgré une formation de pilote de guerre sur un biplan Farman à moteur Renault en mars 1917, ce chercheur d'âmes a toujours préféré les trains aux avions. Au début des années 1920, c'est dans des wagons de la Compagnie des chemins de fer de l'Est, qui reliait Paris à Strasbourg, Metz, Nancy et Mulhouse, qu'il a écrit *Sous le soleil de Satan*, son premier roman. Il aimait la rumeur des gares, le *tadac-tadoum* des roues sur les rails, le sifflet des locomotives comme il affectionnait le ronronnement sauvage des motos. À la manière d'un enfant.

Avions, paquebots, trains, automobiles, chevaux : les moyens de transport ont une grande importance dans cette histoire qui se déploie entre l'Europe, l'Amérique du Nord, l'Amérique du Sud, trois continents auxquels il faut ajouter l'Afrique, puisque c'est depuis Alger qu'Edmond Charlot, l'éditeur d'Albert Camus, a fait connaître en Europe certains textes brésiliens de Georges Bernanos, et puisque c'est en Tunisie, à la fin de sa vie, que le vieil aventurier de Dieu épuisé a rédigé *Dialogues des carmélites*, une pièce dont le drame évoque celui qu'a restitué Stefan Zweig dans sa biographie de Marie-Antoinette, l'Autrichienne au cou coupé par la guillotine.

Les deux écrivains ont beaucoup voyagé en train, par le moyen de l'Estrada de Ferro Central do Brasil, qui reliait alors par un réseau très dense les trois États voisins du Sud-Est du Brésil : celui de Rio de Janeiro, celui de São Paulo et celui du Minas Gerais, qui s'étend à l'intérieur du pays vers le plateau central. Avant de se rencontrer à Barbacena, au début de l'année 1942, ils auraient pu se heurter sur le quai d'une gare de Rio ou de Belo Horizonte. C'est étonnant de penser que ces deux exilés qui ont fini par se trouver face à face dix-huit mois plus tard, se sont croisés une première fois sur les routes du Minas Gerais tandis qu'à Vichy, le maréchal Pétain durcissait de sa main de vieillard le projet antisémite du statut des Juifs.

## Les beaux yeux noirs de Lotte

Dès les premières pages, ce récit pourrait devenir l'histoire de leur vie telle qu'elle aurait pu changer de cours si le murmure d'un ange les avait poussés l'un vers l'autre, l'un contre l'autre, un jour de septembre 1940. Si Stefan Zweig et Georges Bernanos s'étaient rencontrés à Belo Horizonte, que se seraient-ils dit ? Et que serait-il advenu ? L'hypothèse de cette entrevue fortuite n'a rien d'incongru. Après son installation à Barbacena, à cent cinquante kilomètres au sud de Belo Horizonte, Georges Bernanos est souvent revenu dans la capitale cubiste du Minas Gerais, quelquefois pour rencontrer Juscelino Kubitschek. Le futur président de la République avait étudié la médecine à Paris, il était francophone et francophile. Le romancier français a probablement été mis en contact avec lui par João Gomes Teixeira, le chef de cabinet du secrétaire à l'Éducation de l'État. Il s'est lié à ce fonctionnaire régional surnommé Teixeirão, déjà un opposant à Getúlio Vargas en juin 1939, à l'époque où il s'apprêtait à filer vers Pirapora et les profondeurs du Minas Gerais pour y acheter un troupeau de zébus. Dès cette époque, cet homme de devoir l'a fidèlement soutenu dans ses aventures agricoles, même les plus hasardeuses, même les plus folles.

Au Café Nice de la praça Sete, en novembre 2002, je n'ai pas retrouvé le regard vif-argent de Georges Bernanos en scrutant les vieilles photographies en noir et blanc accrochées dans des cadres graisseux sur des murs couverts de carrelage. Mais une coupure du quotidien *Estado de Minas* datant de 1979, l'année de la mort de João Gomes Teixeira, reproduisait une photo de l'ami de Georges Bernanos, assis à une table avec un homme à sa droite, les coudes devant lui, les yeux vifs, plissés par le bonheur, heureux d'être là. Son visage m'était connu, je ne pouvais pas me tromper sur son identité. "On suppose que le dîner a eu lieu pour accueillir Stefan Sweig *[sic]* et son épouse Lotte de passage à Belo Horizonte", indiquait le texte.

Assise de l'autre côté de la table, Charlotte Elizabeth Altmann est photographiée de dos. Ce n'est pas le moindre maléfice de cette histoire où la jeune femme est souvent apparue sans mots ni visage. Élégamment coiffée, elle porte une robe et un chapeau noirs, mais on ne voit pas son sourire, mélancolique et beau sur les clichés de l'époque. En 1936, Stefan Zweig est venu seul au Brésil et y a mené une vie de garçon. Le soir, en compagnie de son éditeur Abrahão Koogan désireux de lui faire découvrir les attraits des plus aimables Brésiliennes, il est allé visiter la Zona do Mangue, le quartier des plaisirs à Rio, entre la place Onze et la plage de Caju, où trois mille prostituées à la chair lasse et au cœur lourd attendaient les clients dans des *barracões de zinco*, des cabanes en tôle déglinguées célébrées par le cinéma et la chanson populaires. L'écrivain s'est dit heureux d'y avoir observé les Nègres aller chez les Blancs et les Blancs chez les Nègres, sans aucun préjugé de race.

Sensible à la peau satinée des Indiennes, aux cheveux bouffants des Noires, il s'est persuadé qu'il visitait une Terre sans mal, où le corps des femmes se vendait sans contrainte et s'achetait sans péché. Même celui des *Polacas*, ces jeunes filles juives chassées de Lituanie, de Pologne et d'Ukraine par les pogroms, soumises à une routine d'exploitation et d'humiliation par la mafia qui les avait prises en otage... Dans leurs regards, certains auraient vu le spectacle d'une détresse hantée par la violence et la terreur. Au fond des yeux de ces roses de Sion changées en bêtes de proie, Stefan Zweig a cueilli la promesse des plus excitantes perversions.

Quand il a retrouvé le Brésil, en août 1940, anéanti par l'arrivée des blindés allemands sur le rivage atlantique et les plages de la mer du Nord, obsédé par la possibilité d'un débarquement de légions nazies en Angleterre, ce promeneur insomniaque ne songeait plus au spectacle des filles de la Mangue – un quartier disparu du littoral de la baie de Guanabara qui tenait son nom de la mangrove, ce marais malsain de la zone intertropicale. Stefan Zweig était accompagné de Lotte, de vingt-sept ans sa cadette, épousée le 6 septembre 1939, en Angleterre, après son divorce avec Friderike von Winternitz, sa première épouse – un témoin à écarter pour tout ce qui concerne sa rivale. Charlotte Elizabeth Altmann n'était pas simplement la secrétaire de l'écrivain vieillissant, tourmenté par l'approche de son soixantième anniversaire. Quand sa droite flanchait, quand il devenait mélancolique, privé de la force de vie qui lui permettait de créer des mondes, elle lui a prêté sa main, jusqu'au jour où ils sont entrés ensemble dans les ravins de la mort.

Née en Prusse orientale en 1908, cette jeune femme éduquée a grandi à Francfort, où son arrière-grand-père maternel, Samson Raphaël Hirsch, était un rabbin de sensibilité orthodoxe, un homme d'intimité avec le Très-Haut et avec les livres saints, très respecté en son siècle. À Kiel et Berlin, puis à Francfort, elle a étudié les langues étrangères, l'économie politique et même la sténodactylographie. Avant d'être chassée de l'université allemande par la politique d'aryanisation des nazis en 1933 et de trouver refuge en Angleterre avec son frère Manfred, médecin, Lotte voulait devenir bibliothécaire. Vive, sensible, cultivée, parlant couramment l'allemand, l'anglais et le français, possédant quelques notions de yiddish, elle est devenue l'assistante de Stefan Zweig au printemps 1934. L'écrivain a-t-il songé qu'elle portait le même prénom que la femme dont l'inaccessible beauté pousse le jeune Werther au suicide dans le roman de Goethe qui a provoqué tempête et passion dans toute l'Europe ? Lotte Altmann avait elle aussi une âme sensible, un cœur noble, une joie enfantine malgré une expérience précoce de la dureté du monde. Pour son malheur, souffrant depuis l'enfance d'exacerbations aiguës de l'asthme, elle était saisie par des crises violentes et répétées, souvent nocturnes, qui la poussaient à chercher l'air, anxieuse, comme si elle était en train de se noyer. De longues heures d'épouvante pour ses proches et le trop sensible Stefan Zweig.

D'un physique cependant agréable, grande, mince, Charlotte Elizabeth Altmann avait de l'agrément et bien de l'esprit. Ses yeux et ses cheveux étaient noirs, comme ceux l'héroïne de Goethe, elle-même inspirée d'une autre Lotte que le jeune littérateur a rencontré à Wetzlar, au nord de Francfort où il est né en 1749... Ah, les beaux yeux noirs de Charlotte Buff... *Lottes wunderschöne schwarze Augen*... Deux photographies prises par l'écrivain de la femme qui l'accompagnerait dans la mort, l'une en Angleterre, en septembre 1934, l'autre à Monte Carlo, en décembre, prouvent que ceux de la réfugiée allemande l'ont percé jusqu'au fond du cœur.

*"J'aimerais penser que je vous manque un peu"*, lui écrivait-il déjà en mars 1935. Ensemble, ils avaient mené à bien un travail de composition et de révision de la biographie de Marie Stuart. Il est possible que le biographe ait songé à sa secrétaire en faisant son portrait : une jeune reine de vingt-quatre ans au teint pâle, aux yeux de biche d'un noir profond, belle comme un lys svelte et à peine éclos. L'existence n'a cependant pas préparé les mêmes malheurs à ces deux créatures tragiques que Stefan Zweig enferme avec une naïveté déconcertante dans l'archétype de la femme-enfant, sans voir qu'elles ont vécu une vie nécessaire,

aventureuse et dangereuse, les yeux ouverts. Intelligente mais perfide, soumise aux convenances, écoutant trop son cœur, sa Marie Stuart est incapable de se libérer du cycle maléfique de la jalousie, de la trahison, du meurtre, de la vengeance et des passions. Même quand il est exprimé en lieux communs masculins, le meilleur du livre tient à la charge presque érotique de son face-à-face avec Elizabeth, *the Virgin Queen*, dans l'opposition des deux reines, qui fait de Marie Stuart une héroïne martyre.

Après *Marie Stuart*, il y a eu d'autres livres, dictés dans les chambres d'hôtel, à proximité d'un lit défait où le *Großschriftsteller*, le Grantécrivain dont le romancier autrichien Robert Musil venait de proposer une typologie dans son roman *L'Homme sans qualités*, n'a pas tardé à donner l'assaut à sa secrétaire. Au début de l'année 1935, revenue à l'improviste à l'hôtel Westminster de Nice où séjournait Stefan Zweig, Friderike l'a surpris dans les bras de sa proie. Ils étaient mariés depuis quinze ans, ils en ont mis quatre à se séparer, des mois interminables emplis de cris, de menaces et de procédures qui ont ajouté au légitime désespoir de l'écrivain

Dès lors, Stefan Zweig a librement voyagé en compagnie de Lotte. À ses correspondants, il a confié son sentiment de revoir une jeunesse et de retrouver sa liberté d'étudiant. "Même une jeune femme se montre bonne avec moi qui ai cinquante-trois ans !" écrivait-il dès le mois de mai 1934 à son ami Joseph Roth, peintre tragique et délicat des derniers feux de la fête impériale à Vienne. À celle qui est devenue sa seconde épouse, il a dû sa grande créativité pendant ses huit dernières années. C'est avec Lotte, dans sa lumière, qu'il a rédigé une suite de monographies consacrées à Sébastien Castellion, Magellan, Amerigo Vespucci, Balzac, Montaigne… Qu'il a bouclé *Brésil, une terre d'avenir*… Qu'il est venu à bout du *Monde d'hier*, sa géniale autobiographie… Qu'il a continué à écrire des nouvelles, comme le merveilleux *Chandelier enterré*… Qu'il a donné son unique roman complet, *La Pitié dangereuse*, et son chef-d'œuvre, *Le Joueur d'échecs*… Sans oublier des lettres, des articles plus rares et d'innombrables conférences.

Sur la photographie prise à Belo Horizonte en septembre 1940, Lotte Zweig apparaît de dos. Mais, après six ans passés aux côtés de Stefan Zweig, elle jouait un rôle majeur dans son existence, femme, amie, amante, confidente, enfant parfois, secrétaire, partenaire aux échecs. Au Brésil, elle s'est d'abord sentie très heureuse dans la compagnie des ministres et des ambassadeurs, avec sa photographie dans tous les grands journaux et des admirateurs qui lui faisaient porter des fleurs. "Rio est aussi beau que Stefan me l'avait promis", s'émerveillait-elle deux jours après leur arrivée. C'est elle, la première, qui a souhaité apprendre la langue portugaise, décidée à parler à tous, refusant de jouer le rôle de femme silencieuse que son mariage avec un écrivain à la renommée universelle semblait lui avoir assigné.

Ainsi, lors du dîner au Minas Tennis Club, où les rires étaient si gais et les paroles si fraîches. Que se sont-ils dit, avec João Gomes Teixeira, l'homme vêtu de drap clair assis au milieu, à droite de Lotte ? Ce célibataire excentrique, enjôleur et lettré, connaissait Georges Bernanos lorsqu'il a rencontré Stefan Zweig. Il aurait pu provoquer une entrevue entre les deux hommes, connaissant le sentiment du Français, tel qu'il l'a exprimé de manière ferme, publique, assurée, dès la fin du mois de juillet, dans une lettre adressée à l'ambassadeur de France à Rio :

*Si je suis l'adversaire du gouvernement de M. Philippe Pétain, c'est que – quelles que soient ses préférences secrètes – il a parié sur la victoire totalitaire et j'ai parié sur la défaite totalitaire. La nouvelle politique de la France – paraît-elle à M. Philippe Pétain nécessitée par les circonstances – ne peut que consolider la position de l'Allemagne en Europe. L'organisation totalitaire de l'Europe se fera non seulement contre mon pays, mais contre la tradition et les intérêts vitaux du peuple anglais et du peuple américain, qui est le puissant allié du Brésil.*

Que se seraient dit Stefan Zweig et Georges Bernanos si João Gomes Teixeira les avaient réunis au Café Nice ou au très chic restaurant du Minas Tennis Club ? Ils auraient sans doute évoqué leurs capacités à parier sur l'avenir. Puis ils auraient peut-être parlé ensemble de l'unité parfaite de Belo Horizonte, ville utopique, sans scories, née non pas de la vie, mais d'une idée de la vie. L'écrivain autrichien s'est dit émerveillé par ce chef-d'œuvre de l'artifice humain, parfaitement conçu. Pour lui, cette capitale nouvelle était emblématique d'un pays qui avait moins de passé mais beaucoup plus d'avenir que les vieilles nations européennes, épuisées par une idéologie où son éducation philosophique dans l'université viennoise de la Belle Époque l'empêchait de voir un fruit empoisonné de l'idéalisme allemand.

Densité, diversité, circulation, largeur des avenues, hauteur des bâtiments… Stefan Zweig aimait raconter les villes. À Belo Horizonte, centre de colonisation et d'irradiation vers le grand *sertão* du Minas Gerais, il a observé une aventure humaine qui se reproduirait à Brasília, vingt ans plus tard, avec le même maître d'ouvrage, Juscelino Kubitschek, le même architecte, Oscar Niemeyer et le même paysagiste, Roberto Burle Marx, pour inventer un dialogue entre l'homme et la nature. "Ni sa forme ni son expansion future n'ont été laissées au hasard, chaque quartier a ses attributions, chaque rue sa largeur prévue, chaque édifice officiel son emplacement. De même que Washington, Belo Horizonte est le résultat d'une entreprise bien calculée et exemplaire, sans intrusion du passé et avec le seul souci de l'avenir. D'immenses diagonales traversent le cercle que forme la ville, dans une ordonnance savamment calculée et prévue. Les bâtiments officiels se trouvent au centre, de larges bandes de gazon conduisent les avenues symétriques vers la banlieue. La beauté de Belo Horizonte réside dans la clarté de ses lignes."

Comme en 1936, Stefan Zweig était reçu en hôte de marque au Brésil. Rencontra-t-il Juscelino Kubitschek en septembre 1940 ? Il en serait resté une photographie. L'image de pays de l'avenir popularisée à propos du Brésil par le témoin du monde d'hier, conscient du balancement dialectique entre les deux expressions, était accordée aux conceptions du maire de Belo Horizonte. Dans l'euphorie du retour à la démocratie, après 1945, et d'une nette victoire électorale, en 1955, un an après le suicide du dictateur Getúlio Vargas, cet homme plébiscité par les classes populaires n'a cessé de raconter l'histoire du futur à son peuple. "De ce haut plateau central, de cette solitude qui sera bientôt le cerveau d'où partiront les hautes décisions nationales, je jette un regard, une fois de plus, sur l'avenir de mon pays et j'entrevois cette aurore avec une foi inébranlable et une confiance sans limite dans la grandeur de son destin." Malraux lui a répondu en frappant son geste bâtisseur du sceau de l'universalisme. "Sachons-nous unis par un avenir fraternel plus encore que par un passé commun. Vous avez eu raison, aux heures les plus sombres de ne pas désespérer de nous, puisque aujourd'hui le général de Gaulle, qui a trouvé toutes les blessures de mon pays dans son héritage, retrouve malgré ces blessures le langage séculaire de la France, pour rappeler au monde que « c'est l'homme qu'il s'agit de sauver… » Puissions-nous contribuer à les effacer, puissions-nous créer une civilisation qui ressemble à notre espoir, et qui, la première, mette toutes les grandes œuvres de l'humanité au service de tous les hommes qui les appellent…"

C'est ainsi qu'André Malraux, porte-parole autorisé du général de Gaulle, surgit à nouveau dans cette histoire, avec ses tics, ses songes, sa cigarette. À son arrivée à l'aéroport Santos-Dumont de Rio, le 24 août 1959, salué par les éditoriaux de la presse nationale, il a fait résonner de manière nouvelle la prophétie de Stefan Zweig. Dix-sept ans auparavant, cette parole n'avait pas été entendue par tous : "Ce que vous êtes pour nous, c'est le pays de l'espoir. Et le monde a besoin d'espoir." Pour finir, le ministre français, nimbé de son prestige d'écrivain, a évoqué Georges Bernanos et salué ses hôtes avec les mêmes mots que le Viennois aux millions de lecteurs à l'Académie brésilienne des lettres, en 1936 : "Merci au Brésil."

Le lendemain, jour de la Saint-Louis, l'ancien colonel des Brigades internationales et des Forces françaises de l'intérieur dans les maquis de Corrèze, de Dordogne et du Périgord s'est rendu à Brasília en construction. En réponse au discours de bienvenue du président Kubitschek, il a célébré la métropole conceptuelle sortie en quelques mois du *sertão* aride du Goiás comme le symbole d'une civilisation nouvelle.

"Cette Brasília sur son plateau géant, c'est un peu l'Acropole sur son rocher !"

Après Stefan Zweig, après Georges Bernanos, André Malraux a lui aussi senti que le Brésil avait besoin de rêveurs. En observant les armées de bulldozers lancés à la conquête de la nature vierge, il a eu le sentiment d'assister à la résurrection de l'espérance. Il n'avait pas le moindre doute sur le caractère génial de l'œuvre nouvelle de Juscelino Kubitschek, entreprise dans le Minas Gerais et poursuivie à Brasília. Tout à son lyrisme et à ses prophéties, il n'a pas entendu les Brésiliens qui n'étaient pas conquis par l'édification d'une nouvelle capitale en plein désert.

À un dialogue imaginaire entre Georges Bernanos et Stefan Zweig, en septembre 1940, à Belo Horizonte, il faudrait associer la conversation entre le polémiste infatigable et l'ancien compagnon de route des communistes chinois, telle qu'elle a eu lieu, à Paris, à l'automne 1945 – ou telle qu'elle aurait pu avoir lieu, n'importe. À son retour d'exil, la conversation de Bernanos devait être traversée par de vivants tableaux. La douceur merveilleuse de Rio, les collines verdoyantes de Barbacena, les rues tracées en damier de Belo Horizonte, les confins du *sertão*, la savane infinie… Face à Malraux, qu'il a rencontré à plusieurs reprises, notamment à La Boisserie, la résidence de campagne du général de Gaulle en Haute-Marne, ce prophète extralucide a probablement fait entendre une note critique. Il y a, dans le quadrillage de la première ville moderne rêvée par Juscelino Kubitschek, et dans les paraboles dessinées par Oscar Niemeyer, quelque chose qui ne pouvait pas le satisfaire. Je ne sais quoi d'arrogant dans le béton agressif et dans le plan de la ville que ne parviennent pas toujours à égayer les tableaux jardinés de Burle Marx.

Il n'a cependant laissé aucun texte à ce propos. Son Brésil intime est plus rural. Ce témoin des abîmes de la condition humaine était tout le contraire d'un écrivain voyageur. Les choses vues, chez lui, le sont toujours de l'intérieur. "Votre peuple grandit comme un arbre, ou se compose comme un poème, par une sorte de nécessité intérieure, auquel le monde moderne ne comprend absolument rien, parce que, précisément, il n'a pas de nécessité intérieure ; parce qu'il s'impose du dehors, qu'il est une victoire monstrueuse, éphémère, de l'activité désordonnée des hommes sur la Nature et sur l'homme, une dissipation, un défi", écrit-il à ses amis brésiliens dans la préface de *Lettre aux Anglais.* Dans la masse de ses textes rédigés au Brésil, et dans sa correspondance de l'époque, on trouve peu de notations pittoresques et de rares images de voyage. L'art de ce paysagiste de l'âme n'avait rien de commun avec celui de Stefan Zweig, aquarelliste délicat qui a laissé de merveilleux croquis de Bruges, Chartres, Séville, Moscou et Bénarès, n'hésitant pas quelquefois à céder au cliché touristique ou publicitaire. Ainsi lorsqu'il a célébré l'immensité du territoire, la beauté de la terre et la clémence du climat brésiliens ; ou évoqué les bras grands ouverts de Rio de Janeiro, "pleins de douceurs et de caresses".

Vu de loin, Stefan Zweig et Georges Bernanos n'ont apparemment rien en commun, sinon leur qualité d'écrivain. Pour comprendre ce qui les rassemble, il faut s'approcher, retrouver les lieux, s'égarer dans les paysages, scruter les livres et les lettres à la loupe. Tout doucement, on finit par découvrir qu'en eux, les opposés ont fini par coïncider. Ils ont tous les deux aspiré à la *fuga mundi*, à la fuite du monde, l'un rêvant de la prière des bénédictins du Moyen Âge, l'autre cherchant du nouveau à bord des paquebots de ligne et des premiers vols commerciaux.

En Europe et au Brésil, Stefan Zweig et Georges Bernanos ont follement aimé l'ambiance enfumée des cafés, que ce soit celle des estaminets populaires ou celle des brasseries à la mode, le Café Tournon à Paris ou la Confeitaria Colombo à Rio de Janeiro. Partout au Brésil, j'ai voulu retrouver la trace de cette ambiance.

Les deux écrivains affectionnaient le mélange de bavardage et d'échanges sérieux, les conversations qui ont le cliquetis des épées, les interpellations d'une table à l'autre, le patron qui s'en mêle, le monde sans cesse refait et défait devant un bock de bière amère ou une tasse de thé parfumé, toutes classes sociales mêlées, les journaux jetés en désordre sur la table, les garçons autorisés à couper les conversations tout à trac, les belles dames à trancher les querelles, les touristes américains ébahis par cette bohème dispendieuse. Dans les cafés de Bar-le-Duc, de Toulon, de Majorque et de Barbacena, Georges Bernanos écrivait ses articles et ses romans afin de ne pas rester éloigné du visage et de la voix humaine, de ne pas laisser le champ à sa seule imagination. À João Cabral de Melo Neto, venu le saluer à Barbacena, il s'est un jour présenté comme *"um escritor de sala de jantar"*, un écrivain de salle à manger. Une façon pour lui de dire qu'il traçait ses mots sur les pages de ses cahiers d'écolier comme on partage le pain et l'on sert le vin à ses convives. Le jeune poète *nordestino* a retenu la leçon et en a fait un poème.

*Alors pourquoi celui qui écrit,*
*Si écrire, c'est cependant donner,*
*Fuit-il la compagnie des amis*
*et continue-t-il à s'isoler ?*

Stefan Zweig était d'un tempérament tout différent. Écrivain de palace, il se cachait pour écrire, comme les chats font l'amour. Il n'a jamais vraiment su ce qu'il venait chercher dans les cafés, mais il savait parfaitement ce qu'il fuyait. Il commandait une limonade, fumait une cigarette, lisait le feuilleton littéraire dans le journal, pensait à son vieux pays. Affectionnant la compagnie des grisettes autant que celle des dames du monde, cet homme incertain de ses dons aimait aller à la rencontre d'une humanité débarrassée du carnaval social. Au cours de son adolescence passée à Vienne, c'est dans les cafés qu'il a eu la révélation du jeu d'échecs. Il incarnait pour lui un style de vie, fait plutôt de rêveries que de défis mathématiques. Il aimait ses rites, ses codes, sa dramaturgie. La logique abstraite de ce jeu où le hasard n'a pas la moindre part le fascinait. Sa magie romantique l'ensorcelait. Il n'a jamais atteint le niveau d'un joueur moyen, mais son attraction pour la force magique d'un carré composé de soixante-quatre cases noires et blanches n'a jamais cessé. À la fin de sa vie, dans sa solitude de Petrópolis, il reprenait les parties des grands maîtres à l'aide du

*Jeu d'échecs hypermoderne* de S. G. Tartakover, qui sert de modèle au manuel volé à un officier de la Gestapo par le Dr B. dans *Die Schachnovelle*.

Deux jours avant son suicide, à Petrópolis, son voisin Ernst Feder, un éditorialiste politique du *Berliner Tageblatt* réfugié au Brésil en juillet 1941, a sorti un échiquier à la nuit tombée. C'était le samedi 21 février 1942. Le ciel austral était plein d'étoiles. Ils ont fait deux parties. Aux dires de son ami, l'écrivain jouait pour se distraire. Il avait du mal à conduire jusqu'au bout la combinaison d'ouvertures, d'attaques, de défenses, d'échanges et de sacrifices nécessaire à la victoire.

## Les jours de nos années

"Un jour, Stefan Zweig est descendu du train à Barbacena avec son épouse et a demandé à rencontrer Georges Bernanos. On m'a appelé car je faisais un peu office de secrétaire de Bernanos. C'est moi qui les ai conduits à la Croix-des-Âmes." Geraldo França de Lima m'a prié de venir le rencontrer à l'Académie brésilienne des lettres, avenida Presidente Wilson à Rio, le 27 juin 2002. C'était dix-sept ans après la fin de la dictature militaire, quelques mois avant que Lula, un ancien ouvrier d'une usine automobile de São Paulo, ne soit élu président de la République. Aveugle depuis quelques années, mais demeuré précis dans ses souvenirs, l'*acâdemico* França de Lima est mort l'année suivante, le 22 mars 2003. C'est une grâce, et un signe du Ciel, que je me sois entretenu avec ce dernier témoin de l'accueil de Georges Bernanos à Stefan Zweig, un jour de soleil à Barbacena.

Cette rencontre que j'aurais aimé imaginer à Belo Horizonte, en septembre 1940, a donc réellement eu lieu, sur les hauts plateaux du Minas Gerais, un jour de l'été austral, en 1942. En janvier, plutôt vers la fin d'après les recoupements des chercheurs brésiliens qui ont reconstitué l'emploi du temps de Stefan Zweig avant son suicide. Très peu de jours, donc, avant sa mort, son renoncement à la vie.

Quelle rencontre ! Le juif humaniste, sceptique et démocrate, et le catholique errant, gardien de l'honneur égaré au siècle des machines. Le témoin des intermittences du trouble amoureux et celui des malheurs du monde moderne. Le peintre de la neurasthénie bourgeoise et celui de jeunes paysannes victimes de la violence des hommes. Un voyageur de l'Orient-Express rédigeant ses nouvelles avec un stylo-plume en or et un vagabond cuirassé brandissant son épée contre les médiocres.

Sept années séparaient ces deux hommes qui appartenaient à la même génération. Sous l'uniforme, ils ont servi dans deux camps opposés au cours de la Première Guerre mondiale, tous deux dégoûtés par la force mensongère de la propagande et ont pressenti les équivoques de la paix fragile signée à Versailles en 1919. Rebutés par l'ordre dégradant de la horde, ils lui ont échappé au cours des années 1930, jusqu'à se retrouver au Brésil, un pays où personne ne les attendait. Ni l'un ni l'autre ne parlait un mot de portugais avant d'avoir posé le pied à Rio de Janeiro.

"Leur conversation s'est déroulée en français…", m'a confié Geraldo França de Lima. Dans un texte rédigé à Noël 1959, il a été le premier à évoquer la rencontre de Stefan Zweig et de Georges Bernanos dans la ferme de la Croix-des-Âmes. Au Brésil, ceux qui se sont passionnés pour l'intensité spirituelle et le poids de chagrin qui a enveloppé ce tête-à-tête de quelques heures ont difficilement rassemblé quelques témoignages ultérieurs ou des documents complémentaires. Geraldo França de Lima est le témoin capital, l'homme que le doigt de Dieu a poussé au bon endroit au bon moment. Je l'entends encore me dire : "Barbacena est une ville où les nouvelles vont vite. Quand j'ai appris que Stefan Zweig avait demandé à rencontrer Georges Bernanos, j'ai eu peur d'assister à une de ces explosions de colère dont ce dernier était familier. Depuis notre rencontre presque fortuite, en 1940, peu de temps après l'Armistice, sur un banc du jardin municipal de Barbacena où je lisais le dernier numéro du *Mercure de France*, j'avais l'habitude de l'entendre penser à voix haute et exprimer sans détour le fond de sa pensée… « Pétain ? Quel traître, quel salaud, quelle canaille, quelle bourrique, quel voyou, quel coquin ! Tous ces gens-là vont crever ! » sont les premiers mots que je l'ai entendu prononcer."

Geraldo França de Lima s'exprimait d'une voix faible, usée par les ans. De peur que le mugissement des automobiles sur les larges avenues de la ville aux six millions d'habitants qui me parvenait par les fenêtres ouvertes ne me fasse perdre un seul de ses mots, j'ai rapproché mon fauteuil du sien. En l'écoutant me rapporter les circonstances du passage de Stefan Zweig et de son épouse Lotte à Barbacena, j'ai été étreint par un frisson sacré. Je n'ignorais pas cette rencontre entre deux écrivains que tout semblait opposer, le juif et le chrétien jetés sur des routes de l'exil qui les ont rapprochés. Mais elle m'a toujours paru un peu irréelle, même si, dans les années 1960, les habitants de Barbacena, conscients d'avoir été les témoins d'un événement presque légendaire vingt ans auparavant, en parlaient volontiers aux visiteurs français. Dans les mots de Geraldo França de Lima que j'ai recueillis avec piété, ce chapitre d'une histoire sainte oubliée s'est soudainement incarné.

“Georges Bernanos était impitoyable. « Partout où il y a un Allemand, qu'il soit prêtre ou nonne, il y a un espion potentiel », jurait-il. Je crois qu'il faisait quand même la différence entre les Allemands et les Autrichiens. Mais j'étais inquiet pour Stefan Zweig… Comment allait-il l'accueillir ? J'avais tort. Jamais je n'ai vu Bernanos recevoir quelqu'un aussi chaleureusement et fraternellement. Plusieurs fois, j'ai observé chez lui un don de prophète. Je me souviens d'une conversation avec un fonctionnaire de l'ambassade d'Angleterre, un diplomate de haut rang venu à Barbacena pour la fête nationale, le 7 septembre 1940 : « Mon cher, d'ici à un an, vous verrez, l'Allemagne va envahir la Russie… » Il ne s'était trompé que de quelques mois. En juin 1941, quand les chars allemands sont entrés en Russie, le diplomate britannique lui a envoyé un télégramme de félicitations. J'ai longtemps conservé ce télégramme que Bernanos m'avait offert. Ce message prouvait que ses prophéties furieuses n'étaient pas insensées. Sa faculté visionnaire était accordée à son regard, à ses yeux d'un bleu perçant, lumineux, que je n'ai jamais oublié. Il voyait ce que les autres ne savaient pas voir. Chez Stefan Zweig, il a vu l'ombre de la mort, la fatigue et le désespoir capables de pousser un homme au suicide.”

Ce témoignage est le premier qu'il m'ait été donné de recueillir sur les derniers jours de Stefan Zweig. Il a décidé de ma route d'homme, de mon chemin d'écrivain. Dans le fond, je n'ai jamais quitté le frêle monsieur à l'ondulante chevelure blanche qui le faisait ressembler à Bernanos, perdu dans une vaste pièce de l'Académie aux murs blancs où étaient accrochés les portraits des écrivains qui l'avaient précédé.

Lorsque je suis allé rencontrer Geraldo França de Lima, j'achevais mon deuxième séjour au Brésil. Une Coupe du monde de football se disputait en Corée. Match après match, les deux Ronaldo, le natif de Rio de Janeiro et celui de Porto Alegre, réinventaient le jeu avec des passes nouvelles et des inspirations en pleine vitesse. Lorsqu'ils marquaient, on voyait des fusées monter dans le ciel en sifflant avant d'exploser en étoiles. Il y en aurait bientôt cinq sur le maillot jaune du Brésil.

Je rentrais d'un périple en Amazonie, au cours duquel j'avais découvert Manaus, vu les eaux noires du rio Negro et les eaux boueuses du rio Solimões, visité Santarém, Belém, la capitale de l'État du Pará, et l'île fluviale de Marajó, la plus grande du monde, à l'embouchure du fleuve-mer. C'est à Marajó que j'ai rencontré Oswaldo, l'ancienne sentinelle de la garde présidentielle. Il louait des pirogues. Un séjour en Guyane lui avait permis de très bien parler le français. Ensemble, nous avons évoqué la France équinoxiale, établie sur la côte nord du Brésil au XVIIe siècle par des marins et des aventuriers venus de Bretagne et de Normandie. Il a célébré São Luís, la ville fondée par le Cancalais Daniel de la Touche, seigneur de la Ravardière.

De retour à Rio, j'ai posé mes bagages dans le quartier d'Ipanema, dont j'appréciais l'ambiance tiède, la chaleur sucrée. Il a bien changé depuis cette époque. Il y avait des journaux dans les kiosques, on les a remplacés par des souvenirs. À Paris, il y a toujours des bouquinistes sur les quais de la Seine, mais ils vendent des petites tours Eiffel. Rua Vinícius de Moraes à Ipanema, que j'aimais pourtant chercher la météo dans le quotidien du matin, lire les faits divers dont raffolent les Brésiliens, surtout lorsqu'ils sont atroces. Je croyais connaître le Brésil depuis l'année de mes dix ans, après avoir lu dans un magazine le compte rendu de la victoire par 3 à 0 du Flamengo de Zico sur Liverpool lors de la finale de la Coupe du monde des clubs ; la dégustation d'une *feijoada* à Nazaré, sur le rivage portugais, l'année de mes vingt ans, me laissait penser que j'en connaissais la saveur ; et j'étais persuadé que sa magie en mon âme avait infusé à force d'écouter Astrud Gilberto chanter *The Girl from Ipanema*. En anglais ! Je ne savais rien de ce pays, vaste comme seize fois la France. Il a fallu que je revienne souvent pour comprendre enfin cette nation métisse marquée par la mentalité coloniale, un pays qui semble sans cesse laisser s'échapper les chances d'être enfin une grande république et une puissance souveraine.

C'est merveilleux de pouvoir confronter des connaissances livresques à l'ensorcelante poésie de la réalité. À l'Académie brésilienne des lettres, le 27 juin 2002, Geraldo França de Lima a parlé et j'ai pris des notes dans mon petit carnet. Il ressuscitait le souvenir du Barbacena d'autrefois, la cité aux roses, une ville de quarante mille habitants à l'époque du séjour de Georges Bernanos. Il se souvenait des matins de givre, l'hiver, sur les hauts plateaux de la serra da Mantiqueira, et des nuits pleines d'étoiles. Ce vieil homme revivait ses années de pension au Ginásio Mineiro, ses études de grec, de latin, de philosophie et de français, son rêve précoce de devenir poète, comme Hofmannsthal, comme Rilke, comme Zweig.

Je songe souvent à cette rencontre dans le centre de Rio, une après-midi d'hiver austral. J'étais venu à pied depuis Ipanema, par Copacabana, avant de monter dans un taxi à l'entrée de la plage de Leme. La ville était enveloppée dans un nuage tiède qui avait dévalé le flanc la montagne arborée, l'eau de la mer était froide, les plages désertes. À Copacabana, de jeunes vendeurs ambulants s'époumonaient : *"Água, Coca, Skol…"* Survivance du Rio d'autrefois, posé au milieu des buildings, le bâtiment de l'Académie brésilienne des lettres est une copie du Petit Trianon de Versailles édifiée pour servir de pavillon à la France lors de l'Exposition internationale de 1922 célébrant le centenaire de l'indépendance du Brésil.

Témoin du passé, Geraldo França de Lima prononçait des noms que je ne connaissais pas. Hommes, femmes, villes, montagnes, rivières… Je notais.

## “Vous avez de la chance de pouvoir rire de ces aventures”

*À Barbacena, la conversation entre les deux écrivains exilés se poursuit. À certains moments, Stefan Zweig cache son visage dans ses mains, comme s'il cherchait un renfort d'énergie au tréfonds de lui-même. Georges Bernanos s'interrompt, laissant son hôte retrouver ses esprits avant de reprendre leur discussion.*

STEFAN ZWEIG

*(Après un long silence.)* Y croyez-vous ?

GEORGES BERNANOS

À quoi ?

STEFAN ZWEIG

À la victoire ?

GEORGES BERNANOS

Je n'y crois pas. *(Très sérieux.)* J'ai parié sur elle dès le premier jour.

STEFAN ZWEIG

Vous avez parié.

GEORGES BERNANOS

Oui. Ou pour le dire mieux, j'ai parié sur la défaite totalitaire en songeant que Pétain et la bande de ratés qui l'entourait avaient parié sur la victoire totalitaire.

STEFAN ZWEIG

*(Tristement.)* Pétain.

GEORGES BERNANOS

Ce vieux traître.

STEFAN ZWEIG

*(Il s'assied sur une chaise rangée au bout de la table. Dans le coin opposé de la pièce, Georges Bernanos reste debout, les deux mains posées sur ses cannes, le dos contre le mur.)* Je vous envie, cher monsieur.

GEORGES BERNANOS

Oh, ne m'enviez pas, mon pauvre pays ne le permet pas… Mais je suis heureux de vous recevoir chez moi. Combien de kilomètres nous séparent-ils ?

STEFAN ZWEIG

Environ cent cinquante m'a-t-on dit lorsque je suis arrivé à Barbacena. C'est peu à l'échelle de l'Europe. Et ce n'est presque rien à celle du Brésil.

GEORGES BERNANOS

La prochaine fois, je vous rendrai visite à Petrópolis. J'aime cette ville. Et pas uniquement pour le souvenir des empereurs du Brésil qu'elle conserve si pieusement. Je m'y suis rendu plusieurs fois. J'y ai quelques amis parmi les membres de la famille impériale qui me font l'honneur de me recevoir, ce qui explique ma mauvaise réputation auprès d'un certain nombre d'écrivains brésiliens qui me regardent comme un monarchiste réactionnaire. N'importe !

STEFAN ZWEIG

Moi, c'est comme un apôtre passéiste de la culture européenne et des valeurs bourgeoises que j'ai été attaqué dans une revue d'avant-garde de São Paulo.

GEORGES BERNANOS

Laissez ces revues d'avant-garde… Celles que j'ai connues à Paris dans l'atmosphère équivoque de ce que des plaisantins ont nommé les Années folles ne valaient pas mieux. Je ne suis jamais allé jusqu'à Saint-Paul… Les intellectuels communistes, de riches héritiers des barons du café pour la plupart d'entre eux, m'y réserveraient un accueil braillant que je n'ai pas envie de connaître. On me regarde là-bas comme une espèce de don Quichotte, un chevalier à la triste figure à l'époque de l'éclairage électrique. Les mœurs de notre Minas Gerais sont sans doute moins civilisées mais elles me conviennent mieux. Ici, les gens comprennent ce qu'est un cœur français. Ils ne confondent pas Corneille et Cervantès. Nous avons beaucoup de poètes, et parmi les meilleurs du pays. J'aime ces chansons et cette littérature populaires qui évoquent sans cesse l'affrontement du Ciel et de l'Enfer. Les poètes les plus délicats sont à la fois humbles et cultivés. Il y a de la foi dans leurs œuvres, de l'effronterie dans leurs images… Les Brésiliens ont un cœur d'enfant qui bat dans les œuvres de leurs écrivains. C'est en regardant vivre les paysans du Minas Gerais qu'on comprend intuitivement ses poètes. J'aime aussi les jeunes romanciers qui viennent parfois m'arracher à ma rêverie pour me lire des textes abstraits et troublants, à la douceur rayonnante, où la partie se joue entre le salut et la damnation. Je ne peux rien faire de mieux que les féliciter et les encourager. Cela fait longtemps que je ne me sens plus homme de lettres. La qualification de garçon vacher me convient mieux. Depuis que je vis au Brésil, j'ai pris l'habitude de juger un homme à la façon qu'il a de ferrer un cheval, pas au nombre de mensonges qu'il est capable d'écrire sur une même page. J'ai été invité à Saint-Paul. Je n'y suis pas allé. J'ai même refusé de retourner à Buenos Aires, où mon passage, en 1938, m'a pourtant laissé un merveilleux souvenir.

STEFAN ZWEIG

J'ai été reçu deux fois à São Paulo. C'est une ville qui se transforme heure après heure. Tous les jours on y construit un nouveau building. Nous n'avons aucune idée en Europe de l'expérience humaine qui se joue là-bas. C'est une ville impatiente, qui s'étend sans plan, dans toutes les directions. Elle sera un jour la plus grande ville du Brésil, la plus puissante des Amériques. Les habitants de São Paulo sont pragmatiques. Ils ne comprennent pas le temps que les habitants de Rio de Janeiro peuvent passer dans les cafés à parler de sujets qu'ils jugent sans intérêt.

GEORGES BERNANOS

Laissez-les juger ces sujets sans intérêt… J'ai connu le bavardage dans les cafés en Espagne. Et avant l'Espagne, sur la rade de Toulon où j'avais établi mes quartiers. Je peux vous assurer que la conversation d'un pêcheur à la dorade ou celle d'un quartier-maître de la marine nationale est plus intéressante que celle d'un notaire ou celle d'un archevêque. Elle est même passionnante. À Rio, j'aime les cafés de l'avenida Rio Branco… Même quand j'ai eu le malheur d'y voir un obscur littérateur s'asseoir à ma table et célébrer ma ressemblance avec Victor Hugo… Ce vieux Totor et ses travailleurs de la mer… Il me manque la crinière et la grande barbe blanche qui le faisaient ressembler à une pâquerette… J'ai connu des gens qui l'avaient côtoyé dans sa gloire et qui savaient imiter sa voix grasse… C'est un objet d'idolâtrie au Brésil. Des critiques ont même inventé le mot *hugoanismo*… Il est le grand homme des pauvres et du peuple, celui dont l'œuvre a apporté la rédemption du Brésil colonial. Avec *Les Misérables*, il a juché les damnés sur les barricades de 1848, avec *Les Contemplations*, il a revêtu le Nègre humilié et l'esclave déchu du manteau de la poésie… Ce vieux père Hugo… Nous lui devons tant… Vous savez ce que je pense de l'Évangile de la démocratie, du projet très populaire par ici de juguler la misère par la science et le progrès en se passant du pardon et de la pitié… Il n'empêche… Avec ses alexandrins par cent mille, il incarne l'histoire de France à lui tout seul. Il n'y a pas un Français qui ait lu un seul de ses romans jusqu'au bout, mais tout le monde s'en moque… Vous-même, qui connaissez tant de livres…

STEFAN ZWEIG

*(Le coupant.)* Je les ai lus jusqu'au bout.

GEORGES BERNANOS

Mais vous avez tout lu ! Pour ma part, je ne suis jamais monté au sommet de la tour Eiffel, la *mãe* Eiffel, comme on dit par ici, comme s'il s'agissait d'une divinité tutélaire, et j'ai abandonné *Quatrevingt-treize* après la centième page… Permettez-moi de lui préférer *Les Chouans* de Balzac… N'importe ! Nos légendes ont la vie dure… Et la légende française n'a pas fait qu'enchanter l'imagination des peuples, elle les a défendus, protégés, parfois sauvés… *Je voudrais n'être pas français pour pouvoir dire que je te choisis, France, et que, dans ton martyre…*

STEFAN ZWEIG

*(Le coupant, les yeux soudain brillants de joie.)… Je te proclame, toi que ronge le vautour, ma patrie et ma gloire… (hésitant un peu)… et mon unique amour !*

GEORGES BERNANOS

Je me moque, mais ces vers en argent martelé sont impossibles à oublier… J'ignore cependant pourquoi les Brésiliens veulent tant que je ressemble au vieux père Hugo… Il y a quelque chose de sentimental dans leur attachement à la France. J'ai vu à Rio des Brésiliens persuadés que le Français idéal se réincarnait dans chacun d'entre nous. Ce genre de mésaventure ne risquerait pas de se produire à Saint-Paul. Là-bas, les communistes m'ont déjà dessiné les moustaches de M. Hitler.

STEFAN ZWEIG

Je ne comprends plus rien… Le seul fait d'avoir vécu quelques mois à New York a fait de moi un agent de l'impérialisme *yankee* aux yeux des enfants de l'oligarchie *paulista*. Et j'ai lu récemment, dans une revue moderniste, que j'étais l'homme passé d'un temps dépassé, qui écrivait de surcroît des livres faciles et médiocres. Une poétesse illuminée a même expliqué dans un tract distribué à la sortie d'un théâtre qu'il ne lui serait pas désagréable de lancer une bombe dans un conclave qui réunirait Getúlio Vargas, le cardinal-archevêque de Rio et ma pauvre personne.

GEORGES BERNANOS

Laissez dire… Certains Brésiliens ne se rendent pas compte de ce qui se passe en Europe. Dans des circonstances atroces, j'ai constaté que le nazisme pouvait ici être un sujet de plaisanterie. Et j'ai pu passer pour un homme violent et passionné après avoir refusé ces plaisanteries… Hélas ! Dieu veuille que nous parlions aux Brésiliens un langage vrai, un langage qui touche leur cœur et leur permette de comprendre qu'avec celle du monde, c'est leur liberté qui est en jeu. Car dans un monde où nous n'aurions pas notre place, ils n'auraient pas non plus la leur.

*(Georges Bernanos s'interrompt, il réfléchit quelques instants, puis soudainement s'approche de Stefan Zweig comme s'il allait l'embrasser. Il s'arrête, recule et reprend son propos, sur un ton très lent et très posé, sans allégresse affectée.)*

Je suis heureux de vous voir ici. Depuis le temps que nos amis Hubert Studenic et Afonso Arinos de Melo Franco s'étaient promis de provoquer cette rencontre.

STEFAN ZWEIG

*(Hésitant.)* Hubert Studenic, comme vous dites… *(Rêveur.)* Hubert Studenic… Pour moi, il s'appelle et s'est toujours appelé Hugo Simon… Quel malheur de devoir rester dans la dissimulation. Je l'ai connu à Berlin, dans les années 1920. Il vivait en pleine lumière,

malgré ses idées qui lui avaient déjà valu beaucoup d'ennemis sous l'Empire. Social-démocrate et pacifiste, il était une figure brillante du monde politique, financier et intellectuel de la République de Weimar, proche de Walther Rathenau. Dans les années 1900, il avait créé une ferme modèle à la frontière polonaise, confisquée par les Prussiens réactionnaires. À Berlin, où il a fondé une banque, il habitait alors le quartier de Zehlendorf, rue Drake, avec sa femme Gertrud. Il m'est impossible d'évoquer cette époque-là sans émotion.

GEORGES BERNANOS

Évoquez-la pour moi, je vous en prie.

STEFAN ZWEIG

Le salon que tenaient Hugo et Gertrud Simon était l'un des plus brillants de la capitale. En 1919, Hugo Simon avait été brièvement ministre des Finances dans le *Rat der Volksbeauftragten* formé à Berlin après la chute de l'Empire… Comment peut-on dire cela en français ? Le Conseil des commissaires du peuple.

GEORGES BERNANOS

*(Le coupant.)* Merci de traduire. Mon allemand est sommaire, même si vous trouverez dans la bibliothèque, à votre gauche, un petit livre écrit dans votre langue que certains amis allemands m'aident parfois à déchiffrer. Je vous en parlerai tout à l'heure. Mais je me vante, car j'en possède également une édition française.

STEFAN ZWEIG

*(Étonné par la modestie de la bibliothèque.)* Tous vos livres sont là ?

GEORGES BERNANOS

Tous ! J'ai traversé l'Atlantique avec une malle de livres, mais ils sont déjà dispersés à travers le Brésil. Avant de me fixer ici, à Barbacena, sur ces hauts plateaux du Minas Gerais dont la sobre beauté convient si bien à mes états d'âme, ma femme, mes enfants et moi nous sommes un peu promenés… *(Il rit.)* Nous avons vécu à Itaipava, à Juiz de Fora, à Vassouras, à Pirapora… Chaque fois, j'ai laissé une partie de mon âme et quelques-uns de mes livres derrière moi. À Vassouras, je me souviens que nous les avons abandonnés dans la baignoire ! *(Il rit.)*

STEFAN ZWEIG

Vous avez de la chance de pouvoir rire de ces aventures. Le fait de ne pas avoir les *Essais* de Montaigne à portée de main m'a tourmenté et plongé dans une inquiétude dont vous ne pouvez pas avoir idée. Heureusement que j'ai pu compter sur notre ami Afonso Arinos de Melo Franco pour me prêter les trois volumes de l'édition française. Il m'en faudrait tellement plus, hélas, pour sortir de l'angoisse.

GEORGES BERNANOS

Oh ! Ne me croyez pas moins accablé par l'angoisse que vous l'êtes. Mais Dieu me fait parfois la grâce de trouver la paix dans cette angoisse elle-même… Il me suffit de penser qu'Il l'a partagée sur le mont des Oliviers… Et je ris en songeant que nos successeurs à Vassouras ont dû penser que les membres de la tribu Bernanos ne se lavaient jamais en découvrant nos livres dans la salle de bains… N'importe… J'ai laissé ces livres derrière moi sans regret. À quoi bon en charger mes bagages ? Je ne suis ni libraire, ni bibliothécaire. Je n'ai même pas la ridicule prétention de me dire écrivain et moins encore homme de lettres, comme tous les petits tartuffes qui peuplent les Académies, ici, au Brésil, comme partout en Europe… Je suis un pauvre homme qui n'a honte ni de souffrir ni d'espérer la victoire de son pays et la défaite du Moloch totalitaire… Mes prétentions exagérées sont simples. Ma seule ambition est de servir l'honneur français. Je m'efforce de faire entendre sa voix dans le concert des propagandes hideuses. Et puis… *(Il ralentit, taquin.)*… ces livres ne sont pas perdus. Il m'arrive de songer qu'ils donneront peut-être le goût de la langue française à un jeune garçon ou à une jeune fille qui les trouvera par hasard – ou, qui sait ? à un jeune Brésilien pas encore né et qui les découvrira longtemps après ma mort, lorsque mes livres et moi aurons été oubliés et mon nom sur ma tombe effacé. Puissent les vôtres leur donner l'amour de la langue allemande !

## Le diable probablement

À tous les noms qui m'étaient inconnus, j'ai fini par associer des images, des visages, des paysages. J'ai sillonné les routes, gravi les montagnes, fouillé des archives, cherché des photographies, retrouvé des livres. Sur une carte du Brésil, dépliée sur mon bureau, j'ai tracé des lignes entre les villes, cherché les frontières de cette histoire dont chacune des étapes peut être cochée sur une route de près de huit cents kilomètres qui monte du sud au nord, du littoral atlantique aux rives du rio São Francisco, légèrement poussée vers l'ouest : Rio de Janeiro, Petrópolis, Juiz de Fora, Barbacena, Belo Horizonte, Pirapora… En continuant encore cinq cents kilomètres, tout droit ou presque, on atteint l'état du Goiás, les horizons infinis du plateau central brésilien où André Malraux a vu surgir de nulle part Brasília, la capitale de l'espoir.

Ni Georges Bernanos, écrivain de plein air, ni Stefan Zweig, voyageur partout rattrapé par sa renommée, ne se sont enfoncés aussi loin. À y regarder de près, il apparaît cependant que la tragédie de l'Autrichien privé de patrie s'est jouée dans la même aire que la cavalcade du Français à la poursuite de l'honneur perdu. Au Brésil, le Viennois aux millions de lecteurs a certes voyagé davantage que son confrère. En 1936, il s'est arrêté à São Paulo, une ville dans laquelle Georges Bernanos n'a jamais été invité ; en septembre 1940, il est revenu y prononcer, en français, sa conférence intitulée *L'Unité spirituelle du monde* qu'il avait donnée à Rio de Janeiro lors de son premier passage ; en janvier 1941, en route pour les États-Unis, il est passé par le Nordeste et le Nord, où il a vu l'embouchure de l'Amazone. Trop rapidement, lui ont reproché certains critiques quand a paru *Brésil, une terre d'avenir*, en août 1941, peu de temps avant son dernier retour à Rio.

En réalité, Stefan Zweig, comme Georges Bernanos, a principalement connu la splendeur de Rio avant sa défiguration par des buildings élevés dans les années 1950 et les paysages tropicaux faits de collines verdoyantes et de hauts plateaux couronnés de petits arbres touffus de l'intérieur. Un monde intime et familier, cependant immense, de trois cent cinquante mille kilomètres carrés, l'équivalent des deux tiers du territoire français métropolitain, borné par deux grandes villes, la capitale fédérale aux un million huit cent mille habitants et la vaste métropole régionale aux lignes droites et claires.

Depuis mon premier voyage au Brésil, mon premier aller et retour entre Rio et Belo Horizonte, j'y suis sans cesse revenu, comme si je cherchais à me perdre, à disparaître dans le paysage pour être absorbé par lui. J'ai connu la Croix-des-Âmes, la ferme de Bernanos à Barbacena bien entretenue, puis laissée à l'abandon. Négligée par l'ambassade de France à Brasília censée en avoir la responsabilité, elle a fini par être restaurée à l'initiative de Carlos Augusto Soares do Nascimento, un professeur de l'enseignement public engagé dans la pastorale catholique et sur le front des causes sociales, élu plus jeune maire de l'histoire de Barbacena en 2020 à l'âge de vingt-huit ans. Une décennie auparavant, c'est grâce à l'initiative privée d'un groupe d'admirateurs de l'écrivain autrichien que la petite maison de Stefan Zweig à Petrópolis est devenue un musée-mémorial. La mémoire des hommes s'était dissoute doucement. À Petrópolis comme à Barbacena, de commencements en recommencements, l'oubli a fini par se changer en souvenir. Sensible à cette mesure de nos jours, celle de la mémoire et de l'histoire, de la fidélité et du souvenir, aux signes parfaits que les vaincus nous ont laissés dans la mort, je suis revenu deux, trois, de très nombreuses fois dans ces villes où s'est joué un drame universel.

J'ai ainsi retrouvé Petrópolis en novembre 2023, alors que le Brésil était écrasé par une chaleur extrême et que des pluies diluviennes, dans le Sud du pays, provoquaient des catastrophes. Il faisait plus de cinquante degrés sur les plages de Flamengo et de Botafogo.

Tel l'empereur Pedro II allant prendre ses quartiers d'été au pied des sources d'eau de la serra dos Órgãos, j'ai été heureux d'aller trouver de la fraîcheur en montant jusqu'à Petrópolis par les lacets de la BR-040, au milieu des bananiers, des avocatiers et des mandariniers. De Rio à Brasília, dans la prolongation de l'antique rodovia Washington Luís, qui passe au pied de la maison de Stefan Zweig dans le quartier nommé Valparaíso à Petrópolis, cette route pourrait servir de fil conducteur à cette histoire que j'ai prolongée de la fin de la Seconde Guerre mondiale à l'édification de la nouvelle capitale, pour faire entendre la voix de l'espoir et celle d'André Malraux, puis jusqu'au jour de l'élection de Tancredo Neves. Ce récit d'un demi-siècle brésilien débute ainsi par une heure étoilée, *eine Sternstunde*, un de ces instants positivement décisifs que Stefan Zweig n'a jamais désespéré de voir surgir dans la nuit de l'histoire : le changement de régime tranquille du mois de janvier 1985.

Je suis souvent revenu à Petrópolis et sans cesse à la maison de Stefan Zweig, en montant depuis le centre historique, par les ruas Monsenhor Bacelar, Rocha Cardoso et Washington Luís, jusqu'au carrefour dit des Deux-Ponts, que le conteur au cœur doux et à l'âme lasse traversait pour descendre en ville et rentrer chez lui.

Tournant autour de la maison de l'écrivain, rua Gonçalves Dias, dans le quartier autrefois isolé et aujourd'hui populaire de Valparaíso, j'ai songé à la nuit fatale du 22 février 1942 et me suis demandé : "Qui a fait le coup ?" À cette question, j'ai souvent répondu en songeant au titre d'un film de Robert Bresson, qui a adapté deux romans de Georges Bernanos pour en faire des chefs-d'œuvre du cinématographe : le diable probablement. Mais le prince des ténèbres a de trop nombreux visages pour que j'aie pu arrêter mon enquête à cette conclusion. Quelle apparence avait pris l'Adversaire, dans les derniers jours, pour décourager Stefan Zweig de choisir la vie et le précipiter dans la mort, entraînant avec lui une jeune femme de trente-quatre ans ?

En 2001, lors de ma première venue à Petrópolis, il faisait nuit lorsque je suis arrivé, tard dans la soirée, rua Gonçalves Dias. J'ai levé les yeux vers la petite maison blanche et j'ai aperçu la balustrade de la terrasse sur laquelle il a écrit *Le Joueur d'échecs*. Puis je suis monté dans un taxi blanc de la station voisine en lui demandant de me conduire au cimetière municipal. Mon portugais était sommaire, mais le *motorista* a tout de suite compris ce qui me conduisait d'un lieu à l'autre.

"Vous allez voir la tombe de Stefan ? m'a-t-il demandé. Vous savez qu'il ne s'est pas suicidé ? Il a été assassiné… *A Gestapo, a polícia secreta nazista*…"

## Les obsessions sacrilèges

Assassinés, les époux Zweig ? Je tenais l'argument d'un roman noir de haute intensité. Quelques années plus tard, quand j'ai retrouvé le Brésil et l'argile de ses chemins, je n'y pensais plus. Je voulais revoir le Minas Gerais, ses pauvres cabanes, ses couchers de soleil flamboyants annonçant des lendemains splendides.

Qui ne connaît pas les profondeurs du Minas Gerais, d'où sont sortis tant d'écrivains et de poètes, ne comprend pas le Brésil. C'est en pénétrant dans ce monde rouge, vert et bleu, lent et silencieux, dans ce paysage avec figures absentes où n'existent que la terre et le ciel, à huit cents kilomètres et plus de dix heures de route de Rio, que je me suis attaché au peuple brésilien, à ces gens épargnés par les illusions du progrès. En octobre 1939, au lendemain de l'invasion de la Pologne par l'Allemagne nazie, à l'ouest, et par la Russie soviétique, à l'est, Georges Bernanos, a manifestement cherché le réconfort auprès de ces humbles, accompagné de ses fils Yves, Michel et Jean-Loup et de son épouse Jeanne. Leur fille Chantal, âgée de vingt ans, et ses cadettes Claude, dix-huit ans, et Dominique, dix ans, étaient restées à Rio, chez des amis brésiliens. À travers le *cerrado*, un paysage ocre de savane néotropicale et de roches stratifiées brunes et noires, où les abords des fermes isolées sont parfois égayés par la couleur vive des ipés, la tribu Bernanos a poussé jusqu'aux rives du rio São Francisco, un fleuve aux eaux boueuses, plus long que le Danube.

À l'époque, Stefan Zweig pleurait encore la disparition de Sigmund Freud, mort à Londres le 23 septembre, dans sa demeure de Maresfield Gardens, où il a passé les six derniers mois de sa vie. Zweig avait célébré son compatriote en 1931 dans *La Guérison par l'esprit*. Il a prononcé son oraison funèbre. J'imagine ces obsèques comme une scène de film aux couleurs dures, le chapitre d'un roman réaliste. L'automne commençait en Europe. Le Royaume-Uni avait déclaré la guerre au Reich nazi depuis trois semaines. Sans statut de réfugiés, Stefan et Lotte Zweig avaient été rangés dans la catégorie *enemy alien*. Les journaux étaient remplis de rumeurs inquiétantes. À Bath, une petite station thermale du Sud-Ouest de l'Angleterre où ils s'étaient installés depuis leur retour des États-Unis, l'écrivain et sa jeune épouse devaient informer la police de chacun de leurs mouvements.

Le crématorium de Golders Green est un endroit triste et beau, avec de vastes jardins au gazon impeccable, édifié dans le Nord-Ouest de Londres, dans un des quartiers de prédilection de la communauté juive. Depuis la gare de Saint-Pancras, où l'on débarque du train en provenance de Paris, le taxi met un quart d'heure pour y arriver. Amy Winehouse, la chanteuse au cœur dévoré par l'intranquillité, y a été incinérée en juillet 2011, après un service religieux célébré en anglais et en hébreu par un rabbin libéral. Son père et son oncle ont récité le kaddish, la prière juive de sanctification du Nom divin. Son combat avec le démon et sa défaite provisoire, à l'âge de vingt-sept ans, ont leur place dans ce livre. Comme Joseph Roth, né dans une famille religieuse de Galicie et mort à Paris presque quatre mois avant Sigmund Freud, la petite juive de Londres qui refusait les assignations à résidence que lui adressait la réalité ne s'est pas suicidée. Une surdose d'alcool a eu raison de son désespoir.

Quand ils ont appris la mort de Joseph Roth à l'hôpital Necker, des amis ont jugé que les anges consolateurs l'avaient soustrait au poids du malheur. Cet ancien volontaire dans un bataillon de chasseurs à pied de l'armée impériale et royale ne supportait plus la saleté d'un monde où tout le monde ment. Certains ont pensé qu'il avait eu la sagesse de partir avant le temps. Stefan Zweig était déjà à Londres lorsqu'il a prononcé son éloge funèbre. "Nous ne vieillirons pas, nous, les exilés !", avait-il écrit en apprenant sa mort, cinq jours après celle du dramaturge allemand Ernst Toller, retrouvé pendu dans sa chambre d'hôtel à New York.

Il y a beaucoup de suicides dans l'œuvre et la vie de Stefan Zweig, il y en a dans tous les romans de Georges Bernanos. Dans ses travaux, Freud s'est intéressé à l'altération de la mélancolie en désir de destruction – à l'acharnement des pulsions de mort sur le moi, pour le dire avec le vocabulaire qu'il a inventé.

Lors de leur rencontre de février 1942 à Barbacena, les deux romanciers ont-ils évoqué Freud ? L'œuvre de Bernanos est parsemée de détails médicaux, à la fois psychologiques et somatiques. Ce chrétien était fasciné par la figure du médecin, double de la figure du prêtre, dont il a glissé des types variés dans ses romans.

Mort à l'hôpital à une époque où ce n'était pas un destin communément partagé, il a toute sa vie été lié à des médecins, depuis sa jeunesse au Quartier latin entourée de carabins bagarreurs jusqu'à ses conversations sur les fins dernières avec de savants professeurs. En France, et surtout au Brésil, beaucoup de ses amis étaient psychologues, souvent des positivistes distingués, passionnés par les phénomènes de l'hérédité, de la vie de l'esprit et de la confusion des sentiments, représentants d'une école française qui accueillait les nouveautés avec passion. Dans les années 1920, son préjugé antisémite et ses préventions à l'égard des productions scientifiques allemandes n'ont pas empêché Georges Bernanos de s'intéresser aux thèses de Sigmund Freud, bien que celui-ci ait été comme son maître le professeur Charcot, un anticatholique zélé et un matérialiste absolu – une figure de médecin souvent moquée dans ses romans. Mais l'ancien élève du petit séminaire de Notre-Dame-des-Champs à Paris n'a jamais été troublé par les esprits antichrétiens à la Hugo ou à la Clemenceau. Ce qui lui arrachait le cœur, c'étaient les chrétiens médiocres.

"Il est bon que Freud ait attiré de nouveau l'attention sur le problème de l'instinct sexuel. Il serait regrettable que l'étude de tels problèmes soit laissée aux psychiatres qui, à quelques exceptions près, sont d'une extraordinaire naïveté, ou à des fabricants d'histoires faisandées", expliquait-il en 1926. Au même moment, Zweig célébrait les idées et les interprétations audacieuses et souvent géniales du maître qui fêtait ses soixante-dix ans à Vienne. "Elles ont pénétré comme des bacilles dans tous les organismes du monde intellectuel : partout, dans la littérature, dans la philosophie, dans l'éthique et même dans la forme habituelle des contacts..."

Lorsqu'ont paru *Les Grands Cimetières sous la lune*, un essai de combat lu et admiré par tout ce que l'Europe lettrée comptait d'esprits libres, l'écrivain autrichien a-t-il observé cette pénétration des idées freudiennes chez Bernanos ? Dans ce livre écrit à son retour d'Espagne, ce dernier évoque l'épuration franquiste sous le signe freudien du transfert : "Des milliers et des milliers de pauvres diables ont alors payé de leur vie les scrupules morbides, les obsessions sacrilèges d'autres milliers de pauvres diables, torturés par le doute, qui essayaient de réchauffer leur foi."

À Palma de Majorque, où il a vécu d'octobre 1934 à mars 1937, son aversion pour le communisme et son royalisme sentimental ont d'abord rendu Bernanos positivement attentif à l'insurrection nationaliste de juillet 1936 contre la République. Quelques semaines ont passé avant que l'ancien camelot du roi ne se détache des attentes confuses des hommes d'ordre, écœuré par leur besoin maladif de réchauffer leur tiédeur en jetant de pauvres bougres sur le bûcher. Les atrocités commises de part et d'autre lui sont apparues comme le début d'une guerre civile mondiale, la répétition générale d'un immense conflit à venir. Un an plus tard, à l'extrême est du continent Eurasie, un incident frontalier conclu par la prise de Pékin et de Tianjin par l'armée impériale japonaise a attesté du caractère planétaire des massacres annoncés par le bombardement de Guernica, le 26 avril 1937.

Peu de temps avant que les chasseurs de la Luftwaffe et de l'aviation fasciste n'aient accompli leur œuvre de mort au Pays basque, Georges Bernanos et André Malraux, qui rentraient tout juste d'Espagne l'un et l'autre, se sont rencontrés à Paris. C'était la première fois qu'ils se voyaient. À l'invitation de l'aviateur belge Paul Nothomb, engagé au sein de l'escadrille España que commandait en Castille celui qui deviendrait le colonel Berger, ils ont dîné au Roy Gourmet, un restaurant de la place des Victoires, hautement réputé pour sa cuisine familiale et ses vins en carafe.

Aujourd'hui encore, il m'est impossible de traverser la place tracée au compas sous le règne de Louis XIV sans m'attarder au n° 4, désormais occupé par une banque. Je songe aux pichets de brouilly proposés aux clients du Roy Gourmet pour accompagner la poitrine de veau. Malraux avait de la tendresse pour le pigeon farci, mais Bernanos a peut-être réussi à l'orienter vers son plat préféré : le coq au vin. Plus les ergots du coq sont grands, plus il est vieux, plus la cuisson doit être longue. Marinée et flambée, la volaille est servie accompagnée d'une sauce liée avec son sang. Bernanos en avait pris le goût chez les Moreau, sa famille maternelle originaire de Pellevoisin, le village où il est enterré sous une pierre tombale en calcaire gris portant ces mots d'enfant, de chrétien, bouleversants quand on songe à la chienne de vie qu'ont menée le romancier et les siens, en France, aux Baléares, dans les profondeurs du Brésil, et en Tunisie, pour finir : "Quand je serai mort, dites au doux royaume de la terre que je l'aimais plus que je n'ai jamais osé dire."

J'aimerais savoir ce qu'ont pu se raconter Bernanos et Malraux, les coudes posés sur la nappe à carreaux du

Roy Gourmet, à l'occasion de leur premier dîner. De leur conversation, on ne possède que des bribes, rapportées par Paul Nothomb dans ses mémoires. Fils de l'écrivain et homme politique belge Pierre Nothomb, qui en pinçait pour Charles Maurras et les idées nationalistes de l'Action française, Paul Nothomb avait déjà rencontré Georges Bernanos en 1925, à Bar-le-Duc. À l'époque, les deux hommes étaient du même côté de la barricade. Comme ils l'ont traversée presque simultanément, ils le sont toujours restés. Douze ans plus tard, le romancier français et l'aviateur belge s'étaient arrachés aux préjugés et à la tradition de leur milieu d'origine, ne craignant pas le risque d'être incompris par leurs anciens amis. Au Roy Gourmet, Malraux et Nothomb ont naturellement évoqué les événements d'Espagne avec Bernanos. Le romancier leur a redit ce qu'il répétait. "De plus en plus clairement, cette guerre civile m'apparaît comme le premier d'une longue suite d'événements s'engendrant les uns les autres jusqu'au dernier, jusqu'à une catastrophe dont nous peinerons peut-être à croire qu'elle était prévisible."

Ils ont parlé de beaucoup d'autres choses. Du retour de Satan sur terre, de l'Allemagne scientifique et barbare, de la naïveté des démocraties, de la puissance croissante de la technologie militaire, du romantisme d'acier du national-socialisme, du Reich des grandioses créations industrielles, de la radio mise au service du mensonge, de la défaite du vieil humanisme chrétien, du remplacement de la fraternité et de l'honneur par la raison instrumentale… Pour connaître le contenu de cette conversation entre ces deux hommes débarrassés de leurs illusions, il faudrait l'inventer, encore une fois. Écrire un autre dialogue, où l'on entendrait André Malraux réagir à cette prophétie de Georges

Bernanos. “Les massacres qui se préparent un peu partout en Europe risquent de n’avoir pas de fin, parce qu’ils n’ont pas de but. Ce sont des manifestations du désespoir. De ces antiques guerres de religion auxquelles nous nous trouvons parfois tentés de les comparer, ils ne garderont que l’apparence. On ne se battra pas pour une foi, mais par rage de l’avoir perdue, d’avoir perdu toute noble raison de vivre, et dans le frénétique espoir d’anéantir, avec l’adversaire, le principe du mal dont on aura oublié la cause.”

Sous l’enduit protecteur des individus, à l’abri d’une carapace étincelante sous laquelle se décomposent doucement toutes les puissances de l’âme, Georges Bernanos avait le don de détailler le travail de la pourriture. Élevé dans la détestation de la répression de la Commune, accablé par les charniers de la Première Guerre mondiale et par les horreurs de la guerre d’Espagne, il ne doutait pas que l’éducation, la culture et la civilisation formaient un mince vernis sous lequel un moi primitif, plus violent que notre moi social, pouvait surgir à tout moment.

Dans *Les Grands Cimetières…*, cette connaissance de l’inconscient, indirectement tributaire des idées fécondes de Freud, est exprimée en termes physiologiques. “La Tragédie espagnole est un charnier. Toutes les erreurs dont l’Europe achève de mourir et qu’elle essaie de dégorger dans d’effroyables convulsions viennent y pourrir ensemble. Impossible d’y mettre la main sans risquer une septicémie.”

Georges Bernanos semble avoir eu de Freud une connaissance de seconde main. Comme le commun des mortels depuis qu’on évoque le refoulement, la censure, la sublimation, les masques de l'inconscient, le principe de réalité ou la pulsion de mort dans les dîners en ville, il l'a cité sans l'avoir lu. Au Brésil, il en a souvent entendu parler par son ami le Dr Ombredane, qui l'hébergeait à Rio. André Ombredane était professeur de psychologie expérimentale à la faculté de médecine. À l'université, il avait pour collègue Odilon Vieira Gallotti, spécialiste des maladies nerveuses, chef de clinique, psychiatre, médecin personnel de la femme de Getúlio Vargas et introducteur de l'œuvre de Freud au Brésil.

Le Dr Odilon Vieira Gallotti lisait couramment l'allemand, qu'il avait appris au cours de ses études dans un collège jésuite du Rio Grande do Sul, et avait accès aux livres de Freud en langue originale. Ce n'était pas courant à l'époque. Après avoir traduit plusieurs ouvrages du maître viennois, seul ou en collaboration, il s'est attaché à donner une version portugaise des livres de Stefan Zweig. Cet homme avait été choisi alors qu'il ne disposait pas d'une culture littéraire approfondie et qu'il était indifférent au propos de l'écrivain autrichien. C'est l'un des mystères qui entourent non seulement les derniers jours de Stefan Zweig, mais sa réception au Brésil, où il fut d'abord et souvent regardé comme un faiseur de biographies historiques ou romanesques, un genre très à la mode dans les années 1930.

## Puissance de la voix

À São Paulo, douze ans après ma rencontre avec Geraldo França de Lima à Rio, j'ai eu l'occasion d'interroger Alberto Dines sur les insuffisances des premières traductions qui ont fait connaître Stefan Zweig au Brésil. Journaliste et historien, universitaire et témoin de toutes les folies de son siècle, le plus parfait biographe de l'écrivain autrichien au Brésil m'a reçu dans son bureau-bibliothèque de la rua Laboriosa, dans le quartier de Vila Madalena, dans l'ouest de São Paulo, à proximité de l'université, connu pour sa vie nocturne depuis la fin de la dictature.

Le soir, les rues de Vila Madalena sont envahies par une foule de jeunes *paulistanos* attirés par l'ambiance des bars géants où l'on écoute des airs de samba-pagode en buvant de la bière *estupidamente gelada*. Rien de très délicat, de très zweigien là-dedans, à part Ó do Borogodó, un lieu porté sur le mordant souvenir du temps passé. Après avoir dégusté une *moqueca de camarão* au Consulado da Bahia, dans le quartier voisin de Pinheiros, j'aime retrouver ce bar-club où, certains soirs, des musiciens virtuoses interprètent des morceaux de *samba-exaltação*, le genre à la mode au moment où Stefan Zweig et Georges

Bernanos se sont rencontrés. C'était en plein carnaval. Je veux penser qu'au loin, ou peut-être à travers un poste de radio, les deux écrivains entendaient ce style de samba.

Par exemple *Aquarela do Brasil* d'Ary Barroso, une composition emblématique du genre, un peu prétentieuse, accordée à la propagande de l'*Estado Novo*, qui célèbre le Brésil beau et basané, le mulâtre insoumis, la Négresse sensuelle, le déhanchement des écoles de samba et la lumière mélancolique de la lune. Sa mélodie est universellement connue grâce au thème musical du film *Brazil* de Terry Gilliam.

*Brasil, meu Brasil brasileiro*
*Meu mulato inzoneiro*
*Vou cantar-te nos meus versos*

*O Brasil, samba que dá*
*Bamboleio, que faz gingar*
*O Brasil do meu amor*
*Terra de Nosso Senhor*

*Brasil ! Brasil ! Pra mim ! Pra mim !*

*Le Brésil de mon amour, terre de Notre Seigneur… Brésil ! Brésil ! Pour moi ! Pour moi !* Un soir, j'ai écouté ce morceau de samba au Julinho Clube. C'était en novembre 2018, l'année de la mort d'Alberto Dines. Interprétée lentement, la musique d'Ary Barroso me faisait frissonner d'émotion. J'ai versé une larme en pensant à lui. C'était un homme vrai, un homme bon. Je me suis souvenu de notre entrevue. Il est venu m'ouvrir la porte lui-même, en m'appelant "Sébastien", comme cela se fait au Brésil. Nous avons traversé trois pièces aux murs tapissés de livres avant de nous asseoir dans son bureau. Dans le vestibule, j'ai aperçu un portrait dédicacé à l'encre violette. Alberto Dines a souri. "C'est une photographie que Stefan Zweig a signée pour mon père, en 1936. Elle est l'œuvre d'un réfugié juif autrichien. En 1940, il en a pris une autre, très belle, avec Lotte qui tient Stefan Zweig par le cou. Quand j'étais enfant, j'ai toujours vu la photo de 1936 dans le bureau de mon père. Elle est peut-être à l'origine de ma passion pour Zweig."

À l'époque où je l'ai rencontré, cela faisait trois décennies que cet homme couvert de livres passait sa vie à réfléchir et à écrire sur cet apôtre angoissé de la paix.

"J'ai eu le privilège d'être l'unique biographe de Stefan Zweig à travailler sur lui à partir du Brésil", m'a-t-il expliqué, sans le moindre murmure d'orgueil, occupé depuis l'enfance par quelque chose qui s'apparentait à une mission sacrée.

Alberto Dines n'était pas un biographe de Stefan Zweig comme les autres. Un instant dans sa vie, cet homme a été le témoin des tribulations sur la terre de l'écrivain. Une photographie immortalise le jeune Alberto Dines, âgé de huit ans, assis au milieu d'une centaine d'enfants, en compagnie de Stefan et Lotte Zweig. Elle a été prise le 3 septembre 1940, dans la cour du collège Sholem Aleichem, une école juive progressiste fondée à Rio dans le quartier Vila Isabel par des familles venues de Lituanie, de Pologne, d'Ukraine et de Russie dans les années 1920.

Cette visite fut un moment arraché à l'angoisse pour l'écrivain autrichien. Au professeur Lerer Tabak, directeur, il a confié que cette école joyeuse lui donnait envie de tout recommencer. Je dirai plus loin dans quelles circonstances j'ai eu la chance de rencontrer un autre élève de cet établissement primaire, présent aux côtés des époux Zweig dans les premiers jours de septembre 1940, à l'époque où Georges Bernanos, rentré de sa folle expédition au pays des tatous joueurs et des perroquets colorés, s'installait dans la *fazenda* de la Croix-des-Âmes, à Barbacena.

Dix-huit mois plus tard, l'annonce du suicide de Lotte et Stefan Zweig et l'émoi que cet événement a suscité au sein de la communauté juive de Rio, ont bouleversé Alberto Dines, qui n'avait que dix ans, mais en savait déjà suffisamment sur la culture juive pour interpréter le geste de l'écrivain comme une protestation contre la persécution des Juifs dans les territoires de l'Europe nouvelle rêvée par les nazis. Leur persécution et même leur élimination. L'écrivain autrichien s'est donné la mort un mois après la conférence de Wannsee organisée dans le Sud-Ouest de Berlin par des dignitaires du Troisième Reich pour établir les conditions concrètes de l'extermination du peuple juif. Sentait-il, par une manière de pressentiment, que la stigmatisation et les autodafés qu'il avait connus allaient trouver leur prolongement dans un processus administratif, technique et économique de destruction ?

"Quelques-uns l'ont imaginé", m'a confié Alberto Dines.

Engagé au service de la liberté de vivre et de penser, cet homme a eu une existence bien remplie, avant de retrouver l'œuvre de Stefan Zweig. C'était en 1978, trois ans après l'assassinat par la police politique de l'un de ses amis, journaliste et dramaturge, un Juif croate expatrié en 1941. À ce propos, des questions demeurent sur l'orientation antisémite d'une partie des militaires brésiliens dans les années 1970. C'est toujours compliqué, quand un communiste juif est assassiné par la police politique, de savoir si c'est en tant que Juif ou en tant que communiste.

"Heureusement, nous avons fini par arriver à la fin d'un processus, la presse a été moins surveillée", se souvenait Alberto Dines, qui avait lui-même connu la prison en 1968. Chroniqueur au quotidien *Folha de S.Paulo*, il a aimé son travail de biographe car il faisait pour lui le lien entre l'histoire et le journalisme. Il a publié *Morte no paraíso. A tragédia de Stefan Zweig* pour la première fois en 1981, l'année où l'Uruguay a battu le Brésil en finale du Mundialito, la coupe des champions du monde de football. Au stade du Centenario, à Montevideo, tout le peuple chantait "*¡ Se va acabar, se va acabar, la dictadura militar !*"

Le jour où j'ai rencontré Alberto Dines, c'était la cinquième fois que je venais à São Paulo, la ville futuriste aux vingt millions d'habitants, la capitale moderniste aux sept millions de voitures, aux cinq cents gratte-ciels et aux hélicoptères sans nombre où le temps et l'espace semblent avoir fusionné. Avant d'oser s'y égarer comme dans une forêt, il faut s'y être fait quelques amis. Au début, je ne m'éloignais guère de l'avenida Paulista, de ses banques, de ses centres commerciaux, de ses restaurants, de ses librairies et de son musée d'Art moderne, fondé en 1947 par Assis Chateaubriand, le patron du groupe de presse Diários Associados au sein duquel Georges Bernanos a pu s'exprimer librement tout au long de la guerre. Il avait un côté Laurent le Magnifique, *Chatô*. "Politiquement et humainement, c'était un habile", m'a confié Geraldo França de Lima lors de notre rencontre. Ayant appris que "Seu Jorge", la conscience locale de la France libre, disait du mal de lui dans les cafés de l'avenida Rio Branco à Rio, il a fait doubler ses émoluments.

Au Brésil, Stefan Zweig n'a guère été invité à s'exprimer dans les journaux. Au cours de son échange avec Georges Bernanos, il l'a regretté, se souvenait Geraldo Franca de Lima. À Vienne, il a souvent eu l'honneur de voir ses textes publiés au "rez-de-chaussée" du *Neue Freie Presse*, le quotidien de la bourgeoisie libérale. Et au Brésil, sa renommée était plus vaste, plus universelle que celle de Bernanos, restreinte aux milieux catholiques et francophiles. Est-ce sa qualité de Juif ou la langue allemande, peu parlée à Rio, qui a fait obstacle dans les rédactions ?

J'aurais dû interroger Alberto Dines sur les équivoques d'Assis Chateaubriand, sa tendresse pour le modernisme réactionnaire du Troisième Reich, son anticommunisme, lui poser des questions sur une diplomatie brésilienne parfois accusée par les historiens contemporains d'avoir refusé d'accorder des visas aux Juifs. Je n'y songeais pas à l'époque, notamment parce que ni dans ses livres ni dans ses lettres, Stefan Zweig ne s'est plaint de l'antisémitisme au Brésil. Après dix années de rencontres, de recherches et de lectures, mon travail ne faisait que commencer. Ce que j'ai fini par comprendre de la tragédie de Stefan Zweig, est le fruit d'une longue enquête. Et c'est d'abord pour parler des premières traductions de Stefan Zweig et de leur réception au Brésil que j'ai rencontré Alberto Dines.

Une nouvelle version du *Monde d'hier* venait de paraître au Brésil. Avant que notre conversation ne débute, Alberto Dines a saisi sur son bureau ce livre qu'il avait préfacé, pour m'en lire les premières lignes. *"Nunca dei importância a mim mesmo a ponto de ficar tentado a contar aos outros as histórias da minha vida."*, "Jamais je n'ai donné à ma personne une importance telle que me séduise la perspective de faire à d'autres le récit de ma vie."

Cette intonation douce, cette prose plus délicate encore en portugais du Brésil que dans toutes les autres langues de la terre... Avant que nous ayons prononcé une seule parole, Alberto Dines a voulu faire résonner la voix de Stefan Zweig. Avec une merveilleuse simplicité qui s'apparentait à une espérance surnaturelle, peut-être même à l'attente de retrouvailles finales, il a convoqué l'écrivain parmi nous, plus de sept décennies après sa mort, alors que les mystères qui entouraient sa fin et celle de Lotte lui paraissaient toujours plus denses, toujours plus impénétrables.

Alberto Dines m'a parlé d'Abrahão Koogan, le fondateur des éditions Guanabara, spécialisées dans la littérature médicale, qui a publié Stefan Zweig au Brésil.

"Abrahão Koogan était un ami de mon père, mêlé avec lui au mouvement socialiste et juif de Rio. Il avait gagné beaucoup d'argent avec la littérature médicale, ce qui lui a permis d'éditer les livres de Stefan Zweig à destination d'un public élargi. Jusque-là, ses œuvres étaient souvent lues en français, notamment par la petite élite intellectuelle carioca, quelques membres de l'Académie brésilienne des lettres et quelques sommités des milieux médicaux intéressés par ses liens avec Freud. Ajoutons quelques étudiants lettrés issus de familles traditionnelles, à Rio et dans le Minas Gerais, qui admiraient sa biographie de Romain Rolland et son plaidoyer en faveur d'un humanisme internationaliste et pacifiste. Avec la traduction de ses nouvelles publiées sous forme de brochure, des couches sociales nouvelles ont eu accès à son exploration de l'âme féminine et des mystères de la psyché."

Dans le catalogue des éditions Guanabara, la publication des livres de Stefan Zweig faisait donc suite à celle des œuvres de Sigmund Freud. Réunis par la haine, quand leurs livres ont été jetés ensemble dans les autodafés de Berlin et Vienne, le médecin et l'écrivain l'ont été par l'amour dans la vitrine de la librairie Guanabara, au 132, rua do Ouvidor, dans le *Centro* de Rio de Janeiro, l'ancienne rue de la mode française dans les années 1900, où les grands éditeurs étaient établis.

Les folies de l'histoire obligent les exilés à avoir de l'audace. Abrahão Koogan avait vingt ans, le 12 juin 1932, lorsqu'il a écrit à Stefan Zweig une première carte postale pour lui proposer de publier son œuvre à Rio. Quatre ans plus tard, c'est par son intermédiaire que cet ambassadeur des lettres européennes, dont un voyage en Argentine était programmé dans le cadre d'une rencontre d'écrivains à Buenos Aires, a été prié de faire halte au Brésil par le ministère des Affaires étrangères.

Le 21 août 1936, Abrahão Koogan était sur le quai de la praça Mauá, pour accueillir le nouvelliste et biographe le plus célèbre de son temps à sa descente du navire *Alcantara* après quinze jours d'une traversée au cours de laquelle il a peut-être rencontré l'homme d'affaires qui a inspiré McConnors, le milliardaire écossais grossier et vantard qui ne supporte pas l'idée de perdre dans *Le Joueur d'échecs*. Bien des années plus tard, dans son bureau de la rua do Ouvidor, le jeune éditeur devenu vieux se souvenait avec émerveillement de sa première rencontre avec Stefan Zweig. “Un homme d’apparence aristocratique, au teint rose, qui parlait couramment le français, un véritable Européen sur le plan culturel et humaniste”.

Alberto Dines a insisté sur la générosité d’Abrahão Koogan. Certains témoins ont cependant regretté qu’il n’ait pas voué à l’œuvre de Stefan Zweig le respect qu’elle méritait. Peu encombré de scrupules littéraires, il a choisi ses traducteurs dans l’équipe de praticiens qui avait participé à l’édition brésilienne des œuvres de Freud. C’est ainsi que le docteur Odilon Gallotti a été chargé de la tâche délicate de donner les premières versions en portugais de *Brésil, une terre d’avenir*, du *Monde d’hier* et du *Joueur d’échecs.* Elias Davidovich, un médecin d’origine russe, a quant à lui traduit *La Confusion des sentiments*, *Freud et Tolstoï* et *Magellan* à partir du français. En 1936, Stefan Zweig a cependant salué sa traduction du premier de ses trois livres, l’histoire saisissante d’un étudiant berlinois opprimé par l’amour d’un professeur homosexuel. De fait, Elias Davidovich avait une culture littéraire très supérieure à celle d’Odilon Gallotti et il écrivait dans un portugais élégant.

Abrahão Koogan, lui, avait toutes les qualités et tous les défauts de l’autodidacte. Débarqué à Rio lorsqu’il était enfant, il n’a pas étudié à l’université. Au commencement de sa vie, il vendait des parapluies dans le centre de Rio.

C’est sa mère, Berta, qui lui a suggéré d’éditer Zweig au Brésil après avoir découvert son nom dans un journal juif américain publié à New York en yiddish. “Ce n’était pas un éditeur exactement génial”, a pu dire Alfredo Cahn, journaliste, traducteur et agent littéraire suisse-argentin de grande culture qui a publié Stefan Zweig à Buenos Aires. Mais c'était un homme fidèle, qui avait déjà mis quatorze titres de l'écrivain en circulation au Brésil lorsque celui-ci a été reçu à Rio de Janeiro. Et qui a ensuite programmé une version en vingt volumes cartonnés de ses œuvres complètes dont quelques exemplaires se retrouvaient dans toutes les bibliothèques des familles de la classe moyenne cultivée jusqu'au milieu des années 1970.

Alberto Dines ne m'a pas dit un mot contre Abrahão Koogan et ses traductions. Il a simplement repris la nouvelle version du *Monde d'hier* qu'il avait préfacée. "Je pense que c'est son meilleur livre", a-t-il insisté. Puis il m'a lu les dernières lignes de l'avant-propos de Stefan Zweig en insistant sur les derniers mots… *"Um reflexo da minha vida antes que ela submerja nas trevas."*, "Un reflet de ma vie avant qu'elle ne tombe dans l'obscurité." Ému, Alberto Dines a alors relevé vers moi la tête qu'il avait penchée sur la page. "C'était une façon d'annoncer sa mort."

## Un caractère très bizarre

En septembre 1940, Stefan Zweig a donc brièvement visité le Minas Gerais, l'État de l'intérieur que Georges Bernanos avait découvert dès la fin de l'année 1938. Dans les montagnes, il a vu Ouro Preto, Sabará, Mariana, Congonhas. Il en est revenu avec treize pages dactylographiées en allemand titrées *Les Villes disparues du Minas Gerais doré*, un texte encombré de clichés. Elles ont fourni la matière du chapitre intitulé "Visite aux villes de l'Or" dans *Brésil, une terre d'avenir*. Son tableau général est un peu confus : "Vila Rica et Vila Real, les villes les plus riches et les plus célèbres du Brésil au XVIIIe siècle, ne figurent plus aujourd'hui sur aucune carte." Vila Rica de Albuquerque, c'était le nom que portait la capitale du Minas Gerais à la fin de la colonisation portugaise, Vila Real de Sabará est une ville voisine. Après l'indépendance du Brésil, le Minas Gerais est devenu une province. Vila Rica de Albuquerque, ayant reçu le titre de ville impériale, a été baptisée Ouro Preto, l'Or Noir.

À Ouro Preto, au XVIIIe siècle, et à Belo Horizonte, au XXe siècle, c'est en grande partie dans le Minas Gerais que s'est inventé le Brésil contemporain. Dans cet État aux profondeurs silencieuses et secrètes dont la littérature et le cinéma ont rendu compte, Georges

Bernanos a cependant cherché ce qui nourrit l'imagination d'un romancier plutôt que ce qui enchante un historien en voyage d'étude. Il s'est intéressé aux intrigues domestiques, aux rivalités familiales, aux comédies intimes. Aux villes historiques perdues au milieu de montagnes qui évoquent les villages de Suisse et d'Autriche, il a préféré les cités agricoles de la lointaine savane.

Qui n'a pas vu les ravins de Pirapora, les baraques de zinc et les arbustes privés de sève des rives du rio São Francisco, les champs de riz d'Urucuia, le changement de couleur du paysage à l'heure du coucher du soleil à Diamantina, les manguiers chargés de fruits lourds et les prairies inondées du *Gerais-Sem-Fim* qui servent de décor aux romans et aux nouvelles de João Guimarães Rosa, peut difficilement comprendre l'extravagance de son aventure brésilienne. À cinquante ans passés, flanqué de sa tribu familiale, il s'est retrouvé seul au monde, libre sous le regard de Dieu.

"D'abord le Paraguay, ensuite Pirapora... Bernanos vivait sur un continent nouveau. Ou loin de la terre, très au large. Les confins du Minas Gerais donnent souvent cette impression de haute mer ou rien n'est relatif, tout est absolu, illimité", m'a soufflé Geraldo França de Lima, resté admiratif, six décennies plus tard.

Le rêve agricole de Georges Bernanos était un rêve d'enfant, un crayonné sur un cahier d'écolier. "J'ai acheté deux cents vaches, et gagné, du même coup, le droit de ne plus me dire « homme de lettres » mais vacher, ce qui me paraît bien préférable. En tant qu'homme de lettres, et homme du monde, j'étais lié par une foule de nécessités superflues, en tant que vacher, je pourrai écrire ce que je pense", a-t-il annoncé avec fierté à son ami le journaliste Joaquim de Salles, le 16 octobre 1939. À Rio, j'ai un jour rencontré Maria Leticia de Salles, sa fille, qui a extrait de ses archives le manuscrit autographe de cette lettre dont elle m'a laissé une copie.

Geraldo França de Lima a longuement évoqué la passion de Georges Bernanos pour la vie quotidienne des habitants du Minas Gerais. Persuadé que le cabaret était le parlement du peuple, même quand ce sénat spontané prend des allures d'entrepôt de venin, comme l'écrit Balzac dans *Les Paysans*, il raffolait des affaires intérieures des membres de l'élite de Barbacena, héritiers des *fazenderos* qui ont gouverné la ville économiquement et politiquement pendant presque tout le XIX$^{e}$ siècle.

"Les événements en Europe n'ont pas détourné Bernanos de la vie quotidienne à Barbacena. Jamais je ne l'ai vu indifférent au monde dans lequel il vivait. Tout le captivait, même les disputes au Café Colonial où il avait ses habitudes, rua Quinze de Novembro, à propos des clubs de football locaux, Villa do Carmo, Olympic Club et Andaraí… Il était également passionné par les combats plus cruels de la vie politique municipale. À Barbacena, à partir de 1930, une lutte acharnée s'est instaurée entre les familles Andrada et Bias Fortes, qui dirigeaient la ville ensemble depuis la proclamation de la République. J'ai évoqué ce conflit tragicomique dans *Serras Azuis*, mon premier roman. On en a même tiré une télénovela. La rivalité entre les Andrada et les Bias Fortes était célèbre dans tout le pays. Plus conservateurs, les Andrada étaient hostiles à Getúlio, tandis que les Bias Fortes espéraient pouvoir s'entendre avec lui. Tous étaient impatients de connaître les péripéties nouvelles de leur querelle. Dans une ville catholique et conservatrice comme Barbacena, cette permanence de rivalités de l'époque des *caudillos* et des *coronels* paraissait une survivance du passé. Georges Bernanos se délectait de cette vendetta familiale qui lui rappelait celle des Capulet et des Montaigu dans *Roméo et Juliette*."

Pour mieux comprendre les explications de Geraldo França de Lima, j'ai lu deux ou trois *histoires* du Brésil, en français d'abord, puis en portugais à mesure que je me familiarisais avec cette langue en lisant le journal du matin et en écoutant Vinícius de Moraes chanter *Apelo* sur un air de Baden Powell… *"Ah, meu amor não vás embora, vê a vida como chora, vê que triste esta canção, não, eu te peço, não te ausentes"*… "Oh, mon amour, ne t'en va pas, vois comme la vie pleure, vois comme cette chanson est triste, non, je t'en prie, n'abdique pas"… Vingt ans plus tard, je me souviens de mes premiers séjours à Rio comme d'une orgie de couleurs et de découvertes. La délicatesse avec laquelle Geraldo França de Lima a reçu le jeune voyageur français que j'étais à l'Académie brésilienne des lettres me stupéfie encore. À travers ses mots, je sentais Bernanos revivre. "Ce qui le passionnait, c'était la vie politique locale. À Rio, il n'a jamais été reçu dans un département d'État, et il n'aurait pas connu Oswaldo Aranha, le ministre des Relations extérieures, sans l'entremise de Virgílio de Melo Franco. Je me souviens de l'avoir vu déchirer une lettre qui lui avait été adressée depuis le palais présidentiel du Catete. « Je ne reçois pas d'invitation des traîtres », m'a-t-il dit. Alzira Vargas, la fille du président, essayait toujours d'attirer les écrivains et les artistes européens en exil dans l'entourage de son père. Je l'ai bien connue. Elle était depuis toujours favorable à la coalition anti-hitlérienne organisée autour de l'Angleterre. Elle a réussi à inviter Stefan Zweig au palais. C'était impossible avec Bernanos."

Beaucoup de choses étaient impossibles avec Bernanos. Non seulement de l'attacher à son char, comme le constatera le général de Gaulle après-guerre, mais de l'assigner à résidence. Il lui était impossible de rester chez lui ou de profiter d'une chambre chez un ami. Au Brésil comme en France ou aux Baléares, j'ai dit qu'il écrivait dans les cafés, une habitude dont il ne s'est pas départi, même en Tunisie, au soir de sa vie. "J'écris dans les cafés au risque de passer pour un ivrogne parce que je ne saurais me passer longtemps du visage et de la voix humaine." Plus le bruit et le mouvement étaient importants et plus il se sentait à son aise. À Barbacena, un cercle familier s'est rapidement constitué autour de lui. Il avait pour membres le professeur Honório Armond, dont il savait les vers par cœur ; le docteur Galdino Abranches, un clinicien renommé un peu éloigné de sa profession qui aimait bousculer le romancier avec ses idées positivistes. Marc Brut, un Français établi au Brésil depuis des années, propriétaire de l'usine de tissage Franco-Mineira Brut Ltda ; le docteur Paulo da Rocha Lagoa, un grand connaisseur des chevaux.

Rua Quinze de Novembro, Georges Bernanos avait également le plaisir de retrouver Paulo Rónai, un traducteur hongrois exilé, et Hubert Studenic, un Juif allemand arrivé au Brésil en mars 1941 avec son épouse, tous deux munis de faux passeports tchécoslovaques… Hubert Studenic, l'homme que Stefan Zweig avait connu à Berlin sous le nom d'Hugo Simon. Un ami capital pour Georges Bernanos, dont les années brésiliennes ont été marquées par la rencontre avec l'existence juive.

Un autre jour, à Barbacena, le polémiste au clavier peu tempéré a reçu la visite de Leopold Adrian, un diplomate autrichien en exil. Ce littérateur un peu snob qui se faisait appeler "von" Adrian s'était établi à Petrópolis. Il avait connu son heure de gloire avant la Première Guerre mondiale, grâce à un livre intitulé *Le Jardin de la connaissance*. Opposant au nazisme, comme tous les habitués du Café Colonial, Leopold "von" Adrian était un fervent partisan des Habsbourg. Dans une lettre adressée au diplomate suisse Carl Burckhardt, il a laissé ce témoignage sur Georges Bernanos : "C'est un écrivain de grand talent et en même temps un homme très courageux – mais un caractère très bizarre, un chrétien croyant et constamment critique envers ce qu'il appelle l'Église visible, à commencer par le pape."

On imagine ces hommes discuter de politique nationale et internationale, commentant avec fièvre les informations qu'ils avaient entendues à la radio et lues dans les journaux. Ils ne conspiraient pas pour faire tomber le régime au Brésil, ils attendaient la chute de Hitler en Europe. Il semble que jamais, dans un article ou dans sa correspondance privé, Georges Bernanos n'ait écrit le nom de Getúlio Vargas. L'a-t-il au moins prononcé une seule fois ? En 1936, lors du premier voyage de Stefan Zweig au Brésil, le chef de l'État portait toujours le titre officiel de président de la République ; quand Georges Bernanos a débarqué à Rio, il était devenu un dictateur sur le modèle du portugais António Salazar, qui avait instauré dans son pays le régime corporatiste de l'*Estado Novo*, cependant beaucoup plus rétrograde, par bien des aspects, que le régime brésilien, tourné vers l'ordre, mais aussi vers le progrès, un mot capital dans l'histoire nationale depuis 1889.

Jamais je n'oublierai la tendre après-midi de jeudi que j'ai passée à l'Académie brésilienne des lettres en juin 2002. C'était le début de l'hiver austral. Quand la lumière a commencé à baisser, Geraldo França de Lima a insisté pour que je reste prendre le thé, dans la modeste intimité de tous les jours, comme il me l'a dit, avec deux confrères amoureux de la France eux aussi. J'ai songé, non sans vertige, que lors de son premier voyage au Brésil, le jour même de son arrivée à Rio de Janeiro, le 21 août 1936, Stefan Zweig avait lui aussi été invité à prendre le thé à l'Académie, avec Múcio Leão, Laudelino Freire, Afrânio Peixoto et Miguel Osório. Les cinq hommes ont échangé en français, aussi librement qu'à la cour de Berlin, à l'époque de Frédéric II ou qu'à Saint-Pétersbourg, sous le règne de la Catherine II.

Avec les deux confrères de Geraldo França de Lima, c'est en français que nous avons parlé de Georges Bernanos et de Stefan Zweig. Mais aussi d'André Malraux qu'ils avaient croisé, en France ou au Brésil. C'est ainsi que le ministre des Affaires culturelles du général de Gaulle, dont Stefan Zweig a admiré *La Condition humaine* en 1933, réapparaît dans cette histoire. "Au Brésil, Malraux jouit d'un tel prestige que beaucoup de gens pensent qu'il a reçu le prix Nobel. Savez-vous que, grâce à lui, la France et le Brésil sont les deux premiers pays du monde à avoir eu un ministère de la Culture ?", m'ont-ils demandé. Non, je ne le savais pas.

Les échanges culturels entre la France et le Brésil ne sont plus ce qu'ils étaient dans l'après-guerre, mais dans les milieux artistiques, l'ancien engagé volontaire des

Brigades internationales en Espagne devenu ministre sous la Vᵉ République continue d'être lu et commenté. Au printemps 2001, lorsque la biographie d'Olivier Todd a paru à Paris, j'ai découvert avec stupeur un compte rendu d'une page dans le supplément littéraire de *O Estado de S.Paulo*. Chez Malraux, les intellectuels brésiliens affectionnent la vision en profondeur des êtres et des sociétés, la passion de l'art nègre, la fascination pour la transe, le sacré et la folie dans les religions africaines. Et cette façon de chercher la force révolutionnaire du passé, non pour y revenir, mais pour avoir la conscience d'en venir, d'être projeté par lui.

L'heure du thé a été agréable, avenida Presidente Wilson. Je me souviens de l'élégance de Josué Montello, le romancier de São Luis du Maranhão, capitale de la France équinoxiale en 1612, pour une courte saison de gloire. "J'aime beaucoup *Un crime*. Comme Dostoïevski dans *Crime et châtiment*, Bernanos est un maître du roman psychologique. Il a réussi à élever le roman policier au rang d'œuvre d'art. Il y a plus de trente ans, j'ai écrit un texte sur lui pour un colloque. Quand il vivait au Brésil, il a compté pour les gens de ma génération. Mais la France s'est beaucoup éloignée, depuis cette époque. Stefan Zweig, je l'ai redécouvert à l'occasion de la publication de la traduction française de ses journaux, il y a une quinzaine d'années. Revenez me voir à l'Académie, je retrouverai ce que j'ai écrit à ce propos."

Geraldo França de Lima et Josué Montello m'ont expliqué qu'ils avaient tous les deux travaillé dans l'entourage de Juscelino Kubitschek lorsqu'il était président de la République. J'aurais aimé leur poser davantage de questions sur cette époque, sur les métamorphoses incessantes du Brésil. Mais j'étais venu à l'Académie pour parler de Stefan Zweig et de Georges Bernanos. Afonso Arinos Filho, le troisième *imortal*, était dans l'opposition à Juscelino, comme je l'apprendrai plus tard. Il avait lui aussi rencontré Georges Bernanos à Barbacena, lorsqu'il était enfant, en compagnie de son père, Afonso Arinos de Melo Franco, et surtout de son oncle, Virgílio de Melo Franco, tragiquement disparu en 1948, dans des circonstances qu'éclairent certainement son opposition passée à la dictature et la grande popularité de sa famille dans l'opinion publique. Spontanément, Afonso m'a parlé de Paul Claudel, ministre plénipotentiaire à la légation de France de Rio entre 1916 et 1918, de son secrétaire, Darius Milhaud, et de Blaise Cendrars, émerveillé par le Brésil dès qu'il a posé le pied sur les rives de la baie de Guanabara en 1924.

"Je me souviens bien de Bernanos, m'a confié l'ancien diplomate. Il était grand, une moustache touffue et une crinière de lion. Mon père lui trouvait le teint d'un gitan. Estropié d'une jambe, à la suite d'un accident de moto, il marchait en s'appuyant sur deux cannes. Tous les ans, avec mes parents, nous avions l'habitude de séjourner dans la *fazenda* Granja da Margaridas que possédait mon oncle Virgílio à Barbacena. Il ne se passait pas trois jours sans que Bernanos ne vienne nous voir sur son cheval d'allure de race campolina à la robe grise que lui avait offert Oswaldo Aranha, le ministre des Affaires étrangères. Georges Bernanos mettait pied à terre, s'avançait tel un nouveau chevalier à la charrette et s'asseyait parmi nous. Il commençait à parler passionnément, avec des yeux flamboyants, de grands yeux bleus, des yeux purs d'enfant, inoubliables, dans un monologue rarement interrompu. Il avait une voix forte et haute, étonnement jeune, qui résonnait loin, mais ne criait jamais. En l'écoutant parler, on avait le sentiment que Bernanos était en train d'écrire, qu'il rêvait à voix haute un texte à venir. J'avais à peine douze ans, je n'avais aucune idée de l'importance de cet écrivain."

Avant de me quitter, Afonso Arinos Filho m'a recommandé la lecture des mémoires de son père, parus en 1961 sous le titre *A alma do tempo*. "Vous y trouverez de nombreuses informations sur une époque tourmentée, que je ne renie ni ne juge."

## *Naquele tempo**

À Rio, en marchant le long des rives de la baie de Guanabara, dans le *Centro* ou le quartier d'Urca, j'ai souvent imaginé l'impatience de Stefan Zweig sur le pont du navire *Alcantara* en 1936, où il pouvait déjà regarder les avions décoller depuis la courte piste de l'aéroport Santos-Dumont, conçu par l'urbaniste français Alfred Agache avec lequel il se lierait. "Je suis heureux de voir le Brésil, j'ai moins d'appétit pour l'Argentine", a-t-il écrit à Friderike, sa première femme, épousée en 1920, dont il vivait séparé mais qui est restée une confidente jusqu'au jour sans lendemain du 23 février 1942 – c'est à elle qu'est adressée sa dernière lettre.

C'est étonnant, quand on y pense, de songer qu'avant même d'avoir posé un pied en Amérique du Sud, la préférence de Stefan Zweig allait au Brésil, alors qu'il parlait un peu l'espagnol et ignorait le portugais. Cette inclination intuitive a pris chair dans la splendeur indescriptible de Rio, de ses maisons, de ses hommes et de ses femmes, de sa luxuriance de couleurs et de fruits, d'odeurs, d'émotions et de paysages. Elle éclaire le choix de l'été 1941, quand Stefan et Lotte

* En ce temps-là.

ont choisi de quitter les États-Unis pour le Brésil, où ne les attendait guère que le fidèle Abrahão Koogan, tandis que toute une société littéraire était prête à les accueillir à Buenos Aires.

Le Brésil est un pays mordant. Le 21 août 1936, Stefan Zweig l'a ressenti, lorsque le paquebot de la Royal Mail Lines est passé sous le Pain de Sucre. "Vais-je pouvoir tout dire sur Rio ? Ne pas trop en oublier ?" En 1911, l'écrivain avait trente ans lorsqu'il a traversé l'Atlantique pour la première fois à destination de New York. Vingt-cinq ans plus tard, il découvrait l'Amérique du Sud. Même à l'heure de la technique, l'homme ne marche qu'à petits pas pour parcourir la longue route de l'histoire. À ce contemplatif, curieux de tous les paysages, la baie de Rio est apparue comme l'une des plus belles du monde, avec celles d'Alger et de Naples.

Il était heureux d'avoir laissé les bandes nazies qui faisaient régner la terreur dans les villes d'Autriche à dix mille kilomètres de distance. Des ferry-boats et des barques à voile latine ont improvisé une suite royale au paquebot britannique qui glissait sur l'eau verte de la baie ceinte de montagnes bleues. À sa main droite, perchés sur une colline, l'écrivain a vu les murs blancs du monastère São Bento, sans imaginer le rôle que cette abbaye et ses frères joueraient dans l'opération de sauvetage de certains de ses amis juifs venus trouver refuge au Brésil. Aujourd'hui encore, pour se rendre au terminal international de Pier Mauá, les paquebots de croisière passent au pied de la colline de São Bento au sommet de laquelle, sept fois le jour, une trentaine de moines vêtus de noir louent le Seigneur. "Solitaire dans les hauteurs, la vue non encore couverte par les immeubles, regardant librement dans toutes les directions, l'église de São Bento représente un merveilleux morceau de beauté et de tranquillité dans cette ville qui avance, éclatante de couleurs et de bruits."

Durant la traversée, Stefan Zweig a réfléchi à l'essai qu'il voulait écrire sur le navigateur portugais Fernand de Magellan, l'inspirateur de la première circumnavigation du globe, tué en avril 1521 sur l'île de Mactan, aux Philippines, sans être allé au bout de son rêve. Il ne songeait pas tant à une biographie qu'à une miniature restituant un moment culminant de l'histoire. *Eine Sternstunde*, l'heure étoilée, souvent au sommet de la gloire d'un homme, parfois à la veille de sa mort, dans une concentration totale, une lucidité parfaite.

En coupant la ligne équinoxiale tandis que les Jeux olympiques se déroulaient à Berlin, exaltant une Grèce débarrassée d'Israël, une doctrine de l'ordre arrachée à l'infinie tendresse de Dieu, Stefan Zweig a peut-être songé aux galions portugais embusqués aux abords des dix îles du Cap-Vert, en 1622, pour empêcher le passage des bateaux de retour de l'océan Indien, afin que personne ne sût qu'il était possible de gagner l'archipel indonésien par l'ouest, en naviguant sous le continent sud-américain, à travers le détroit qui porte aujourd'hui le nom de Magellan.

Ce mois d'août 1936, marqué par le soulèvement au Maroc des troupes du général Franco contre la République et les débuts de la guerre en Espagne, un pays où Georges Bernanos vivait avec sa famille depuis octobre 1934, Stefan Zweig voulait s'aventurer dans le temps davantage que dans l'espace. À Vigo, où le navire *Alcantara* a fait étape le 10 août, il a vu l'armée fasciste occuper la ville, les miliciens aux uniformes bariolés, des gamins armés de pistolets. Dans la vitrine d'une librairie, il a vu avec effroi sa biographie de Marie Stuart présentée entre des écrits de Hitler et un livre du constructeur d'automobiles Henry Ford contre les Juifs. Depuis l'accession au pouvoir de Hitler à Berlin en janvier 1933, l'atmosphère en Europe était empoisonnée. Il fallait fuir, par n'importe quel moyen, fuir.

Pour Stefan Zweig, le Brésil n'était pas une étape, c'était une promesse. Dans ce pays vaste comme un continent, il a rencontré un peuple soustrait à la *brutalisation* du Vieux Continent provoquée par la Première Guerre mondiale, le génocide turc en Arménie et la Révolution bolchevique. Un peuple né de la rencontre providentielle des Européens, des Indiens et des Africains, loin des théories naturalistes sur la pureté raciale. En lisant les voyageurs allemands du XVIIIe siècle, cet orfèvre de l'analyse psychologique a rêvé d'un recommencement. Au cœur de l'hiver austral 1936, il a retrouvé le paradis perdu. Dans son esprit accablé par l'angoisse, prêt à s'évader dans n'importe quelle chimère pour fuir le monde réel, l'homme cordial du Brésil, caractérisé par son hospitalité et sa générosité, son fond émotif et débordant, s'est substitué au bon sauvage dont avaient rêvé les philosophes des Lumières. Il a compris que le seul monument qu'il fallait visiter au Brésil, c'était son peuple.

Pour le reste, il n'a eu qu'à se laisser émerveiller par la profusion de la nature, la combinaison anarchique de mer, de forêt et de montagne. La lumière est souvent d'un bleu très pur, au-dessus de la ville merveilleuse, à la fin du mois d'août. Ce qui est frappant, c'est la vitesse à laquelle le soleil se couche, à la première heure du soir. En un instant, la nuit vient et déjà toute la ville rêve. Le climat est sec, les matinées sont douces et la température ne monte jamais au-dessus de trente degrés.

Un climat accordé à l'élégance de Stefan Zweig, toujours vêtu d'une cravate ou d'un nœud papillon, d'une chemise blanche et d'un complet-veston lors de ses interventions publiques. Celles-ci ont été nombreuses. Ses admirateurs faisaient la queue dans la rue lorsqu'il dédicaçait ses livres dans une librairie. En deux jours, il a vu plus de trois mille personnes. Le Brésil était ravi d'accueillir l'une des premières stars planétaires de l'industrie culturelle, avec Charlie Chaplin, Marlene Dietrich et Walt Disney. Surnommé Carlitos, le premier était célèbre grâce à ses films considérés comme des *fábrica de gargalhadas*, des usines à rire, depuis la course en voiturette de *Charlot est content de lui*, à l'affiche dans un cinéma de l'avenida Rio Branco à Rio dès 1914 ; la Berlinoise a attendu le mois d'août 1959 pour venir chanter en anglais, en français et même en portugais au Copacabana Palace, mais elle était une source d'inspiration dans les cabarets de Rio depuis *L'Ange bleu* ; quant au réalisateur de dessins animés américain il a débarqué à Rio en 1942 avec son film *Saludos Amigos* et son perroquet José Carioca pour faire connaître une culture et un mode de vie américains plus aimables que le vitalisme nazi et inviter l'élite brésilienne à adhérer à la Good Neighbor Policy, la politique de bon voisinage proposée par le président Roosevelt à ses voisins. On ne parlait pas encore de *soft power*, mais cette politique culturelle s'est révélée décisive. Stefan Zweig n'y a pas prêté attention en 1936. Au Copacabana Palace, où il a reçu les reporters de la presse carioca le 24 août, il a répondu aux questions des journalistes en évoquant la littérature, la culture, les hommes et les paysages, à la manière d'un savant romantique du XIXe siècle épris de botanique, mais en écartant la politique.

Venu au Brésil à mon tour, le dernier jour de mai 2001, je n'ai pas tardé à me rendre au Copacabana Palace en rêvant à Stefan Zweig et pourquoi pas à Marlene Dietrich interprétant *Luar do sertão* en présence du président Juscelino Kubitschek.

C'était un samedi, le jour de la *feijoada* servie dans la pergola du restaurant de l'hôtel en version complète. Un plat préparé avec des haricots noirs, des oreilles, des pieds et du museau de porc, de la viande de bœuf séchée, des saucisses fumées, le tout servi avec du chou vert braisé aux lardons, des piments, du riz, des rondelles d'orange et de la farine de manioc torréfiée. Stefan Zweig avait encore de l'appétit, en 1936. Dans les *botecos* que lui ont trouvés ses amis cariocas, il a découvert la *feijoada*, vidé des petits verres de *cachaça* et bu du café du Brésil. Son journal de voyage indique qu'il a dégusté de la *feijoada* à deux reprises à l'occasion de son premier séjour à Rio de Janeiro. J'ignore si Marlene Dietrich l'a goûtée, ni même André Malraux, en voyage au Brésil exactement au même moment qu'elle. Un écrivain supportait alors la concurrence d'une chanteuse au succès planétaire.

Au Copacabana Palace, j'ai savouré le plat national en songeant qu'il fallait toujours se documenter avec soin. Dans cet hôtel commandé pour le centenaire de l'indépendance du Brésil et finalement inauguré l'année suivante, en 1923, Stefan Zweig a séjourné du 21 au 29 août 1936, dans les quatre pièces de la suite 505, dont l'immense terrasse donnait sur le sable doux de la plage éclairée par la lueur de la mer. Ébloui par ce blanc et ce bleu, l'écrivain qui avait tant aimé la Riviera a jugé qu'elle était plus belle que n'importe quelle station balnéaire d'Europe. Ses parents prenaient leurs quartiers d'été sur la Côte d'Azur lorsqu'il était enfant. Il a songé au Negresco de Nice ou au Carlton de Cannes, dont les façades étincelantes ont inspiré les architectes du Copa. "Je serais heureux de passer des heures sur cette terrasse, mais je n'ai pas le temps. Je dois déjà visiter la ville, qui est belle car elle mêle avec bonheur Madrid et Lisbonne, New York et Paris, sur l'avenida Rio Branco, un grand boulevard au style encore inachevé, mais au format propre et extrêmement fréquenté. Là se révèle le même métissage extraordinaire, qui se confirmera à moi tous ces jours comme la chose la plus extraordinaire de notre temps : l'absence absolue de préjugés entre les races, un constat déjà au premier coup d'œil."

Dans la galerie des célébrités, au premier étage du Copacabana Palace, j'ai retrouvé la photo dédicacée de Stefan Zweig près de celles d'Igor Stravinski, de Paul Morand, de Cécile Sorel, arrivée en août 1938, par le même bateau que Georges Bernanos, d'Albert Einstein et de son ami le chef d'orchestre Arturo Toscanini, que le Viennois au sommet de sa gloire avait invité dans sa maison de Kapuzinerberg, sur les hauteurs de Salzbourg.

À la date du 27 août, dans son journal, Zweig rapporte qu'il est allé écouter les meilleurs musiciens noirs du Brésil à l'Elite Clube. L'écrivain dont le compositeur favori était Gustave Malher a été impressionné par un flûtiste au jeu vif, tendre et caressant, s'exécutant et dansant en même temps, parfaitement suivi par les musiciens de son groupe. J'ai pensé au génial Pixinguinha, saxophoniste, chanteur et chef d'orchestre, l'empereur du *choro*, un genre musical né à Rio à la fin du XIXe siècle qui marie les danses européennes avec les rythmes africains. Dans un morceau de *chorinho*, comme on dit affectueusement, s'entend l'écho des valses, des polkas, des quadrilles et des mazurkas des bals à la cour de Vienne.

À Rio, l'ami de Richard Strauss n'a peut-être pas entendu jouer Pixinguinha, mais on comprend, en écoutant *Choro de gafieira*, l'émotion qui l'a submergé quand il a découvert ces partitions qui abolissent la distinction entre la musique populaire et la musique érudite. Il faut entendre également *Naquele tempo*, *En ce temps-là*, pour sentir la mélancolie déchirante qui traverse la musique de Pixinguinha.

*En ce temps-là, il y avait des toccatas, des romances, des sérénades, même au clair de lune, quelqu'un m'a dit qu'il t'avait vu pleurer, en cette nuit-là…*

Rua Frei Caneca, près des arcs de Lapa, l'ancien Elite Clube existe toujours sous le nom de Gafieira Elite. Mais aujourd'hui, on y entend plus souvent le rythme du *cuíca* et des *surdos* du carnaval que des airs de *cavaquinho*, de flûte, de *pandeiro* et de guitare, les instruments en usage à l'époque de l'invention du *choro*. Le Viennois Stefan Zweig était ouvert au changement, mais il aimait que des motifs anciens soient mêlés aux éléments nouveaux. Je l'ai imaginé savourant la maladie suave d'*Aquarela do Brasil* d'Ary Barroso. Il aurait sans doute eu un peu de mal avec les tempos de la *batucada*, du *maracatu*, de l'*axé*, du funk ou de la samba-reggae.

Il faut se rendre à la Mangueira ou à la Portella, dans les écoles de samba de Rio établies aux abords des favelas, pour retrouver l'atmosphère musicale et sensuelle, sinon sexuelle, qui a enchanté Stefan Zweig. Non seulement grâce à un relatif mélange social, mais aussi parce qu'on peut y admirer des petites bonnes des quartiers chics de la *zona sul* qui dansent comme des comtesses. Cette façon qu'elles ont d'enchaîner les pas de samba, les muscles des cuisses saillants, le corps ruisselant de sueur, avec force et souplesse, fièvre et bonheur à la fois.

"Une larme d'espérance"

*Toujours assis, les mains posées devant lui, Stefan Zweig a écouté Georges Bernanos, resté débout, de l'autre côté de la pièce. À plusieurs reprises, il a été tenté de l'interrompre, mais il l'a laissé parler, curieux de l'entendre, comme s'il cherchait le secret de son énergie spirituelle dans ses éclats de rire enfantins.*

STEFAN ZWEIG

*(Avec un sourire forcé.)* J'admire votre détachement. Il y a des moments de mon existence où je m'en suis cru capable. En 1934, notamment, lorsque j'ai quitté l'Autriche pour trouver refuge à Londres. Je me suis dit que tout serait plus simple si je parvenais à oublier ma maison, mes livres, mon confort, ma renommée.

GEORGES BERNANOS

1934 ! Il eût été tellement aisé, alors, de détruire le fascisme par des sanctions diplomatiques. Nous n'en serions pas, aujourd'hui, à nous demander quelle coalition nous permettra peut-être d'échapper à l'organisation totalitaire universelle promise aux nations libres par M. Hitler en écrivant *Mein Kampf* ? Nous faudra-t-il adresser un faire-part pour prier Son Excellence le président des États-Unis d'Amérique de bien vouloir se donner les moyens de sauver la liberté du monde ?

STEFAN ZWEIG

Je ne sais pas. Au point où j'en suis, je ne suis même plus capable de songer à la liberté du monde. Sauver ma liberté intérieure me suffirait. Je suis accablé de soucis matériels, je n'arrive plus à me détacher des contingences. Comment serait-ce possible alors qu'il y a, partout sur la terre, des hommes qui ont décrété ma mort ? La terreur dans laquelle je me débats depuis 1939 a interrompu en moi tout élan spirituel. Vous ne pouvez pas imaginer dans quelle insécurité je vis.

GEORGES BERNANOS

Détrompez-vous. Et ne croyez pas que l'existence s'apparente pour moi à une aimable comédie. S'il m'arrive de rire, c'est pour éviter de pécher contre l'espérance. Mais j'ai quelque idée de ce qu'est la domination du malheur…

STEFAN ZWEIG

Pardon ! alors… *(Il ralentit.)* J'ai sombré dans les ténèbres. Je vis dans l'angoisse de la chambre dans laquelle je vais dormir le soir, du déjeuner que je prendrai le lendemain. Chaque matin, lorsque je me réveille, je songe que des policiers peuvent me saisir et me livrer à la Gestapo. L'idéologie nazie a mordu jusqu'ici.

GEORGES BERNANOS

On m'a parlé d'un chef de la police politique au nom allemand, un individu particulièrement empressé, dénué de toute espèce de conscience.

STEFAN ZWEIG

*(Voyant manifestement de qui il s'agit.)* Oublions-le, je vous en prie.

GEORGES BERNANOS

*(Insistant.)* Ne serait-ce pas un certain Müller ?

STEFAN ZWEIG

Oublions-le, je vous dis.

GEORGES BERNANOS

Filinto Müller ?

STEFAN ZWEIG

Je ne sais pas.

GEORGES BERNANOS

Il paraît qu'il a livré des prisonniers politiques aux nazis.

STEFAN ZWEIG

Je ne peux pas penser à cela. C'est un malheur de savoir que les idéologies européennes ont pris racine ici. Il y a plus de démons que vous ne l'imaginez dans les fourgons de l'anticapitalisme. Le Brésil cordial et paternaliste que j'ai connu en 1936, sans police et sans malice, a changé. C'est devenu un pays autoritaire.

GEORGES BERNANOS

Le changement a été si brutal ?

STEFAN ZWEIG

Hélas. Ce qui m'était apparu si souple dans les mœurs des Brésiliens s'est brutalement durci. Je n'ai pas retrouvé l'harmonie entre les Noirs, les Blancs, les Indiens qui m'avait émerveillé lors de mon premier voyage, cette coexistence pacifique entre les juifs et les chrétiens. La dictature subtilement dissimulée des débuts est désormais pleinement assumée. Je n'ai pas fui le Troisième Reich et quitté l'Autriche pour vivre dans une espèce de surgeon de l'Italie de Mussolini.

GEORGES BERNANOS

Mais nous avons des amis au Brésil ! Et lorsque je dis "nous", je pense à tous les hommes libres dispersés à la surface du globe avec leurs légers bagages, juifs fugitifs et catholiques errants, tous gardiens de l'avenir. Songez à l'accueil qui vous a été fait tout à l'heure à la mairie de Barbacena. Vous y attendiez-vous ?

STEFAN ZWEIG

Non.

GEORGES BERNANOS

Eh bien ! Vous avez vu des amis de la liberté ! Nous devons compter sur ces hommes et sur ces femmes autant qu'ils comptent sur nous.

STEFAN ZWEIG

Si je le pouvais. Mais tout m'oppresse. Je m'inquiète pour ma subsistance. Comme si les nazis avaient voulu que je sois soumis à la malédiction de l'argent jusqu'ici, au Brésil, après avoir fui l'Autriche et l'Angleterre, avoir été chassé de France et avoir traversé l'Atlantique pour me mettre à l'abri. Ils se sont fait des Juifs une idée à eux et voudraient nous obliger à y correspondre. Je n'arrive pas à me consoler de n'avoir pas une bonne bibliothèque à ma disposition, pas une pièce d'archive. Toute la documentation que j'ai rassemblée pour écrire une biographie de Balzac est restée en Angleterre. Je reçois des livres, mais presque toujours en portugais.

GEORGES BERNANOS

Aimez-vous la langue portugaise ?

STEFAN ZWEIG

Je la parle si mal et si peu. Vivre dans un pays de langue espagnole m'aurait été moins pénible. À Montevideo, j'ai pu donner une conférence en castillan. Mais je lis difficilement le journal en portugais, déchiffrer une page des *Lusiades* de Camões me demande des efforts immenses et une conversation chez le boucher m'épuise.

GEORGES BERNANOS

Tel qu'on l'entend ici, au Brésil, le portugais a pourtant des grâces merveilleuses, une chaleur communicative et une touchante humanité.

STEFAN ZWEIG

Quel horrible contraste avec ce que je ressens au fond de moi-même…

GEORGES BERNANOS

Nous ne devrions plus songer au monde qu'en portugais, être suffisamment innocents pour attendre la résurrection de sa simplicité caressante.

STEFAN ZWEIG

*(Grimaçant.)* Cette capacité me manque.

GEORGES BERNANOS

Je ne suis pas très doué moi non plus.

STEFAN ZWEIG

Mais vous avez la foi d'un chevalier du Moyen Âge.

GEORGES BERNANOS

Sur ce qu'est la foi, vous vous méprenez, me semble-t-il. Ce n'est pas quelque chose qu'on a, comme vous le dites. Celui qui prétendrait la posséder se tromperait lourdement. C'est une larme tombée du ciel… Un lumineux trait divin dans la nuit… *Uma lágrima de esperança num oceano de dúvida*, comme je l'expliquais l'autre jour à un ami qui me trouvait sûr de moi. Une larme d'espérance…

STEFAN ZWEIG

Une goutte d'espérance dans un océan de doute ?

GEORGES BERNANOS

C'est cela.

STEFAN ZWEIG

Il faudrait prendre le temps d'apprendre à parler correctement cette langue. Mais je suis désespéré à l'idée de savoir que je n'arriverai jamais à écrire en portugais. En allemand, je n'aurais jamais plus ni d'éditeur, ni de lecteurs. Les bibliothèques de mon pays natal ont été brûlées, les librairies ont été saccagées. Mais j'ai eu soixante ans au mois de novembre, il est trop tard pour tout recommencer.

GEORGES BERNANOS

J'ai presque votre âge, et moi non plus, je ne vais pas apprendre à nouveau le portugais et l'allemand, à côté du latin et du grec. Et pourquoi pas le chinois puisque nous serons peut-être obligés de fuir encore plus loin demain…

STEFAN ZWEIG

*(Surpris.)* Le chinois. *(Un temps puis faiblement.)* Je ne fuirai plus.

GEORGES BERNANOS

*(Faussement joyeux.)* Mais si. Et nous fuirons ensemble !

*Un temps.*

STEFAN ZWEIG

*(S'efforçant de sourire à son tour.)* Je devrais peut-être faire comme vous. Écrire dans les journaux brésiliens. Mais que pourrais-je y raconter ? Je me suis dévoué aux beaux-arts depuis l'adolescence, j'ai donné des articles aux journaux par le passé. Mais je ne sais pas parler d'autre chose que de théâtre, de musique et de littérature. Et je ne peux pas le faire dans une autre langue que la mienne.

GEORGES BERNANOS

Écrivez en allemand, on traduira.

STEFAN ZWEIG

Je n'ai pas autant d'amis que vous au Brésil. Et ma langue maternelle provoque la méfiance. Me voilà juif pour les uns et allemand pour les autres.

GEORGES BERNANOS

Une des erreurs de ma jeunesse fut de croire que cette bêtise était inoffensive.

*Stefan Zweig a un faible sourire, heureux d'avoir entendu cette dernière phrase. Il se lève, repousse sa chaise contre la table pose ses deux mains sur le dossier. Sans un mot, il regarde fixement Georges Bernanos. Mais peut-être traque-t-il les images d'un temps meilleur, d'un monde plus parfait. À cet instant, il paraît cependant apaisé, comme s'il avait trouvé ce qu'il était venu chercher à Barbacena.*

## Nazis dans la serra

Avant de se rencontrer au début des fêtes du carnaval, entre le jour des Rois et le mercredi des Cendres, Stefan Zweig et Georges Bernanos ont découvert que chaque village brésilien organisait son défilé avant le Carême avec ses écoles de samba. L'écrivain français n'a cependant rien laissé à ce propos qui évoquerait les descriptions des journaux de son confrère. Bernanos a découvert la vie brésilienne au galop, sans prendre de notes. Il n'était ni historien ni reporter, encore moins ethnologue. Ce que le romancier des âmes fortes a scruté, dans les profondeurs arides du pays, c'est l'homme intérieur. Non pas tant l'*Aquarela do Brasil* chantée par Ary Barroso que son *alma*, son âme, qui l'a percé jusqu'au fond du cœur.

Ce rameur des mers invisibles répétait souvent qu'au Brésil, il avait davantage fréquenté les garçons de ferme que les gens de lettres. "Ce ne sont donc pas vos intellectuels qui m'ont fait comprendre vos paysans, ce sont vos paysans qui m'ont fait comprendre vos intellectuels." Aux confins du Minas Gerais, dans la forêt naine du *cerrado* où il vécut huit mois entre septembre 1939 et mai 1940, c'est probable. C'était moins vrai dans la ville rurale et universitaire de Barbacena. Car sans le savoir, Bernanos était attendu au Brésil. En septembre 1936, invité au Congrès international des PEN clubs, au même moment que Stefan Zweig, le philosophe français Jacques Maritain, promoteur de la redécouverte de la théologie médiévale à l'âge des aéroplanes, a fait une tournée à Buenos Aires, Rosario, Córdoba et Montevideo pour mettre en garde ses auditeurs contre le national-catholicisme – cet oxymore condamné à pourrir et à mourir de sa contradiction initiale. Il venait de faire paraître *Humanisme intégral*, un livre qui a servi de boussole à toute une génération. En Argentine, au Chili, en Uruguay et au Brésil, l'écho de la trentaine de conférences qu'il a prononcées entre le 15 août et le 14 octobre s'est fait sentir sur une longue durée – jusqu'à Jorge Bergoglio, futur pape François, lorsqu'il étudiait la philosophie au grand séminaire Saint-Joseph de San Miguel, dans la banlieue pauvre de Buenos Aires, au début des années 1960.

Pour mener à bien son entreprise de mise en garde des consciences catholiques d'Amérique du Sud, six ans après les débuts en Argentine d'une longue série de coups d'État et de dictatures militaires qui a duré jusqu'en 1985, Jacques Maritain était venu avec les livres de trois écrivains dans ses bagages. Ceux de Léon Bloy, de Charles Péguy et de Georges Bernanos. En 1936, ce dernier n'était pas encore devenu le rugissant lion de la vérité, mais il était déjà célébré comme le romancier du réveil du surnaturel. Et il avait rompu avec l'Action française, le nationalisme intégral et les méprises doctrinales du royalisme antisémite et antiparlementaire en 1932 avec ce mot triomphant : "À Dieu, Maurras ! À la douce pitié de Dieu !"

"D'une certaine façon, Georges Bernanos a été une grande déception pour l'extrême droite brésilienne", m'a expliqué le professeur Leandro Garcia Rodrigues, venu me retrouver à l'heure du petit-déjeuner dans la grande salle à manger néo-viennoise de l'hôtel Solar do Império où je séjournais à Petrópolis. "À cette époque, l'extrême droite brésilienne était fasciste et antisémite. Bernanos était beaucoup trop humaniste pour elle." Le mot *decepção* s'entend aussi bien en français qu'en portugais. Il est tellement juste en la circonstance. Inlassable serviteur d'une France universelle, à la fois fille aînée de l'Église et la patrie des Droits de l'homme, dont la vocation est de faire résonner sa voix, de peuple en peuple, d'âme en âme, au-dessus de toutes les haines, pour devenir le refuge des hommes de bonne volonté, l'écrivain n'était plus dupe de rien. Les exécutions sommaires de mal-pensants auxquelles il avait assisté aux Baléares l'avaient éclairé sur la capacité des *zonnêtes gens* à se transformer en brutes aussi sanguinaires qu'un conventionnel ou qu'un bolchevik. "Quelles que soient d'ailleurs les véritables origines encore obscures de la guerre civile, elle ne nous a rien appris sur les hommes de désordre que nous ne sachions depuis longtemps. Elle nous a, au contraire, prodigieusement éclairés sur la moralité des hommes d'ordre." Ayant écrit cela, Georges Bernanos n'avait pas traversé l'Atlantique pour devenir l'intellectuel organique de l'extrême droite.

Appuyé sur une forte conviction et sur un travail approfondi dans les archives, Leandro Garcia Rodrigues a poursuivi ses explications. "Bernanos avait des opinions politiques conservatrices fortes, mais il ne croyait pas aux idées défendues par les nazis, le nettoyage ethnique, la théorie des races inférieures et de races supérieures, le mythe du berceau aryen de l'Europe, la violence comme moyen d'obtenir le pouvoir, la domination de la majorité sur les minorités... Notre extrême droite a toujours défendu cela... Bernanos n'en était pas partisan. C'est pourquoi j'insiste... Il a été une déception pour l'extrême droite brésilienne... Le nazisme s'est introduit au Brésil à la fin des années 1920 par l'intermédiaire de groupes allemands très forts. À Petrópolis, il était lié à la colonie germanique officiellement fondée en 1843 et à l'Église luthérienne. En général, les nazis étaient des luthériens... Et Bernanos, qui n'aimait pas les protestants, regardait Hitler comme le Luther de la nouvelle Réforme allemande... Il faut ajouter une dernière chose... L'extrême droite méprisait les réfugiés, les indésirables... Bernanos était l'un d'entre eux."

Dans le Brésil des années 1930, l'extrême droite était puissante. L'Ação Integralista Brasileira, une copie tropicale de l'Action française fondée par le pauliste Plínio Salgado, aurait compté jusqu'à un million de sympathisants. Dissoute en 1937, après l'instauration de la dictature de l'*Estado Novo*, quelques mois après l'Aliança Nacional Libertadora communiste, elle a continué à agir de manière clandestine. En mai 1938, trois mois avant l'arrivée de Georges Bernanos au Brésil, au moment où *Les Grands Cimetières sous la lune* ont paru à Paris, un groupe d'intégralistes a attaqué le palais Guanabara à Rio, l'ancienne demeure de la famille impériale devenue la résidence présidentielle sous Vargas. La répression conduite par le policier Filinto Müller, probablement plus nazi que la plupart des assaillants, a été brutale et expéditive, provoquant l'exil du *chefe* Plínio Salgado au Portugal.

Dans sa relation avec les fascistes et les communistes, Getúlio Vargas a souvent été équivoque. L'agitation politique lui a permis de justifier le durcissement de son pouvoir personnel. Attaqué à la fois sur sa droite et sur sa gauche, Getúlio a pu camper idéalement en position centrale, en père de la nation et des pauvres.

Depuis son retour des Baléares, en mars 1937, Georges Bernanos avait perdu ses illusions sur les uns et les autres. La dimension tropicale, voire folklorique des Chemises vertes de l'AIB ne l'a pas trompé. Ses liens avec le clan Melo Franco, très puissant, très riche et très actif auprès des exilés, lui ont permis de se faire une idée claire de la situation politique nationale, plus claire que celle dans laquelle s'est égaré Stefan Zweig en 1936, flanqué d'un *cicerone* chargé de le promener.

"Son rapprochement avec Alceu Amoroso Lima, Jorge de Lima, Murilo Mendes et les Melo Franco a été décisif dans sa méfiance à l'égard de l'AIB et de l'extrême droite brésilienne, m'a confirmé Leandro Garcia Rodrigues. Un moment, Alceu Amoroso Lima avait été proche de l'intégralisme, mais il s'en était éloigné, dégoûté par son radicalisme, sa violence et son inclination pour le nazisme allemand. En ce qui concerne Stefan Zweig, je suis d'accord avec Alberto Dines pour observer une certaine imprudence de sa part en matière d'amitiés ici, au Brésil. Surtout parce que Zweig est resté si peu de temps en exil dans notre pays qu'il n'a pas pu comprendre correctement la politique brésilienne. Bernanos, au contraire, était plus expansif et plus communicatif, il échangeait avec des intellectuels, écrivait dans la presse brésilienne. *Ele se abrasileirou mais do que Stefan Zweig*, « Il s'est brésilianisé davantage que Stefan Zweig »... Ayant appris à mieux connaître la réalité politique nationale, il s'est efforcé d'aborder les gens avec plus de prudence et de distance, notamment tous les écrivains, les diplomates et les politiciens favorables à l'autoritarisme de la dictature de l'*Estado Novo*."

Lors de son deuxième séjour au Brésil, entre août 1940 et janvier 1941, l'imprudence de Stefan Zweig a été à son comble. Quand il est revenu en août 1941, il s'est installé à Petrópolis et a vécu dans la compagnie de gens qui, pour la plupart, étaient eux aussi des réfugiés du nazisme, à l'exception de Cláudio de Souza, qui avait de toute évidence pour mission de l'espionner. Une lettre de septembre 1940 dans laquelle il se félicite d'avoir été invité à une fête donnée en son honneur dans la "charmante maison" d'une sorte de "ministre de la Communication" révèle sa confondante naïveté. Il n'y avait pas de ministère de la Communication au Brésil mais un département de la Presse et de la Propagande (DIP) chargé de diffuser l'idéologie autoritaire de l'*Estado Novo* et dirigé par Lourival Fontes, journaliste, avocat et admirateur de Mussolini, le *Duce* fasciste italien. Lourival Fontes était lettré, son épouse la poétesse Adalgisa Nery possédait le don de rendre une soirée chez elle très agréable, même à une époque où le Brésil avait décidé de ne plus accorder de visas aux Juifs. En janvier 1941, c'est cependant ce même Lourival Fontes, qui était peut-être un admirateur sincère de Stefan Zweig, qui a fait publier un décret interdisant la parution de journaux en yiddish.

L'inconfortable situation de prise en charge officielle de Lotte et Stefan Zweig apparaît également dans les lettres où les deux époux se félicitent d'explorer le Brésil “aux frais de l’État”. D’abord en septembre 1940, pour aller découvrir les villes de l’or du Minas Gerais ; puis à nouveau en décembre, où Lotte explique à son frère et à sa belle-sœur qu’ils vont se rendre dans le Nord du Brésil, à Bahia, Recife et Belém et que ce voyage organisé pour rassembler la documentation du livre de Stefan consacré au Brésil ne va rien leur coûter. “Logés aux frais de l’État”, se réjouit l’écrivain à Salvador de Bahia, le 16 janvier 1941, où il a cependant ressenti la présence oppressante du “directeur du département de la Propagande”.

Quand on se penche sur les personnages rencontrés par Stefan Zweig, lorsqu’on regarde auprès de qui il pose sur les photographies officielles, à Rio de Janeiro, à São Paulo, à Salvador de Bahia, on découvre avec effroi qu’il a fréquenté des gens peu recommandables, admirateurs de l’Italie fasciste et de l’Allemagne nazie.

“Les hommes les plus intelligents perdent subitement toute faculté de comprendre et se comportent comme des imbéciles, dès que les idées qu’on leur présente se heurtent chez eux à une résistance affective”, écrivait Sigmund Freud en 1915 dans *Considérations actuelles sur la guerre et sur la mort.* Sa correspondance avec Stefan Zweig révèle qu’il a eu l’occasion de déplorer la soumission de l’intelligence de son ami à des influences affectives trop intenses – notamment quand il s’est agi de justifier les satisfactions qu’il cherchait à obtenir dans la vie sociale.

La rage de Georges Bernanos contre les compromissions de l’Église catholique avec les doctrines de la force le rendait incapable d’une telle démission. Il y avait des prêtres, des évêques et des cardinaux fascistes dans le Brésil qu'il a découvert en 1938. Mgr Ricardo de Liberali, vicaire de l'évêché d'Uruguaiana a publiquement adhéré à l'Action intégraliste en 1937. Malgré les croix gammées qui ornaient leurs poignards, les intégralistes faisaient célébrer des messes dans les cathédrales.

Cette confusion rappelait à Bernanos celles qu'il avait observées en Espagne. De Vassouras, ville du café de l'État de Rio où il s'est installé en février 1939, il l'a écrit dans *Nous autres, Français*, un texte achevé avant son départ pour les profondeurs du Minas. "J'ai fait un cauchemar à Majorque. J'y ai rêvé que trop égoïstes et trop lâches pour, comme disait Péguy, « faire les frais d'une restauration économique, d'une restauration sociale, d'une restauration temporelle pour le salut éternel », vos petits moutons du Bon Dieu prenaient le mors aux dents. Ce rêve n'a d'ailleurs rien d'étrange. N'eût été la farouche énergie du vieux pape, les associations catholiques risquaient bien de se retrouver un jour, presque à leur insu, au service de la propagande totalitaire. Pour ne parler que du Brésil, le parti intégraliste, qui a fait la sanglante révolution de São Paulo et mettait dernièrement encore en péril le nouveau régime, recrutait à tour de bras dans les masses pieuses."

Au Brésil, en France ou en Espagne, Georges Bernanos s'est toujours emporté au sujet de l'esprit de conciliation, pire encore, d'accommodement de la bourgeoisie et des hommes du monde avec le fascisme. Chez ceux qui ne comprenaient pas d'où venait sa colère, la déception a précédé l'amertume, la haine ou, dans le meilleur des cas, l'incompréhension. "Ce qui me gêne dans Bernanos, c'est qu'il était un peu fou", écrira Jacques Chardonne à Paul Morand en 1962, chargé comme son correspondant de tendresses coupables pour la Révolution nationale.

"Pour autant que je sache, il n'y avait pas de partis, de groupes ou de manifestations nazis à Barbacena. Si Bernanos a découvert l'influence de l'idéologie nazie sur l'*Estado Novo*, c'est par la presse et par ses amis, m'a encore éclairé Leandro Garcia Rodrigues. Bernanos est toujours resté à l'écoute de la vie politique brésilienne, notamment à travers les innombrables lettres qu'il échangeait avec des écrivains et des artistes brésiliens, mais aussi avec des lecteurs inconnus."

Dans la salle à manger de l'hôtel Solar do Império de Petrópolis, sous un grand lustre, Leandro Garcia Rodrigues a poursuivi en évoquant quelques écrivains et artistes catholiques mordus par la tentation fasciste venus sonder Georges Bernanos dans sa ferme de la Croix-des-Âmes. Après avoir scrupuleusement édité la correspondance entre le grand poète catholique Jorge de Lima et l'intellectuel Alceu Amoroso Lima, deux fidèles du Français, ce professeur à l'université fédérale du Minas Gerais de Belo Horizonte prépare une édition des échanges épistolaires du douloureux témoin de la patience des pauvres avec les écrivains et les artistes brésiliens de son temps.

Leandro Garcia Rodrigues est un spécialiste de théopoétique, une discipline qui s'intéresse au discours sur Dieu tant qu'il permet de penser poétiquement le monde. Parmi les correspondants et les visiteurs de Georges Bernanos, il a évoqué Otávio de Faria, homosexuel, catholique et fasciste *"praticando"*, fils du fondateur de l'Académie brésilienne des lettres, écartelé entre ses amours et sa foi, son drame intime et la tragédie bourgeoise qu'il a décrite dans une saga romanesque en quinze tomes.

Déchiré, crucifié même : tel était Lúcio Cardoso, manière de Pasolini des tropiques, beau comme un archange, qui s'en prend, dans son journal intime, à une Église qui a banni le Dieu de l'Ancien Testament de ses autels par terreur du sang et du péché, et prétendu adapter sa pastorale aux luttes sociales du siècle. Homosexuel lui aussi, il a été l'objet de la vaine passion de Clarice Lispector, géniale romancière et continuatrice de Kafka en Amérique du Sud et en langue portugaise. Dans son journal, Lúcio Cardoso évoque Bernanos qu'il a rencontré dès 1939 à Pirapora. Son roman *Chronique de la maison assassinée* porte la marque de l'influence de *Sous le soleil de Satan*, une lecture qui a enflammé toute une génération brésilienne.

Sur les lieux où l'inclination homosexuelle a libre cours, Georges Bernanos, hanté par le thème de l'inversion, portait sans doute le jugement d'un prophète juif : "Je détruirai ces maisons de plaisir !" Accessible à une variété infinie de possibilités érotiques, Stefan Zweig était moins tempétueux. Il y aurait un roman à écrire sur ses relations avec le couple gay formé par l'agent artistique Miécio Askanasy, qu'il avait connu à Vienne, et l'essayiste antifasciste Bruno Arcade, lui aussi chassé d'Autriche par la Gestapo. L'écrivain dont les vestons de tweed étaient cousus de secrets semble avoir tenté de les aider à acquérir une maison sur le morro da Babilônia, une colline qui sépare la plage de Copacabana de Botafogo. Il faut voir, ou revoir, *Orfeo negro*, le film de Marcel Camus, pour comprendre à quel point la vue sur la mer est poignante depuis ce piton rocheux occupé par une favela.

Il n'y a que depuis ces hauteurs qu'on a une chance d'apercevoir *la couleur qu'on ne rencontre qu'à la troisième minute de l'aurore* célébrée par Vinícius de Moraes, poète et diplomate, le Blanc le plus noir du Brésil, dans *Recette de femme*.

Miécio Askanasy et Bruno Arcade, qui ont participé à la préparation d'*Orfeo negro* avaient repéré les lieux lors de leurs promenades sur le *morro* avec Stefan Zweig, émerveillé : "Le Brésil réserve ses plus beaux panoramas aux pauvres, alors qu'en Europe, seuls les riches peuvent construire sur des collines aussi exquises".

C'est le *Dicionário dos refugiados do nazifascismo no Brasil*, publié par la Casa Stefan Zweig en 2021, qui m'a permis de retrouver la trace presque évanouie de Miécio Askanasy et Bruno Arcade, de son vrai nom Bruno Kreitner. Ce dernier a rêvé de faire de Stefan Zweig le maître d'œuvre d'un *Annuaire des exilés* publié en plusieurs langues au sommaire duquel auraient figuré Thomas et Heinrich Mann, Ernst Cassirer, Franz Werfel, André Marois, Georges Bernanos, Jules Romains.

L'excitation de Victor Wittkowski, venu avec Bruno Arcade présenter ce projet à Petrópolis en janvier 1941, l'orgie d'idées dans laquelle il s'agitait sans cesse, ont dû épouvanter le Viennois à l'âme saturée d'idées noires. "Après Hitler, quoi d'autre ?", avait demandé Bruno Arcade dans un livre. Stefan Zweig n'avait plus l'énergie nécessaire pour se poser cette question. "Mes horloges ne sont plus à l'unisson", a-t-il écrit à un ami, empruntant cette forte image à Kafka.

Dépositaire de la révolte d'autrui, Georges Bernanos s'est révélé plus accessible à la bohème littéraire, aux jeunes Brésiliens et aux artistes en exil qui venaient le voir en maudissant la famille bourgeoise, la religion bourgeoise, le roman bourgeois… Le poète Murilo Mendes, qui a souvent assisté à ces rencontres, a raconté que rien ne pouvait effrayer le romancier français. “À ses yeux, les anticatholiques et les non-catholiques étaient des frères égarés, ils appartiennent tous au Christ.” Habitué à la compagnie des irréguliers, des écorchés vifs, il était mieux adapté que Stefan Zweig à la *piada* – ce côté farce du Brésil. L'inclination pour l'anarchie et le goût de la liberté qu'on rencontre partout dans ce pays si peu cartésien correspondaient à son tempérament. Cet homme qui croyait aux bons soins de son ange gardien comprenait le catholicisme de transgression d'Otávio de Faria et de Lúcio Cardoso, leur peinture sauvage d'un Brésil éternel dans ses racines et dans sa tragédie. Invoquant à la fois saint Paul et Nietzsche, ces deux-là ont eu l'audace de plonger au fond de l'abîme pour trouver Dieu, sans craindre de tomber, dans une quête mystique de souffrance qui était l'envers de leur peur de la médiocrité.

Le drame de Stefan Zweig était moins personnel que politique. Ce n'est pas avec lui-même mais avec le monde que son horloge était désaccordée. En écrivant ce livre, j'ai compris que le suicide était une défaite intime dont ne devaient pas être exclues les causes extérieures : l'échec public, la trahison, l'éloignement de sa patrie, le vide social. J'y ajoute la nécessité de donner sa vie pour ses amis, dans le secret d'un combat singulier avec le démon, ou dans l'horreur d'une guerre totale.

“À Petrópolis, je pense que Stefan Zweig a été persécuté par les nazis, comme assigné à résidence dans sa petite maison du quartier de Valparaíso, un peu reculé. C'était un écrivain universellement reconnu, et pourtant il n'était jamais invité par les autorités académiques et universitaires", m'a appris Leandro Garcia Rodrigues.

"Les nazis ?

— Oui, les nazis."

J'ai demandé au président de l'Académie pétropolitaine des lettres d'être plus précis. "C'est un fait que l'extrême droite, à Petrópolis, avait le pouvoir et l'argent, elle possédait plusieurs entreprises commerciales ici et à Rio. Les nazis tenaient des clubs, des églises, des hôtels. Des bannières à croix gammée étaient déployées sur les maisons les plus anciennes, les nazis et leurs alliés intégralistes paradaient en uniforme dans le centre historique. Ils étaient organisés. L'Action intégraliste faisait dire des messes dans la cathédrale São Pedro de Alcântara avec le soutien de religieux franciscains allemands, dont la présence était importante à Petrópolis. Stefan Zweig a observé tout cela avec effroi. Sa dépression s'est probablement aggravée lorsqu'il a ressenti et perçu ce climat de terreur dans la ville..."

À cet instant, la tragédie de Stefan Zweig s'est éclairée pour moi de manière nouvelle. Je n'avais lu cela nulle part, pas même dans la biographie d'Alberto Dines. Je savais qu'il y avait des nazis au Brésil, mais je songeais surtout aux *colônias teutônias* des État de Santa Catarina et du Rio Grande do Sul. Et soudain j'ai appris qu'ils étaient à la porte du modeste chalet de Duas Pontas où Stefan et Lotte Zweig avaient trouvé refuge, à dix mille kilomètres de Berlin et de Vienne.

## Un prêtre marié

Par la BR-040, Juiz de Fora est à deux heures de route de Petrópolis. Plus peuplée que Toulouse et Bordeaux, c'est une ville industrielle de près de six cent mille habitants, posée au creux d'un moutonnement montagnes vertes, à cent quatre-vingts kilomètres au nord de Rio.

Quand je m'y suis rendu pour la première fois, je ne connaissais rien de l'histoire littéraire, intellectuelle et politique brésilienne. À proximité de la place João Pessoa, Bernard-Marcel Crochet m'a expliqué de quelle manière Georges Bernanos était entré en relation avec les milieux catholiques brésiliens du centre Dom Vital, très actif à Juiz de Fora depuis le début des années 1930. Petit homme au crâne chauve portant le collier de barbe blanche des instituteurs laïcs et des curés démocrates de mon enfance, Bernard-Marcel Crochet était âgé d'environ soixante-dix ans.

C'était un militant engagé du Parti des Travailleurs de Lula et un lecteur passionné de Georges Bernanos. Longtemps professeur de littérature française à la faculté des lettres de Juiz de Fora, il avait consacré un travail universitaire à son journal des années 1939-1940 publié après sa mort sous le titre *Les Enfants humiliés*. Bernard-Marcel Crochet m'a montré le Cine-Theatro Central, où Georges Bernanos a vu *Les Temps modernes*, l'ultime film muet de Charlie Chaplin, et savouré sa critique de la société moderne, celle qui fait de l'homme une machine, un objet destiné à être mis au rebut comme une chose. De l'autre côté de la place, nous nous sommes installés en terrasse d'un petit bar. En levant les yeux, j'ai lu le nom de l'établissement inscrit en lettres blanches sur le store rouge : Rainha. Le bar de la Reine, c'était un endroit choisi pour parler de Georges Bernanos. Et même de Stefan Zweig, qui a si parfaitement restitué les fins tragiques de Marie Stuart et de Marie-Antoinette.

Une serveuse aux cheveux bruns portant un tee-shirt rouge et une casquette blanche a salué mon compagnon en l'appelant "Padre Marcelo". Mon étonnement a fait sourire Bernard-Marcel Crochet. "Je ne distribue plus de sacrements mais je continue à servir l'Église et les pauvres. Je ne suis pas un ancien prêtre. Je suis un prêtre marié. Et beaucoup de gens ici m'appellent *padre*". J'ai songé aux dernières pages du *Journal d'un curé de campagne*, quand le héros trouve refuge à Lille chez un camarade de séminaire qui a abandonné son magistère. C'est pourtant ce prêtre défroqué qui donne l'absolution finale au petit curé d'Ambricourt à l'agonie. Georges Bernanos avait lu *Un prêtre marié* de Barbey d'Aurevilly. Il n'ignorait pas qu'il n'y a pas d'anciens prêtres, comme me l'a rappelé Bernard-Marcel Crochet. Uniquement des prêtres dispensés de leurs devoirs de clercs. Reçue pour l'éternité, l'ordination sacerdotale ne peut jamais être annulée quand elle est valide.

C'est un signe du Ciel que le plus fidèle gardien de la mémoire de Georges Bernanos à Juiz de Fora était alors un prêtre marié. Cette contrariété de la vie est tellement accordée à l'univers spirituel du romancier, où l'invisible dissimule sans cesse ses secrets dans ce qui est visible. Ordonné dans le diocèse de Coutances, le normand Bernard-Marcel Crochet a débarqué au Brésil au début des années 1960, au plus fort d'une période d'euphorie missionnaire dans l'Église catholique. Avec ses camarades, ils voulaient annoncer le salut dans les pays pauvres et œuvrer en faveur du progrès social, de l'éducation populaire et d'une répartition plus juste des richesses. Cette ambition ne l'avait pas quitté quand il a rencontré Gabriella, une jeune femme qui travaillait avec lui dans une mission. Ensemble, ils ont fondé une famille de six enfants et sont restés des chrétiens engagés pour la justice.

Chez Georges Bernanos, le *padre* Marcelo appréciait la dénonciation du caractère inhumain de la civilisation industrielle, la révocation de l'esprit de calcul économique, la méfiance à l'égard du progrès scientifique et technique, la mise en accusation de l'expansion illimitée de la production et de la consommation de marchandises. Les thèmes majeurs de *La France contre les robots*, son dernier livre écrit au Brésil, quelques mois avant son retour en France, en juin 1945.

"Pour Bernanos, la France était indissolublement liée à une conception mystique, médiévale et chrétienne de la vie sur terre, à laquelle il ajoutait les traditions des luttes populaires. Pour ces raisons, il répudiait le catholicisme bourgeois."

Sous les stores rouges du bar Rainha, rua Barão de São João Nepomuceno, je me suis souvenu que le cycle clôt par *La France contre les robots* s'est ouvert à Juiz de Fora, où a été rédigé *Scandale de la vérité*, entre décembre 1938 et janvier 1939. En ce temps-là, Stefan Zweig, définitivement chassé d'Autriche après l'annexion de son pays natal, séjournait à Londres, bouleversé par la fuite de deux cent cinquante mille juifs d'Allemagne depuis janvier 1933 – soit la moitié d'entre eux.

J'aurais aimé demander à Bernard-Marcel Crochet qui était le *barão* de São João Nepomuceno qui donnait son nom à la rue où nous nous étions arrêtés. Ce n'est que bien plus tard que j'ai appris que les titres de noblesse n'étaient pas héréditaires dans le Brésil impérial. Pedro II a fait barons des magistrats, des industriels. Mais le *padre* Marcelo continuait à me parler de Georges Bernanos. "Dans *Scandale de la vérité*, il n'avait pas encore amendé le préjugé antisémite de sa jeunesse. Il a commencé de le faire dans *Nous autres Français*, écrit au printemps 1939 à Vassouras, un livre dans lequel il dénonce la force obscure de la Race."

En novembre 1938, deux mois après son retour du Paraguay et avant de découvrir Juiz de Fora, Georges Bernanos vivait à Itaipava, à vingt-cinq kilomètres au nord de Petrópolis, dans la *fazenda* la Grande Vallée, louée à l'épouse de Marcel Reine, un pionnier des traversées aériennes de l'Atlantique sud avec Mermoz, Guillaumet et Saint-Exupéry. L'aviateur avait fait de sa maison de campagne une demeure ouverte à ses amis. À une heure de la chaleur étouffante de Rio, le quatuor de l'Aéropostale aimait retrouver la fraîcheur des montagnes et faire de longues promenades à flanc de colline. Directeur de l'Aeroposta Argentina à Buenos Aires entre 1929 et 1931, Antoine de Saint-Exupéry est souvent venu séjourner chez Marcel Reine, abattu par la chasse italienne, au-dessus de la mer Méditerranée, le 27 novembre 1940.

Avec Henri Guillaumet, le héros de *Terre des hommes*, Marcel Reine accomplissait un vol d'Air France en direction de la Syrie pour le compte du gouvernement de Vichy. Accablé par le désordre des événements, Saint-Exupéry a-t-il cru Pierre Laval, le vice-président du conseil nommé par le maréchal Pétain en juillet 1940, lorsqu'il a accusé l'aviation britannique d'être responsable de la disparition de ses compagnons ? En tout cas, on ne l'a pas vu à Londres pendant la guerre.

En visitant la *fazenda* la Grande Vallée à Itaipava, accueilli par son actuel propriétaire, José Augusto Wanderley, j'ai eu du mal à imaginer un possible dialogue entre Georges Bernanos et Antoine de Saint-Exupéry, qui aurait pu choisir de séjourner au Brésil, plutôt qu'aux États-Unis, pour se remettre de son grave accident aérien survenu au Guatemala en février 1938. Rédigés au même moment, *Terre des hommes* et *Scandale de la vérité* n'ont pas la même connexion avec l'histoire. Des accords de Munich signés en septembre, le cavalier Bernanos fait un point nodal. Tout à son évasion nuageuse, immigré à l'intérieur de ses rêves comme d'autres l'ont été à Coblence, le comte Antoine Jean-Baptiste Marie Roger de Saint-Exupéry regarde passer l'histoire très loin de lui. Hitler, Mussolini, Daladier, Chamberlain sont pour lui des spectres, comme plus tard Charles de Gaulle.

Georges Bernanos a connu un seul compagnon de l'Aéropostale, à Rio, un ami proche d'Antoine de Saint-Exupéry, Jean-Gérard Fleury, devenu un pétainiste exalté après l'armistice de 1940. Des témoins m'ont raconté qu'ils ont failli en venir aux mains lors de leurs rares rencontres au sein de la communauté française déchirée dès juillet 1940 entre Londres et Vichy. L'ancien brigadier du 6e dragons était un homme aux jambes brisées par deux accidents de moto mais il aimait paraître en public flanqué d'un ou deux garçons de ferme bagarreurs, prêts à défendre son honneur. C'est ce risque du pugilat, qui m'a empêché d'imaginer un dialogue entre Bernanos et Saint-Exupéry, au moment de Munich ou après l'Armistice.

En décembre 1938, le romancier français a quitté la villa Grande Vallée d'Itaipava pour s'installer à Juiz de Fora. Dans le quartier du Retiro, il a loué une petite maison, la *fazenda* Santa Inês. Dom Justino, l'évêque de Juiz de Fora, voulait le retenir près de lui et des intellectuels catholiques du centre Dom Vital. Avec la fin de la vieille République en 1930, une certaine atmosphère positiviste avait cessé. C'est l'époque de la consécration du Brésil à Notre-Dame d'Aparecida, de l'installation de la statue du Christ rédempteur au sommet du Corcovado…

À la différence de Stefan Zweig, à qui les Brésiliens ne demandaient rien d'autre que de jouir des privilèges du *Großschriftsteller*, Georges Bernanos a été chargé d'une mission par ses amis brésiliens : faire entendre une voix catholique contre le paganisme nazi qui avait ses admirateurs dans la machine de l'État nouveau.

À la fin du XVIIIe siècle, le triomphe du rationalisme philosophique avait provoqué l'expulsion des jésuites et la fermeture des noviciats monastiques dans la colonie portugaise. Plus favorable aux Églises protestantes, professant un vague déisme, l'élite brésilienne a continué à combattre l'influence de l'Église catholique romaine sous l'empire. Au début du XXe siècle, le positivisme d'Auguste Comte dont la devise était inscrite sur le drapeau brésilien depuis 1889 – "Ordre et progrès" – était dominant dans les milieux politiques, intellectuels et militaires qui contribuaient à la direction de l'État. Le peuple conservait une ferveur singulière, mêlée de syncrétisme, qu'on lui connaît toujours. Mais le monde catholique était clairsemé. Dégoûté par le matérialisme au lendemain de la Première Guerre mondiale, angoissé par le suicide de l'Europe dans les tranchées de Verdun et la violence révolutionnaire observée à Moscou, il rêvait d'un réveil spirituel contre le scepticisme et le dilettantisme, dans les pas de Péguy, Maritain et Bernanos.

"Un des artisans de ce réveil spirituel s'appelle Alceu Amoroso Lima. C'est un personnage très important pour votre enquête. Jusqu'aux années 1970, Alceu a été au Brésil l'intellectuel organique catholique par excellence. Francophone et francophile, il est devenu membre de votre Académie des sciences morales et politiques. En 1938, il est immédiatement entré en contact avec Georges Bernanos lorsque ce dernier a surgi au Brésil. Cet avocat qui signait ses livres sous le nom de Tristão de Athayde, est allé se présenter à l'hôtel Botafogo-Majestic, au pied du Pain de Sucre. Une rencontre décisive dans le destin de Bernanos au Brésil. Alceu Amoroso Lima lui a permis de se lier au clan Melo Franco, resté indéfectible." Avant de me quitter, Bernard-Marcel Crochet m'a conseillé de lire *Memórias improvisadas*, le livre dans lequel Alceu Amoroso Lima a raconté sa vie.

J'ai attendu près de vingt ans pour le faire et je n'ai pas été déçu par le destin exemplaire de ce chrétien de conviction qui s'est parfois mêlé aux manifestations étudiantes contre la dictature militaire dans les années 1960, revêtu de son habit brodé d'or et muni de son épée d'académicien. Né en 1893 à Rio dans une famille athée, élève à la Sorbonne durant son séjour à Paris pendant la Première Guerre mondiale, Alceu Amoroso Lima s'est converti au catholicisme dans les pas de l'écrivain brésilien Jackson de Figueiredo, le fondateur du centre Dom Vital. Surnommé "le Léon Bloy brésilien", cet apôtre en quête d'une troisième voie entre le libéralisme et le communisme est mort dans des conditions absurdes en novembre 1928, noyé sous les yeux de son fils lors d'une partie de pêche à Barra da Tijuca. Jackson de Figueiredo a été le premier flambeau du *renascimento católico* et de la renaissance thomiste initiée par l'encyclique *Æterni Patris* du pape Léon XIII en 1879, douze années avant *Rerum Novarum*, le texte fondateur de la doctrine sociale de l'Église. Philosophie chrétienne d'une part, option préférentielle pour les pauvres de l'autre, se sont imposées comme l'aile droite et l'aile gauche du réveil catholique brésilien après la Première Guerre mondiale. Les animateurs du centre Dom Vital et de la revue *A Ordem* travaillaient tous azimuts : littérature, poésie, philosophie, droit, éducation, médecine. Ces gens issus de milieux conservateurs avaient reçu la doctrine catholique comme un ordre et comme une hiérarchie. Puis ils s'étaient attachés à sa puissance libératrice, pressés de s'extirper de la cage de fer du rationalisme, du libéralisme et du scientisme triomphants à la Belle Époque.

Bernard-Marcel Crochet a dit vrai. La connexion de Georges Bernanos avec Alceu Amoroso Lima est capitale pour comprendre diverses péripéties de l'aventure de l'écrivain sous le tropique. Alceu Amoroso Lima avait lui aussi reçu la marque des théoriciens contre-révolutionnaires français, Joseph de Maistre et Charles Maurras. Mais la greffe n'avait pas pris. Au milieu de toutes les folies du XX^e^ siècle, sa route vers le Christ, parallèle à la montée des fascismes en Europe et à celle d'un nationalisme exacerbé au Brésil, l'a éloigné de ce qu'il a nommé les erreurs naturalistes du légitimiste autoritaire. Ce qui ne l'empêchait pas de regarder l'Amérique industrielle ou le collectivisme soviétique avec le même effroi.

Converti au catholicisme, Alceu Amoroso Lima était cependant resté en contact avec la plupart des intellectuels brésiliens de son temps, notamment les agitateurs paulistes Oswald de Andrade et Mário de Andrade, sympathisants communistes qui professaient un primitivisme antichrétien. Sous sa direction, le centre Dom Vital est même devenu un lieu inattendu de rayonnement du mouvement moderniste, né à l'occasion de la Semaine d'art moderne de São Paulo, en février 1922.

Avec la même générosité que son maître Jacques Maritain, Alceu Amoroso Lima a rêvé d'un art catholique total, né dans son siècle et parlant à son siècle, entraînant les poètes Murilo Mendes, Cecília Meireles et Jorge de Lima, qu'il a tous présentés à Georges Bernanos. Sans oublier le poète, futur diplomate, musicien et chanteur, Vinícius de Moraes, resté un lecteur passionné de Bernanos. "J'ai vu *Dialogues des carmélites*, de Georges Bernanos (grande pièce)", confiait-il en octobre 1952 au *Diário Carioca*, de retour d'une tournée en Europe où il avait assisté à l'une des premières représentations de ce chef-d'œuvre terminal, rédigé en 1947.

À Juiz de Fora, Bernard-Marcel Crochet m'a laissé une copie de quelques pages du numéro d'octobre 1932 de la revue *A Ordem* dans lequel Vinícius de Moraes, alors étudiant en droit et âgé de 19 ans, a publié son premier texte, "La transfiguration de la montagne", un poème d'inspiration biblique sur les tempêtes de l'âme.

*Seigneur !*
*Tu es là*
*Et tu es dans tous les lieux*
*Et j'entends ta voix dans la musique du monde*
*Et je sens ta main dans la plastique des choses*
*Tu es le point de départ*
*Tu es le chemin*
*Et tu es au bout du chemin*
*Tu es le chardon qui pique les pieds*
*Et l'herbe fraîche qui les repose*
*Et la grande tempête de vent*
*Et l'air serein qui apaise*
*Et les larmes des yeux*
*Et le rire des lèvres*
*Tu es la souffrance du monde*
*Dans une promesse de bonheur éternel*
*Tu es Dieu*
*Dieu qui voit toutes les choses et à toutes porte remède.*

## “L’horreur me prive de tout”

*Les deux écrivains se sont maintenant assis de part et d’autre de la table, face à face. Régulièrement, Stefan Zweig baisse tristement la tête, même lorsqu’il parle.*

STEFAN ZWEIG

Dites-moi, comment faites-vous pour être si bien accepté au Brésil ? Pour ma part, je suis découragé par tant d’incompréhension.

GEORGES BERNANOS

Accepté ? Je ne le suis pas mieux que vous. Mes amis sont en petit nombre, mais fidèles, voilà tout. C’est ainsi qu’ils donnent l’impression de la quantité. Mais rassurez-vous, j’ai moi aussi mon lot d’ennemis. Une grande partie du clergé est ici formée de prêtres portugais, espagnols et italiens. Autant dire de fascistes. Le fait d’avoir écrit *Les Grands Cimetières sous la lune* et dit ce que je pensais de la violence de la répression franquiste dès les premiers mois de la guerre civile espagnole ne me prédispose pas à être leur ami. L’évêque de Mariana, qui règne sur Barbacena, répète partout que j’ai été excommunié par Rome… Ce qui est parfaitement faux. Et je ne vous parle pas de son Éminence Sérénissime, le cardinal-archevêque de Rio, si onctueux, si doucereux… N'importe ! La douce pitié de Dieu nous réconciliera un jour. Mais attendons la profonde éternité pour cela.

STEFAN ZWEIG

*Doch alle Lust will Ewigkeit, will tiefe, tiefe Ewigkeit…* Mais tout plaisir veut l'éternité, Veut la profonde, la profonde éternité… Vous connaissez Nietzsche…

GEORGES BERNANOS

Il a obsédé mes vingt ans, à l'époque où je cherchais des voix capables de m'ouvrir la voie… Je ne l'ai pas oublié… Comme, lui, je me sens moins sceptique à l'égard de ce qui doit advenir que vis-à-vis de ce qui fait semblant d'exister.

STEFAN ZWEIG

J'aimerais tant vous retrouver sur ce point tandis que l'Antéchrist triomphe… Hélas… *Ich bin nichts mehr, ich lebe nicht mehr gerne!*

GEORGES BERNANOS

Traduisez, je vous en prie. *(En riant.)* J'ai un peu exagéré mes capacités en allemand ! Il n'y a guère qu'avec vous que j'ai l'occasion de m'en souvenir.

STEFAN ZWEIG

Je ne suis plus rien, je n'ai plus de plaisir à vivre… C'est d'un poème d'Hölderlin… Mais vous n'avez pas répondu à ma question. Comment faites-vous pour être si bien accepté au Brésil ? Partout, l'on me parle de vous.

GEORGES BERNANOS

Je fais comme vous… Je vis dans l'amitié d'hommes et de femmes dont la conscience n'a pas été corrompue par le mensonge. Des gens du peuple, le plus souvent. Ils ont la chance d'être restés simples comme des enfants, de ne pas avoir l'esprit avarié comme ces faiseurs de mots dont vous me parliez tout à l'heure. En arrivant au sommet de ma petite colline, vous avez croisé Sebastião, un garçon de ferme fier et hardi. À son contact, j'en ai plus appris sur le Brésil que je n'aurais pu le faire avec tous les gens du monde repus de louange officielle… Mais je suis injuste, car j'ai quelques solides amis dans la capitale.

STEFAN ZWEIG

*(Doucement.)* J'en ai rencontré quelques-uns

GEORGES BERNANOS

Nous avons parfois les mêmes. C'est étonnant, quand on y pense.

STEFAN ZWEIG

Je me suis fait la réflexion tandis que le train me conduisait jusqu'à vous. Par la fenêtre du wagon, je regardais les vertes collines parsemées de village minuscules. La douceur du relief des hauts plateaux du Minas Gerais me fait penser à votre Auvergne. En chemin, je songeais à l'ironie de l'histoire. Tout semblait nous opposer quand j'ai entendu parler de vous pour la première fois, à Munich, où vous étiez célébré dans les milieux catholiques comme le Dostoïevski français.

GEORGES BERNANOS

Laissez ce pauvre Dostoïevski…

STEFAN ZWEIG

C'est ainsi qu'on parlait de vous, pourtant… Et cela m'a intéressé, puisque j'ai moi-même écrit une présentation des *Frères Karamazov* lors des heures plus incertaines du précédent conflit… On me croit souvent doué de force tranquille, maître de mes humeurs, constructeur, positif, optimiste. Il est vrai que j'ai cru possible la paix entre les hommes. Et que j'ai réussi à échapper au fanatisme politique et à l'esprit de parti de la plupart des écrivains et des intellectuels de mon temps…

GEORGES BERNANOS

*(Le coupant.)* Que croyez-vous que je sois venu faire au Brésil, si ce n'est échapper moi aussi aux mensonges de ceux qui vivent et pensent en troupeau ?

STEFAN ZWEIG

Je le sais. Et je mesure ce qui nous rapproche aujourd'hui par-delà tout ce qui nous séparait hier. Nous avons en commun de nous être intéressés à la part malheureuse de l'humanité. Dans vos romans, vous avez mis en scène de pauvres prêtres devenus des parias. J'ai évoqué la destinée d'êtres en proie avec leur démon intérieur : Kleist, Hölderlin, Nietzsche, Verlaine, Mahler et mon ami Joseph Roth,

GEORGES BERNANOS

*(Ému.)* Sans doute existait-il entre nous une espèce d'accord mystérieux dont nous ignorions tout avant de nous rencontrer ? Nos amis brésiliens nous ont permis de le connaître. Je dois avouer que je vous croyais gendelettre.

Dans le Paris des années 1920, déjà, la virulence hystérique de votre gloire m'épouvantait. Je me méfiais du caractère mondain de votre célébrité. J'ignorais que le Bon Dieu m'avait ménagé la surprise de découvrir un homme derrière l'écrivain mondialement renommé.

STEFAN ZWEIG

De mon côté, j'étais importuné par votre réputation.

GEORGES BERNANOS

Ma très mauvaise réputation, vous voulez dire ! Certains ont voulu voir en moi une espèce de Léon Bloy, un mendiant ingrat doué pour les colères, injuriant les hommes sans discernement. J'aurais le tort d'être un opposant systématique, de m'opposer par principe… Mais c'est tout le contraire. J'ai toujours essayé d'être un réconciliateur. Ma modeste vocation en ce monde est de réconcilier les hommes de bonne volonté aux dépens des imbéciles et des imposteurs.

STEFAN ZWEIG

Les hommes de bonne volonté…

GEORGES BERNANOS

Comme dit votre ami Jules Romains. Que Dieu le prenne en pitié !

STEFAN ZWEIG

Pourquoi en pitié ?

GEORGES BERNANOS

Ni plus ni moins que chacun de nous. Où est ce malheureux en ce moment ? Et que deviennent ses hommes de bonne volonté ? Avec vous et quelques autres, il était pacifiste, internationaliste, partisan des États-Unis d'Europe. Il doit être accablé par l'étrange manière qu'ont Hitler et ses amis de Vichy de faire cette fédération. On m'a dit qu'il était passé en Amérique. Je préfère le savoir de ce côté-ci de l'Atlantique où il peut faire entendre la voix libre d'un homme libre.

STEFAN ZWEIG

Nous nous écrivons régulièrement. Il vit maintenant au Mexique.

GEORGES BERNANOS

*Si Deus quiser** ! Partout dans le monde, des hommes libres opposent la voix de la France à la gigantesque organisation de propagande nazie. Et grâce à vous, celle de l'Europe la moins oublieuse de son grand rêve d'unité spirituelle… Je participe à cette œuvre à ma modeste place, tant pis si certains de mes lecteurs brésiliens jugent que mon esprit est légèrement ébranlé, ou disons échauffé comme on l'entend parfois ! Un journal brésilien me présentait l'autre jour comme *um terrível panfletário católico e defensor feroz da fé cristã.* Un terrible pamphlétaire catholique et un défenseur féroce de la foi… J'ai cru qu'on parlait d'un chanoine bedonnant du quartier de Saint-Sulpice ayant écrit contre les bolcheviks infidèles des brochures vendues à la sortie de la chapelle de la Médaille-Miraculeuse.

STEFAN ZWEIG

*(Réussissant presque à rire.)* À Rio, personne ne m'a jamais parlé de vous comme d'un gras chanoine. Mais j'ai rencontré certains de vos admirateurs.

* "Si Dieu le veut !"

GEORGES BERNANOS

J'ai noté qu'il y avait beaucoup de poètes, parmi eux, et même de très bons poètes. Je ne sais pas pourquoi ils se sont attachés à moi qui le suis si peu. Ceux qui ne me prennent ni pour Léon Bloy, ni pour Huysmans doivent me confondre avec Claudel-Turelure… Ce vieil imposteur ! À quoi songe-t-il à cette heure ? Il doit être occupé à faire le compte exact de sa fortune amassée avec soin. Ou bien à réfléchir à quel moment il lui faudra trousser un cantique au général de Gaulle après avoir composé ses glorieuses paroles au Maréchal… Ce n'est pas votre ami, j'espère ?

STEFAN ZWEIG

Autrefois, je lui ai acheté un manuscrit.

GEORGES BERNANOS

*(Levant la main.)* Dieu lui pardonne, alors ! Il a beaucoup d'adorateurs et même des imitateurs, par ici. On le tient pour le grand poète catholique. Il faut dire qu'il n'a pas écrit que des mauvais vers.

*(Les yeux fermés.)*

*Il faut céder enfin ! ô porte, il faut admettre*
*L'hôte ; cœur frémissant, il faut subir le maître,*
*Quelqu'un qui soit en moi plus moi-même que moi.*

C'est un peu scolaire, mais c'est beau. Dans deux siècles, on en retrouvera des morceaux dans les anthologies de littérature catholique. Hélas, notre époque n'a pas besoin de poètes apologistes ! Elle demande des gens qui ne mentent pas, des gens prêts à dire la vérité, seulement la vérité, et surtout à souffrir pour elle… Je rêve d'une nouvelle chevalerie dont les membres feraient le serment solennel de ne pas mentir, de dire simplement la vérité, seulement la vérité, et de ne jamais la mettre au service de prestiges trompeurs… Il n'y a pas de pieux mensonges, de bons motifs pour mentir, fussent-ils cléricaux ou nationaux. Libérés de la passion de leur propre parti, les chrétiens doivent se souvenir qu'un saint ou un martyr est un homme qui ne ment pas, et qui en ne mentant pas aux autres, ne se ment pas à lui-même… L'heure des hommes de bonne volonté, l'heure de dire la vérité vient toujours. Nous ne sommes pas les plus nombreux, mais je parie sur notre constance. Voyez ce cher Studenic, imaginez-vous un tel homme se parjurer une seconde ?

STEFAN ZWEIG

Où trouve-t-il la force ?

GEORGES BERNANOS

De ne pas mentir ?

STEFAN ZWEIG

Non. De continuer à vivre.

GEORGES BERNANOS

Il lui suffit sans doute de savoir qu'il y a en Europe une horde barbare qui a décidé sa mort et celle de tous les siens. En faudrait-il davantage ?

STEFAN ZWEIG

Je lui ai toujours connu cette force extraordinaire

GEORGES BERNANOS

*(Curieux.)* Même quand il a dû fuir son pays ?

STEFAN ZWEIG

Il ne vous en a jamais parlé ?

GEORGES BERNANOS

Notre ami, vous le savez, a l'élégance de ne jamais parler de lui. Il n'est pas comme nous autres, qui ne craignons pas le ridicule de raconter nos malheurs.

STEFAN ZWEIG

Je vous les confie dans l'instant et les réserve à mes correspondants. Mais je ne voudrais pas que mes livres en soient encombrés. Il me serait agréable qu'on se souvînt de moi comme d'un homme qui a follement admiré quelques héros de l'humanité lorsque c'était encore possible : Bach, Beethoven, Goethe, Balzac.

GEORGES BERNANOS

Vous auriez tort de ne pas raconter dans vos livres ce que furent votre écrasement et votre fuite d'un pays à l'autre à travers le monde tandis que le racisme hitlérien étendait son empire de malheur sur l'Europe. Les générations futures devront s'en souvenir. Il est de notre responsabilité de leur dire que là où nous avons vu le péril, nous avons trouvé ce qui sauve, comme l'a joliment dit Hölderlin.

STEFAN ZWEIG

*(Souriant faiblement.) Wo aber Gefahr ist, wächst das Rettende auch.*

GEORGES BERNANOS

Vous voyez, je sais un peu d'allemand ! J'ai lu quelques-uns de vos poètes romantiques dans ma jeunesse. Comment croire que ces écrivains admirables que vous appréciez tant ne se seraient pas fait un devoir de témoigner s'ils avaient été confrontés comme nous à un asservissement universel des consciences ?

STEFAN ZWEIG

Je n'ai jamais cru que je devrais témoigner d'une expérience aussi personnelle du malheur. Je n'étais pas né pour cela ! J'ai toujours détesté qu'on s'intéresse à ma vie et j'ai longtemps refusé de parler de moi à la première personne. Dans mes livres, la voix que je faisais entendre était celle de ma génération. C'est en songeant à l'histoire devenue un monstre dévorant ses enfants que j'ai compris la nécessité de dire "je". Si vous saviez pourtant à quel point les confessions me répugnent.

GEORGES BERNANOS

*(Paternel encore une fois.)* Pour ma part, cela m'accable de ne plus écrire de romans à l'intérieur desquels il m'était permis de me retrouver. Hélas, nous sommes condamnés à parler en notre propre nom. Lorsqu'on s'attache à dire la vérité, il faut s'en tenir à ce ton personnel, sans toute la rhétorique qu'on apprend dans les écoles et que les abominables jésuites ont naguère tenté d'infuser dans ma pauvre cervelle. Inutile de vous dire qu'ils n'y sont jamais parvenus… Nous ne pouvons sans doute plus compter sur beaucoup de lecteurs, mais nous voilà au moins libres d'écrire ce que nous pensons. Ce qui manque à nos livres aujourd'hui, ce sont des clients. Nous nous en passons bien. Nous ne parlons plus désormais qu'à des amis.

*Un temps. Cette dernière phrase semble avoir troublé Stefan Zweig. Il baisse la tête, ferme à nouveau les yeux.*

*Il semble au bord des larmes. Georges Bernanos se penche en avant pour l'observer avec une tendresse paternelle. Il tourne alors la tête vers la fenêtre, gêné. Dehors, on entend une très lointaine marche de carnaval, une* batucada *avec tambour, caisse claire,* cuíca *et* agogo. *Voyant que Stefan Zweig a toujours la tête baissée, Georges Bernanos reprend leur conversation.*

Continuez l'histoire de notre ami Studenic. Vous me parliez à l'instant du salon littéraire qu'il tenait avec son épouse à Berlin. Tout cela est tellement dépaysant pour moi qui ai surtout fréquenté des artisans, des boulangers, des maréchaux-ferrants, des chefs de gare et des laboureurs, les métairies et les cafés.

STEFAN ZWEIG

Vous exagérez.

GEORGES BERNANOS

Vous me pardonnerez de faire l'artiste. Cela m'arrive rarement.

STEFAN ZWEIG

Là encore, je vous admire. Je serais bien incapable de *faire l'artiste*, comme vous dites. L'horreur que je ressens devant notre époque me prive de tout.

## Une immense solitude

J'ai longtemps été trompé par la munificence de l'accueil de Stefan Zweig en 1936, les robes longues, les smokings, les palaces, les dîners officiels, la réception au palais présidentiel du Catete. En septembre 1940, l'écrivain était encore l'hôte de l'Automobile Club de São Paulo ; prise quelques semaines plus tard, une photographie le montre à la même tribune qu'Oswaldo Aranha, le ministre des Relations extérieures lors d'un hommage rendu par l'Itamaraty, le Quai d'Orsay brésilien, à un écrivain cubain mort dans un accident d'avion. Sur un cliché datant de janvier 1941, il pose en présence de Landulfo Alves, le gouverneur de l'État de Bahia, plus tard soupçonné de sympathie pour l'Axe et destitué par Vargas.

Lors de ses deux premiers séjours au Brésil, Stefan Zweig a peut-être eu le sentiment de vivre au paradis. Mais après son dernier retour, en août 1941, il s'est enfoncé dans un enfer de solitude, malgré la présence à ses côtés d'une poignée de fidèles amis : le journaliste allemand Ernst Felder, le romancier roumain Leopold Stern et la poétesse antifasciste Gabriela Mistral, le consul général du Chili en résidence à Petrópolis, comme tous les diplomates depuis l'empire. Rien, par rapport aux milliers de personnes qui l'ont acclamé à Rio cinq ans auparavant.

J'ai compris beaucoup de choses en lisant *A alma do tempo*, le livre de mémoires d'Afonso Arinos de Melo Franco que m'a recommandé son fils lors de notre entrevue à l'Académie brésilienne des lettres. Dans son ouvrage captivant, composé de tableaux heureux et malheureux du Brésil des années 1920, 1930 et 1940, ce juriste qui a été député fédéral du Minas Gerais et brièvement ministre des Relations extérieures, se présente comme un "Brésilien de formation française". À lire ses mémoires, on comprend qu'Afonso Arinos aimait davantage la France que l'Allemagne et qu'il ne supportait pas le fascisme paternaliste de Vargas.

Après 1930, Afonso Arinos de Melo Franco s'est accommodé comme il le pouvait de la privation progressive des libertés publiques au Brésil, notamment celle de la presse. Avant même l'instauration du régime autoritaire de l'*Estado Novo*, en 1937, l'année 1935 avait été fatale à la fragile Constitution démocratique adoptée quelques mois auparavant. En novembre, une tentative de coup d'État communiste, qu'Afonso Arinos, partisan d'une opposition libérale, a jugée barbare et stupide, a servi de prétexte à Getúlio Vargas pour imposer l'état de siège et la censure de la presse.

Contraint d'abandonner son activité au quotidien *Folha de Minas*, à Belo Horizonte, et d'accepter un poste d'avocat assistant à la Banco do Brasil à Rio de Janeiro, Afonso s'est attelé à un travail plus secret et plus continu en trouvant refuge dans l'œuvre de Montaigne, restée toute sa vie une source de plaisir et de méditation.

En août 1936, par l'intermédiaire de son beau-frère Jaime Chermont, le diplomate chargé par le ministère des Relations extérieures d'accompagner l'écrivain dans ses déplacements, c'est déjà à propos de Montaigne qu'il est entré en contact avec Stefan Zweig. Sa parfaite connaissance des *Essais*, qu'il lisait en français depuis l'âge de vingt ans, a forcément émerveillé cet humaniste d'autrefois. Né en 1905, le jeune homme fermement résolu dans son opposition à toute forme de tentation totalitaire, n'avait que trente et un ans lors de leur première rencontre. Dans les derniers mois de l'année 1941, il a été un interlocuteur précieux. La nuit de sa mort, Stefan Zweig lui a d'ailleurs écrit une courte lettre, d'une écriture ferme mais dans un français maladroit, pour lui dire au revoir et le remercier des éléments qu'il lui avait fournis pour son étude sur Montaigne. Aujourd'hui, cet essai consacré au moraliste indispensable apparaît assez cohérent, mais il est resté inachevé, comme la biographie de Balzac, dont Stefan Zweig avait laissé le manuscrit à Londres.

"Ses travaux n'avaient même pas atteint le stade d'ébauche", estime l'ancien secrétaire de la délégation brésilienne à la Conférence mondiale pour le désarmement, ouverte à Genève en 1932 et brutalement close après l'arrivée au pouvoir de Hitler, un an plus tard. Dans sa lettre d'adieu, l'écrivain suicidé a légué à Afonso Arinos de Melo Franco ses notes de travail consacrées au moraliste bordelais. À la bibliothèque de l'Académie brésilienne des lettres, j'ai touché ces treize feuillets épars, mêlant des réflexions personnelles écrites sans suite et des citations de Montaigne reproduites en désordre, à la fois au crayon et à l'encre.

En français, on dirait "émouvant", pour parler d'un tel moment. En portugais, il existe un mot plus puissant. *Emocionante.* Rempli d'émotion. Je dois ce moment à Josué Montello, que je suis allé revoir à l'Académie brésilienne des lettres, comme il me l'avait proposé. Il admirait beaucoup *Le Monde d'hier*, dont il m'a cité par cœur une phrase que j'ai plus tard entendue dans la bouche d'Alberto Dines : "Seul ce que je veux moi-même conserver mérite d'être conservé pour d'autres." Il n'avait pas, sur le destin de Stefan Zweig, des vues d'historien ni de témoin, même s'il se souvenait des confidences que lui avait faites l'écrivain Afrânio Peixoto. "Il a poliment refusé d'écrire un essai sur le président Getúlio Vargas, expliquant que s'il devait raconter la vie d'un personnage historique du Brésil, ce serait celle du jésuite Manuel da Nóbrega, le fondateur de la ville de São Paulo au XVIe siècle. Mais il a fatalement éveillé les soupçons en raison de sa courtoisie particulière et de la manière accommodante dont il a accueilli la réception du président."

Trop sensible et trop poli au milieu du déchaînement de volonté de puissance. Sigmund Freud a observé ce défaut de caractère chez son admirateur impatient. Josué Montello avait lu Stefan Zweig avec une intelligence qui ne manquait ni d'intensité ni d'élévation, parfois en français ou en portugais, quand une édition allemande n'était pas disponible. Il regardait ce maître du clair-obscur comme un homme-livre, un être tout entier passionné, habité par la littérature, qui avait besoin de sa bibliothèque, de ses livres et de ses manuscrits pour vivre. "Mais ce qui lui a le plus manqué dans l'isolement de Petrópolis, ce sont ses amis", m'a-t-il dit, m'orientant le premier vers l'exploration de sa douloureuse solitude sur les hauteurs de Duas

Pontes, difficilement atténuée par courtes pauses au Café Elegante.

J'attendais avec Josué Montello, dans la bibliothèque de l'Académie brésilienne des lettres, lorsqu'un assesseur est venu nous apporter les feuillets de notes manuscrites sur Montaigne. Ces notes avaient la forme du *Kurrent*, de l'écriture cursive allemande, si belle et si difficilement lisible, que Stefan Zweig n'utilise pas dans ses lettres de la même époque. Le gothique cursif, c'est la calligraphie du monde d'hier, l'alphabet des romantiques, le tracé à la plume en main droite des écoliers germaniques du XIXe siècle. Il avait été remplacé par une écriture plus simple et plus lisible au début du XXe siècle. Hommes méthodiques et véritablement modernes, comme l'a dit George Orwell, les nazis, qui n'aimaient pas que les vieilles choses empêchent qu'on aime les neuves, avaient interdit ces caractères accusés d'être des lettres juives. Le 3 janvier 1941, Martin Bormann, l'un des conseillers les plus fanatiques d'Adolf Hitler, a rédigé une note à destination des membres du parti nazi à ce propos. "Il est faux de considérer ou de décrire l'écriture dite gothique comme une écriture allemande. En réalité, l'écriture dite gothique est constituée de lettres juives Schwabacher. Tout comme ils devinrent plus tard propriétaires de journaux, les Juifs vivant en Allemagne prirent possession de presses à imprimer lorsque l'imprimerie fut introduite, ce qui conduisit à l'introduction généralisée de la Schwabacher Judenletter en Allemagne."

Cette origine juive du gothique ne repose sur aucun fondement, même si l'on peut trouver certaines similitudes avec les courbes brisées de l'hébreu manuscrit. Mais il est certain qu'à la fin de sa vie, l'emploi par

Stefan Zweig de l'écriture gothique cursive était à la fois un geste plein de nostalgie et un acte de résistance.

Dans *A alma do tempo*, Afonso Arinos commente ces notes crépusculaires. Chez Montaigne, Stefan Zweig a cru distinguer un manque de volonté et une tolérance qui l'auraient conduit à une sorte d'impartialité impuissante face à la sauvagerie des guerres de religion. Son ami brésilien a jugé qu'il s'était peint dans un miroir sans songer que son héros avait appris le maniement des armes avant de devenir l'artisan d'une pensée nationale recommencée, d'un rapport révolutionnaire à l'autorité royale, qui mérite la fidélité et l'obéissance quand elle est légitime, c'est-à-dire soumise aux lois. Son relativisme ne lui a jamais fait perdre le sens du combat, ni la sagesse le goût de la vérité. "Le juif de formation cosmopolite, allemand, français, anglais, devait penser à lui-même en écrivant ces réflexions sur un autre. Pensant peut-être encore à lui-même, Zweig souligne le charme de l'incertitude, la limitation que le mariage et la famille imposent à la vie libre de l'esprit. (Au passage, je dois dire que l'épouse de l'écrivain, bien que très dévouée, a visiblement contribué à sa dépression. Je ne sais pas dans quelle mesure la souffrance de cette dame angoissée et inadaptable a contribué à leur acte de désespoir.) Les notes de Zweig sur Montaigne sont une sorte de témoignage frustré d'une âme tourmentée, incapable de survivre aux décombres de la civilisation dans laquelle elle s'est formée."

L'accusation portée contre Lotte est terrible. J'ai dit que la jeune femme était malade, qu'elle souffrait d'une grave forme d'asthme. Régulièrement prise de spasmes et de quintes de toux, elle se réveillait plusieurs fois par nuit. Dans leur petite maison de Petrópolis, composée seulement d'une pièce principale, d'une chambre à coucher, d'une cuisine et d'une salle de bains, ses difficultés respiratoires sont devenues insupportables à Stefan Zweig, peu doué de patience et dans l'impossibilité de faire chambre à part. Hélas ! Ce chercheur d'absolu, si délicat dans ses évocations du sentiment amoureux, n'a trouvé la quiétude ni dans la vie de famille, quand il vivait avec Friderike et ses deux filles à Salzbourg, ni dans l'existence à deux. D'autres témoins qu'Afonso Arinos ont jugé que Lotte a fini par devenir un poids pour son mari. Une affirmation atroce, qui oblige à s'interroger sur la sincérité de la promesse de Stefan à son égard. Certains amis du couple ont rapporté que ce sont les membres de la famille de Lotte, des juifs très pieux, qui faisaient shabbat, qui ont exigé leur mariage. Érotomane extraverti, le peintre hardi du désir féminin était un égocentrique assumé. Il n'a jamais été un mari très sentimental. Quant à Lotte, c'était une midinette, fière d'être l'épouse d'un écrivain mondialement célèbre, partout reçu comme un chef d'État, qui ne se plaignait pas de sa vie amoureuse superficielle. Stefan Zweig était son grand homme, elle l'a suivi partout. Vivre ou mourir à ses côtés participait de la même fièvre romantique.

Dans sa nécrologie de Stefan Zweig publiée dans le journal *A Manhã* en février 1942, Afonso Arinos de Melo Franco explique que le malheur de Stefan Zweig, dans les derniers mois de sa vie, est d'avoir vécu non pas entouré d'écrivains, mais de parasites mondains. Selon lui, c'était la conséquence de la fureur de sa gloire et du caractère capricieux de cette gloire depuis la parution du *Brésil, une terre d'avenir*. En 1940, déjà,

Afonso Arinos de Melo Franco avait regretté de savoir l'écrivain autrichien pris en charge depuis son premier séjour par l'omniprésent Cláudio de Souza, membre de l'Académie brésilienne des lettres et président à vie du PEN Club du Brésil, un représentant emblématique de l'élite militaire, administrative et intellectuelle nationale : il avait du mal à dissimuler son inclination idéologique pour l'Allemagne. Proche de Getúlio Vargas qu'il s'est employé à faire élire à l'Académie, favorable à la dictature, Cláudio de Souza avait une très mauvaise image dans l'opinion et surtout l'intelligentsia, majoritairement de gauche.

"Je croisais parfois Stefan Zweig et sa femme lors de ces rencontres mi-mondaines mi-littéraires qui m'ennuyaient jusqu'à l'os", écrit Afonso Arinos de Melo Franco dans ses mémoires. Cet homme de grande culture, qui donnerait son nom à la loi contre la discrimination raciale promulguée en 1951, ne comprenait pas comment un amoureux de Montaigne pouvait perdre son temps dans des banquets de notables. "Contrairement à Bernanos, qui tentait de s'isoler à Pirapora ou à Barbacena afin de ruminer, dans l'espace solitaire, sa colère, son mépris, ses espoirs, Zweig tenta de s'éblouir dans la vie sociale de Rio, malheureusement si médiocre en termes intellectuels, dans le but, peut-être, d'y retrouver les échos d'un environnement qu'il croyait à jamais perdu." À aucun moment, le dernier maître majeur du roman réaliste de langue allemande, un genre inauguré au début du XX^e^ siècle par Thomas Mann, lauréat du prix Nobel de littérature en 1929, n'a été en contact avec les grands écrivains brésiliens de son temps. À Rio et Petrópolis, il a souvent vécu flanqué de médiocres littérateurs, de vulgarisateurs sans talent, de bricoleurs de biographies romancées. Sa volonté de rencontrer Georges Bernanos, quelques jours avant son suicide, alors que sa décision de mettre fin à ses jours semblait prise, s'éclaire. C'est une ultime tentative, tardive hélas, de combler un manque.

À Petrópolis, le professeur Leandro Garcia Rodrigues m'a confirmé qu'à l'exception de la poétesse et diplomate chilienne Gabriela Mistral, qui serait couronnée par le prix Nobel de littérature en 1945, Stefan Zweig a fréquenté peu d'écrivains d'importance dans sa ville. Quelques notables à demi lettrés, des gens du monde, jamais de grands artistes. En lisant *Memórias improvisadas*, dans lequel il n'est jamais cité, j'ai compris que ses relations avec Alceu Amoroso Lima avaient été épisodiques.

Afonso Arinos de Melo Franco doit au seul Montaigne son rapprochement avec Stefan Zweig, généralement entouré de courtisans et de sycophantes. Heureusement pour lui qu'il y a eu Montaigne, l'ami indispensable, le théoricien de l'incertitude systématique dans lequel il reconnaissait un frère en désolante lucidité…

"Il était occupé à son essai sur Montaigne, et comme il avait lu mon livre, *L'Indien brésilien et la Révolution française*, nos conversations portaient sur les *Essais*. Un jour, Stefan Zweig est apparu chez moi à Rio, rua Anita Garibaldi, et a passé la majeure partie de la matinée à me parler de Montaigne, me demandant opinions et impressions. Je lui ai donné ce que j'avais, y compris quelques livres sur mon étagère, dont un volume de Fortunat Strowski, avec une dédicace. Avant de partir, Stefan Zweig a jeté un coup d'œil sur les étagères, ma pièce de travail, et a observé avec tristesse le lieu modeste dans lequel je vivais, entouré de livres. Il a pointé ma chaise et d'un air plein d'amertume m'a dit : « Ne la changez jamais, même pas pour un trône de roi, si vous le pouviez. » Quelque temps après, à Petrópolis, je suis allé lui rendre visite dans la maison où il vivait à Duas Pontes, où il s'est suicidé. Cette fois, c'était l'après-midi. Nous sommes restés longtemps tous les trois, avec sa femme, sur le balcon. Il m'a demandé si j'aimais marcher, s'il n'y avait pas de sentiers dans les alentours de Petrópolis sur lesquels nous pourrions nous promener, en nous arrêtant dans une auberge pour discuter autour d'une bière et manger du fromage. J'ai ri de ce rêve alpin, de cette illusion tyrolienne. Il a ri aussi, mais tristement. *« Ich habe meine schwarze Leber »*, m'a-t-il dit en allemand."

*Die schwarze Leber*... Le foie chargé de bile noire, l'humeur mélancolique que les médecins rendaient responsable des maladies de l'âme dans l'Antiquité.

## D'hier et d'après-demain

Afonso Arinos de Melo Franco est un témoin capital. Et notamment pour mon enquête, puisqu'il est l'unique personne à avoir côtoyé conjointement Georges Bernanos, rencontré en septembre ou octobre 1938, et Stefan Zweig, dont il a entendu la célébration du Brésil à l'Académie brésilienne des lettres, dès août 1936. Le chapitre qu'il consacre dans ses mémoires à Stefan Zweig est un portrait croisé avec Georges Bernanos. Mais il semble avoir ignoré leur entrevue à Barbacena.

“On ne saurait concevoir deux hommes plus différents que Bernanos et Zweig. L'un était fait de force et de flamme, de passion et de ravissement, tel un tonnerre qui éclatait en phrases ressemblant à des éclairs. L'autre cachait le désordre de ses sentiments dans un jeu plein de mesure et de subtilité. L'un avait quelque chose, sinon de primitif, du moins de rustique, qui saupoudrait de génie son vigoureux talent. C'était un ancien Européen débordant de spontané, une manière de vieux chêne des forêts bourguignonnes. Sémite poli et repoli dans la civilisation raffinée de la *Mitteleuropa*, l'autre était habitué à vivre dans l'environnement recherché de la culture historique et littéraire, telle une fleur dans une serre. Son âme juive et son intelligence de pur intellectuel, ne lui fournissaient pas l'énergie nécessaire pour affronter l'effondrement catastrophique du seul monde dans lequel il s'était épanoui, ce monde sans temps ni espace, situé au-dessus des frontières et des siècles, dans lequel ont vécu Érasme, Buffon, Stendhal, Wilde… Contrairement à Bernanos, qui s'est isolé, à Pirapora et à Barbacena, pour enrager de la compromission des médiocres, Zweig s'est épuisé à retrouver un monde perdu et une inaccessible garantie de durée dans la vie sociale de Rio, si fausse et si superficielle. Hélas, il n'a pas réussi à trouver de dérivés à ses souffrances refoulées. Il est demeuré incapable de les faire déborder en torrents enflammés, comme Bernanos. Cet homme, dont la discrétion ne faisait que masquer, comme chez tant de Juifs, la formidable puissance des sentiments, s'est laissé imprégner jusqu'à l'autodestruction par la souffrance engendrée par le déracinement. La force des timides, des retenus, les pousse souvent à retourner contre eux-mêmes les pulsions potentiellement violentes qu'ils n'osent pas diriger contre les autres."

Sur le visage de Stefan Zweig, qu'il a encore observé peu de temps avant sa mort, Afonso Arinos de Melo Franco n'a aperçu aucun signe de désespoir, plutôt les marques d'un abattement progressif. Coupé du monde des arts et des lettres, ce proscrit sans magistère était coupé de sa jeunesse. Petrópolis n'est qu'à soixante-dix kilomètres de Rio de Janeiro et à trois cents kilomètres de Belo Horizonte, pourtant. Une partie des routes était asphaltées, le chemin de fer fonctionnait bien. Il n'aurait pas été difficile à de jeunes littérateurs de venir honorer le *Großschriftsteller* dont les livres étaient très diffusés. Zweig avait des admirateurs dans la jeunesse intellectuelle. En étudiant sa correspondance, au moins équivalente à celle de Voltaire, on découvre qu'en exil, il a échangé des lettres avec plusieurs écrivains trentenaires ou quadragénaires. Mais aucun d'eux n'a laissé de trace majeure dans l'histoire littéraire brésilienne.

Parce qu'il a lui aussi connu à la fois Stefan Zweig et Georges Bernanos, le plus intéressant d'entre eux est probablement Victor Wittkowski, un poète allemand échoué au Brésil à l'âge de trente-deux ans en provenance de Rome. Converti au catholicisme mais resté fidèle à la source juive, il a erré en Italie, en France, en Suisse et au Portugal, gardant avec lui ses deux recueils en vers, après avoir fui son pays natal en 1931. Avec l'aide du Vatican et de l'ambassadeur du Brésil en Italie, il a obtenu un passeport et a trouvé refuge en avril 1941 au monastère São Bento de Rio. Dom Inácio Accioly, un ami moine de Georges Bernanos, était le fils du diplomate de Rome. Il l'a pris en charge. C'est probablement lui qui lui a permis de rencontrer le banni de Barbacena. Au début des années 2000, de vieux amis du monastère qui avaient traversé cette époque se souvenaient d'avoir vu Victor Wittkowski en compagnie de Georges Bernanos venu trouver la paix chez les bénédictins. Après la messe à l'église Nossa Senhora da Glória do Outeiro, les deux hommes avaient leurs habitudes dans un café au coin de la rua da Glória et de la rua Cândido Mendes. Victor Wittkowski aimait passionnément Claudel, Paul Valéry, André Gide. Il devait y avoir de l'orage dans ses échanges avec Bernanos.

Quand Stefan Zweig est revenu à Rio en août 1941, Victor Wittkowski est immédiatement allé se présenter à la réception de l'hôtel Central, près de la plage de Flamengo. Le jeune écorché vif n'était pas un inconnu pour le vieil écrivain fatigué. Ils s'étaient écrit quelques années auparavant, peut-être rencontrés. Stefan Zweig a été ravi de trouver un jeune poète allemand qui pouvait lui servir de secrétaire. Il lui a confié la tâche de relire et de corriger les épreuves de ses livres et l'a nommé réviseur de ses textes inédits dans une lettre rédigée peu avant son suicide.

Pendant que Stefan Zweig, terrorisé par les bandes nazies qui défilaient avenida Quinze de Novembro à Petrópolis, se désolait de vivre dans une immense solitude, Georges Bernanos, dans sa ferme de la Croix-des-Âmes, déblayait des routes nouvelles et racontait l'histoire du futur avec de jeunes écrivains brésiliens. J'ai évoqué le poète João Cabral de Melo Neto, les romanciers Lúcio Cardoso et Otávio de Faria, devenu célèbre grâce à la saga familiale en quinze volumes qui lui a valu le surnom de Balzac des tropiques. Je dois parler du poète Paulo Mendes Campos et du dramaturge Ariano Suassuna. Ces jeunes littérateurs étaient francophiles, pas toujours francophones, mais Bernanos comprenait le portugais. Contrairement à Stefan Zweig, il n'a jamais désespéré d'apprendre cette langue dont il affectionnait les expressions imagées. Il savourait la façon brésilienne de prononcer les mots et l'accent *mineiro*. Avec ses hôtes, il évoquait la guerre en Europe, la modernité, les promesses fallacieuses du progrès technique. L'écrivain français exagérait quand il expliquait qu'il avait compris le Brésil uniquement avec ses pauvres. Il comptait parmi ses amis des représentants des plus grandes familles, certes ni généraux ni archevêques, mais un ministre, des anciens ambassadeurs. Le fait d'avoir passé la douane à Rio avec *Les Grands Cimetières sous la lune* dans ses bagages l'a éloigné des agitateurs de l'Action intégraliste brésilienne, mais lui a ouvert un crédit illimité auprès des partisans d'une résistance culturelle à l'*Estado Novo*. Il faut ajouter qu'une partie du clergé brésilien le regardait comme un anarchiste anathémisé par le Saint-Office, ce qui ajoutait à son charme pour beaucoup de réfractaires.

À Barbacena, ce Français un peu étrange, que ses amis brésiliens tenaient pour un socialiste proudhonien attiré par la monarchie, a accueilli un groupe de jeunes écrivains d'une vingtaine d'années, bientôt connus sous le nom de "quatuor de Minas Gerais" : Otto Lara Resende, Fernando Sabino, Hélio Pellegrino et Paulo Mendes Campos. Un de leurs cadets m'a raconté leurs rencontres passionnées au bout du chemin de la Croix-des-Âmes : "Bernanos ressemblait à une montagne. Ou peut-être était-ce un navire, un énorme vieux navire ayant fait de nombreux voyages, qui s'était échoué en pays exotique, sa cale pleine de trésors."

Les visiteurs de Bernanos étaient de tempéraments variés. Il y avait parmi eux des chrétiens, des agnostiques et des matérialistes désenchantés. João Cabral de Melo Neto appartenait à l'avant-garde. Ariano Suassuna composait des *romances de cavalaria*, pièces inspirées par les mystères médiévaux espagnols. À Rio, ces littérateurs avaient leurs habitudes au bar Recreio, dans le quartier de Cinelândia, que fréquentaient le jeune poète Vinícius de Moraes, la romancière Rachel de Queiroz et la jeune Clarice Lispector, née dans une famille juive ukrainienne, arrivée au Brésil à l'âge de deux ans, et qui venait de publier ses premières nouvelles à un moment où rien ne semblait pouvoir arrêter l'avancée de Hitler en Europe. À proximité du bar Recreio, Otávio de Faria et Mário Peixoto, écartelés entre Nietzsche et Jésus, lecteurs de *Sous le soleil de Satan*, avaient créé le Chaplin Club et ouvert un premier cinéma d'art et d'essai.

Moqué comme un romancier d'avant-hier par André Gide, qui refusait farouchement d'ouvrir ses livres, Georges Bernanos s'est ainsi retrouvé mêlé aux artistes de l'après-demain brésilien, peintres, poètes et musiciens qui le regardaient comme un maître d'insatisfaction, les uns dans l'angoisse du néant, les autres dans la foi. Parmi ces derniers, les poètes Jorge de Lima et Murilo Mendes furent des intimes. Dans le fonds Bernanos de la Bibliothèque nationale de France, plusieurs lettres qu'ils lui ont adressées en portugais après son retour en Europe prouvent que Bernanos avait acquis une certaine maîtrise de cette langue. On imagine que le romancier leur répondait en français. À la fois traditionaliste et postmoderne, d'avant-hier et d'après-demain, il avait inventé avec ses amis une manière de diglossie.

À São Paulo, la mégalopole en rupture avec l'art académique des élites de Rio, le mouvement moderniste mené depuis 1922 par les agitateurs Mário de Andrade et Oswald de Andrade, homonymes et non pas frères, révoquait furieusement les messagers de la Vieille Europe. Dans le quotidien *O Estado de S.Paulo*, le second s'est régulièrement montré agacé de l'influence exercée sur l'avant-garde littéraire du Minas Gerais par George Bernanos, "cet Ubu-Roi de Dieu, anticonformiste et aveugle, lié aux conventions d'un monde disparu dont il a voulu conserver, dans sa tenue mortuaire, quelques misérables bribes de pureté et la morale confuse, sans voir jamais que ce monde des curés de campagne était le contrepoint nécessaire au monde capitaliste de Vautrin et qu'il pouvait seulement prier de pauvres Ave Maria du temps des cocottes et du *Déjeuner sur l'herbe*."

Oswald de Andrade n'a pas eu besoin de lire Georges Bernanos pour lui tirer des flèches empoisonnées dans ses chroniques publiées à Rio dans *O Jornal* qui appartenait au richissime Assis Chateaubriand, qui avait des artistes pensionnés dans tous les camps. "Votre forme d'anarchisme chrétien tue à distance. Ce n'est pas du pessimisme qui se répand autour de lui, c'est de l'ennui, l'ennui de ces grands-parents qui vivent trop longtemps et veulent à tout moment parler de leurs amours ratées, de leurs banales mésaventures, de leurs déceptions et de leurs peurs."

Il y a eu d'autres attaques, d'autres polémiques émanant généralement des intellectuels communistes. Georges Bernanos a pu le dire à Stefan Zweig lors de leur rencontre à Barbacena. Au Brésil, lui aussi possédait son lot d'ennemis.

C'était au cours de la Première Guerre mondiale que de jeunes artistes de São Paulo ont ainsi commencé à protester contre la culture élitiste d'importation et ont exprimé leur volonté de brésilianiser le Brésil en valorisant le folklore national. Rassemblés derrière Oswald de Andrade, ces jeunes *caipiras** en colère ne voulaient plus entendre parler de "France mère des arts, des armes et des lois" – et pas davantage des heures étoilées de la Renaissance italienne ou de l'Allemagne romantique.

* Paysan de l'intérieur de l'État de São Paulo.

Débarqué au Brésil en 1924 dans un état de transe – "C'est le Paradis terrestre… une magnificence… la Terre promise" –, Blaise Cendrars, ancien légionnaire du 3e régiment de marche du 1er étranger amputé de la main droite en 1915, en a fait l'expérience déroutante. "Le Brésil n'a pas besoin de mutilés, il a besoin de bras. Le Brésil n'a pas besoin de souvenirs pénibles, mais de certitudes joviales", a rugi Mário Andrade quand il a appris sa venue. Cet avertissement de bienvenue au ton provocateur faisait écho aux problèmes que le poète avait eus avec la police des frontières du port de Santos qui ne voulait pas laisser entrer un infirme…

Blaise Cendrars a accepté d'en rire, mais bien des années plus tard. En 1924, le poète persuadé que toutes les beautés de la terre feraient un jour retour au cœur du monde – pour peu que le monde ait un cœur –, a été surpris de découvrir qu'il n'y avait pas de place pour la neutralité suisse depuis la guerre culturelle déclenchée par la Semaine d'art moderne de São Paulo en 1922. Quelques mois plus tard, c'est cependant la peintre moderniste Tarsila do Amaral qui a illustré la couverture de *Feuilles de route*, le bondissant reportage télégraphique du poète au Brésil.

*Et voici maintenant que je sais le nom des montagnes qui entourent cette baie merveilleuse*
*Le Géant couché*
*La Gávea*
*Le bico de Papagaio*
*Le Corcovado*
*Le Pain de Sucre que les compagnons de Jean de Léry appelaient le Pot de Beurre*
*Et les aiguilles étranges de la chaîne des Orgues*
*Bonjour Vous*

Les modernistes brésiliens avaient la dent dure, c'est le moins qu'on puisse dire. En 1929, Carlos Drummond de Andrade a expliqué que Benjamin Péret méritait d'être grillé en brochette quand il a appris son arrivée à Rio. Oswald de Andrade a éclairé cet accueil rugueux réservé à des Européens qui voulaient pourtant orienter les Brésiliens vers les sources intimes de leur culture, avec la même générosité que Georges Bernanos mesurant la taille de leur âme ou que Stefan Zweig dessinant les chemins de l'avenir. C'est pour se libérer de leur maléfice qu'ils ont menacé les voyageurs venus de la Vieille Europe de les faire rôtir à la broche dans un rituel anthropophage, comme les Indiens Tupinambas avaient traité l'évêque portugais Sardinha. "Qu'est-ce que l'anthropophagie ? Le fait de dévorer l'ennemi vaincu pour que ses vertus passent en vous. Une communion. Nous absorbons le Tabou pour le transformer en Totem : l'ennemi sacré qu'il faut transformer en ami."

Un jour, je me suis rendu dans la librairie de la boutique du musée d'Art de São Paulo, où j'ai acheté quelques cartes postales reproduisant des œuvres du peintre Alfredo Volpi et une édition brésilienne de *Feuilles de route*, *Diário de bordo*, après avoir revu deux paysages semi-cubistes de Tarsila do Amaral. L'œuvre riche, enfantine et colorée de cette élève de Fernand Léger témoigne de la rencontre de la mécanique et du primitivisme de part et d'autre de l'Atlantique. Avenida Paulista, je pouvais tourner vers la droite, en direction de la librairie Martins Fontes, ou vers la gauche vers la librairie Cultura. J'ai pris vers la droite, longé une suite de banques, et atteint le 509, beau comme le numéro d'un cheval gagnant aux courses à Auteuil.

Dans le fonds de la librairie Martins Fontes, j'ai trouvé le *Marie-Antoinette* de Stefan Zweig, *Le Joueur d'échecs*, en portugais *O livro do xadrez*, et *Vingt-quatre heures de la vie d'une femme*. Il y avait quelques romans de Georges Bernanos en français et les traductions récentes des éditions É Realizações, qui ont remis au goût du jour ses essais de combat et les avertissements de ce précurseur des penseurs radicaux de la société techno-industrielle. Le Brésil en a un besoin urgent. Car ce pays qui compte plus de têtes de bétail que d'habitants et plus de téléphones portables que de têtes de bétail, ressemble à toutes les démocraties commerciales de la terre, *right or left*. Apparemment opposés par l'idéologie, les hommes et les femmes qui se succèdent à Brasília sont solidement unis par la technique.

## Tous indiens désormais

En août 1941, lorsque Abrahão Koogan a envoyé les exemplaires de presse de *Brasil, país do futuro* aux journalistes, il ne se doutait pas qu'un orage allait se déclencher sur le pays et que Stefan Zweig, de retour à Rio dans les derniers jours du mois, loin de vouloir s'étourdir dans la vie sociale, ce qu'écrit assez injustement Afonso Arinos de Melo Franco à propos de ses derniers mois, allait chercher l'isolement. Les premières recensions ont été bienveillantes. Mais l'ouvrage a rapidement été accusé de plagier les brochures touristiques publiées sur le Brésil par des voyageurs européens depuis la fin du XIX^e^ siècle, tout dégoulinant de notations *exotiques* – un adjectif inventé en 1552 par Rabelais dans *Le Quart Livre*, justement à propos du Brésil, où des marins français s'étaient aventurés dès le début du XVI^e^ siècle, en compagnie de religieux qui avaient consigné leurs aventures dans des ouvrages pleins de notations pittoresques et sensationnelles lus avec passion par l'élite savante dans l'Europe lettrée.

Heureux temps où il était permis de laisser vagabonder son imagination sans se faire éreinter… Quatre siècles plus tard, *Brasil, país do futuro*, le plus incompris des ouvrages de Stefan Zweig, n'a pas eu cette chance. Dans la presse de Rio, le livre a rapidement été dénoncé, dénigré et diffamé comme un volume de commande, un ouvrage de propagande en faveur de l'*Estado Novo* payé par les millions du dictateur Getúlio Vargas. Dans *Correio da Manhã*, vexé par les pages dans lesquelles Stefan Zweig évoque l'indolence brésilienne, Pedro da Costa Rego l'a qualifié d'écrivain ingénieux et de plumitif à la mode. Dans le quotidien carioca *Gazeta de Notícias,* c'est un chef intégraliste, Paulo Fleming, qui s'est chargé d'exécuter le livre avec des arguments fascistes. "Qui est Stefan Zweig ? Je réponds : un modèle d'écrivain bourgeois. Avec cette observation, je crois que je possède les éléments nécessaires à une bonne critique du livre… D'emblée, je tiens à souligner que l'objectif principal de l'écrivain bourgeois est de faire de la littérature la meilleure source de revenus. Ce sont donc des artistes sans message."

L'antisémitisme de ce texte est allusif. Il ne l'est plus dans celui qu'ont publié les *Novas Diretrizes* d'Azevedo Amaral, un publiciste dont l'amour pour l'*Estado Novo* n'était pas seulement platonique : il avait publié plusieurs ouvrages de propagande en faveur du régime brésilien. "Enfin, un grand homme a assuré que notre patrie avait un grand avenir. Depuis longtemps, des Brésiliens modestes et obscurs, comme José Bonifácio * et Pedro II, expriment la même opinion. Mais les Juifs conservent toujours le monopole de la prophétie, et le pronostic de M. Zweig est reçu comme l'expression inspirée d'une vérité proclamée par la Synagogue."

* José Bonifácio de Andrada e Silva a été l'un des artisans de l'indépendance du Brésil en 1822 et un conseiller très écouté de l'empereur Pedro Ier.

Dans ce contexte, six mois avant le suicide de l'écrivain et de son épouse, il est remarquable qu'une des premières défenses de son livre soit venue d'Alceu Amoroso Lima, si régulièrement proche de Georges Bernanos à Rio. "Beaucoup se sont demandé s'il s'agissait d'une œuvre spontanée ou de commande… J'ai entendu des débats sur la sincérité d'un écrivain de renom universel venu, comme ça, ni plus ni moins, écrire gratuitement un livre sur le Brésil. Une fois publié, les critiques ont commencé, toutes plus incisives et certaines même violentes, qui ont conduit à de bruyantes rétractations… Je dois dire que le livre ne m'a pas surpris… Mais il ne correspondait pas du tout à ce qu'en disaient les critiques. C'est un travail très sincère qui ne trahit aucune contrainte… Une vision impressionniste et optimiste de notre terre… Une grande sympathie et une intelligence de divers traits de notre psychologie collective… pleine d'un véritable esprit de compréhension de notre âme et, parfois, de notre histoire, malgré des points de vue contestables… La critique qu'il fait, toujours avec des gants de chevreau, de certaines habitudes et manières de notre peuple, est très éloignée de celles que nous faisons quotidiennement."

Cet article écrit en défense de Stefan Zweig est d'autant plus admirable que son auteur ne goûtait guère ses fictions amoureuses, dont il regrettait le prosaïsme, la futilité et la légèreté affectée, si peu accordées aux catastrophes du XXe siècle. Pour cet admirateur de la manière noire de Georges Bernanos, cette littérature brillante, ce lyrisme sentimental, ce souci d'associer l'impersonnalité du style au caractère impeccable de la forme, trahissaient quelque chose de vain. Depuis les bruyantes professions de foi de la Semaine de l'Art moderne à São Paulo en 1922, le modernisme brésilien reposait sur un rejet brutal de tout ce qui apparaissait parnassien, la référence majeure de la génération littéraire brésilienne précédente. Catholiques, comme l'intellectuel Alceu Amoroso Lima, les poètes Jorge de Lima et Murilo Mendes, ou partisans de la rencontre de la tradition populaire et du réalisme socialiste, comme l'écrivain Oswald de Andrade, le musicien Heitor Villa-Lobos et la peintre Tarsila do Amaral, tous affirmaient que la valeur de l'art est dans sa visée intellectuelle, politique et morale. Le vieux slogan de "l'art pour l'art" avait été piétiné avec rage. Le malentendu, ou la rencontre manquée de Stefan Zweig avec l'avant-garde intellectuelle et littéraire de son temps, vient de son refus affiché de prendre un quelconque engagement politique et de sa volonté de rechercher le progrès dans son seul travail. C'est ainsi qu'Alceu Amoroso Lima a qualifié sa littérature de "faisandée". Dans le petit-fils tourmenté de Goethe, la plupart des écrivains brésiliens ont voulu reconnaître non pas un héritier du romantisme en prise avec les fièvres de son siècle, mais un esthète raffiné, insensible au chaos de l'histoire, trouvant dans un geste créateur isolé de la vie sa propre justification.

Je l'ai dit. Bernanos n'a pas eu ce malheur. Il était lu et admiré au Brésil avant d'avoir traversé l'Atlantique, à la fois grâce à son art romanesque, *Sous le soleil de Satan*, et grâce à la force de sa conviction, *Les Grands Cimetières sous la lune*. Dès le mois de septembre 1938, Alceu Amoroso Lima est allé se présenter à lui dans le quartier de Botafogo. Il était accompagné d'Augusto Frederico Schmidt, homme d'affaires et futur président du club de football de Botafogo, écrivain, éditeur. Alceu Amoroso Lima a vite su à quoi s'en tenir. "Papa, papa, voilà les cons !", s'est écrié Jean-Loup Bernanos, cinq ans, en ouvrant la porte de l'appartement aux deux visiteurs… Le petit avait dû en entendre de belles, autour de la table familiale… Ce qui n'a pas empêché Bernanos et ses cadets d'aller déjeuner au Lido, un restaurant de Copacabana installé dans la copie carioca d'une grosse maison normande.

Praça Bernardelli, juste derrière le Copacabana Palace, où j'ai poursuivi le souvenir de Stefan Zweig, j'ai cherché à retrouver cet établissement inauguré en 1922, à l'occasion des célébrations du centenaire de l'indépendance. Hélas, la splendeur de Copacabana a passé, comme a passé celle de Flamengo, où j'aime respirer l'air du Rio d'autrefois. Et sa revitalisation n'est pas à l'ordre du jour. Ce quartier qui était un paradis sauvage dans les années 1910 et un monde de lumières dans les années 1930, a perdu de son éclat, malgré le pavage en vagues noires et blanches des bords de plage signé Burle Marx sur lequel des touristes originaires du monde entier aiment être photographiés. Le Lido a fermé en 1957, peu de temps avant que le Brésil ne change de capitale. Dans cette partie jadis prisée de la ville, des clubs de strip-tease et des boîtes de nuit contrôlées par les narcotrafiquants ont pris la place des brasseries viennoises et des établissements à l'ancienne. Au croisement de l'avenida Prado Júnior et de la rua Barata Ribeiro, on peut boire une *cerveja trincando de gelada*. Mais la magie n'y est plus. Finie l'époque des restaurants avec terrasse à l'étage, véranda ouverte et lampes aux motifs art déco. Au Lido, il y avait même un bar géant, une salle de bal et une patinoire. Hélas, des splendeurs et des lumières de Copacabana dans les années 1940, ne restent que des souvenirs.

Quand Georges Bernanos a débarqué au Brésil, un plat commençait à être fameux, au restaurant Cosmopolita de Lapa et au Café Lamas de Flamengo : le *filé à Oswaldo Aranha*, une pièce de bœuf assaisonnée d'ail frit, accompagnée de pommes de terre, de riz et de manioc torréfié. Après sa rencontre avec le ministre des Relations extérieures, l'écrivain en a fait son plat de prédilection. J'ignore ce qu'il a choisi sur la carte du Lido, lors de son déjeuner avec Alceu Amoroso Lima et Augusto Frederico Schmidt. À cette époque, les restaurants gastronomiques de Copacabana proposaient des plats baptisés crème à l'Amazone, soupe Leão Veloso, poulet rio Branco, dindonneau à la brésilienne ou encore steak à cheval.

Alceu Amoroso Lima avait entendu Stefan Zweig prononcer son discours "Merci au Brésil" à l'Académie brésilienne des lettres, deux ans auparavant. L'ont-ils évoqué au cours de ce premier déjeuner ? J'en rêve, mais c'est peu probable. Ensemble, ils ont sans doute parlé d'Oswaldo Aranha, entré au gouvernement au mois de mars précédent, après avoir été ambassadeur à Washington, entre 1934 et 1937. Dans le Brésil de ce temps-là, le parti des diplomates, auquel était liée la famille Melo Franco, était très hostile au nazisme. Par-là, il s'opposait au parti des militaires formé par les généraux "prussiens" Gaspar Dutra, le ministre de la Guerre, et Gois Monteiro, un admirateur de la puissance des usines du Reich, bientôt nommé chef d'état-major de l'armée, qui justifierait un jour son soutien aux forces de l'Axe de manière désarmante. "Je n'ai jamais été un nazi ou un fasciste, comme beaucoup de gens le pensent. J'ai toujours été un admirateur, en tant que soldat, de l'armée allemande. D'où la rumeur selon laquelle j'étais nazi, ou fasciste, comme si ma conscience politique pouvait se confondre avec ma mentalité militaire. Je n'ai jamais admiré Hitler ; j'admirais les généraux allemands."

Avec un éditeur de l'intelligence d'Alfredo Cahn à Buenos Aires, Stefan Zweig aurait été mis en garde vis-à-vis des admirateurs de l'Italie fasciste et de l'Allemagne nazie. À Rio, le pauvre Abrahão Koogan n'avait pas l'envergure pour tenir son protégé à l'écart de la machine à séduire et à corrompre de l'*Estado Novo* dont m'a parlé Alberto Dines à São Paulo. Le but de cette machine commandée par Lourival Fontes était de faire apparaître Getúlio Vargas comme une heureuse combinaison de l'empereur Pedro II, le monarque humaniste admiré par Stefan Zweig, et du président démocrate américain Roosevelt, le sauveur des États-Unis en crise.

Dès 1936, et à nouveau en 1940, l'écrivain autrichien s'est laissé attirer dans l'orbite de l'officieux ministre de la Communication de Getúlio Vargas, en réalité son fondé de pouvoir en matière de propagande politique. Lourival Fontes aurait d'abord suggéré à Stefan Zweig d'écrire une biographie de l'aviateur Santos-Dumont.

Plus tard, c'est au cours de leurs conversations qu'est né le projet d'un "livre brésilien". Je l'ai dit : le département de la Presse et de la Propagande a pris en charge le voyage et les hébergements du couple Zweig dans le Nordeste et le Nord en janvier 1941. À cette époque, Lotte et Stefan venaient même de recevoir des cartes de résidents permanents. Ils ont embarqué à bord d'un avion de la compagnie Panair do Brasil à l'aéroport Santos-Dumont de Rio. Avant de regagner New York et les États-Unis, le *flying writer* voulait recueillir la documentation du dernier chapitre du livre qu'il était en train d'écrire afin de célébrer la fusion raciale, la fraternisation humaine, le mélange des Africains, des Portugais, des Indiens, des Allemands, des esclaves, des Juifs. Bahia, Cachoeira de São Félix, Recife, Olinda, São Luís do Maranhão, Belém… Six journées de voyage dans une chaleur épouvantable, des visites sans nombre, entrecoupées d'hommages, d'agapes, de salutations officielles…

On est loin des deux enquêtes ethnographiques approfondies que Claude Lévi-Strauss, le petit-fils du grand rabbin de Versailles, a menées peu de temps auparavant chez les Indiens Caduveo et Bororo, de novembre 1935 à mars 1936, puis chez les Nambikwara et les Tupi-Kawahib, de juin 1938 à janvier 1939.

C'est vertigineux, quand on y pense, de savoir que l'aventure brésilienne de Claude Lévi-Strauss a en partie coïncidé avec celles de Stefan Zweig et de Georges Bernanos et qu'elle a suscité *Tristes tropiques*, un autre chef-d'œuvre. Mais là où il a semblé aux romanciers que le Brésil esquissait un futur possible pour une Europe dévastée par les idéologies, l'anthropologue a compris que le crime fondateur de la destruction des peuples indigènes annonçait la suite : "De plus en plus, les avancées de la science et de la technique, y compris les conquêtes de la médecine – bienfait pour les individus et méfait pour l'espèce –, ont pour bénéfice principal, souvent pour excuse alléguée, de compenser les conséquences néfastes engendrées par les progrès précédents. Ce faisant, d'autres conséquences néfastes résultent, auxquelles il faudra inventer d'autres progrès pour remédier.

Expropriés de notre culture, dépouillés de valeurs dont nous étions épris – pureté de l'eau et de l'air, grâces de la nature, diversité des espèces animales et végétales –, tous indiens désormais, nous sommes en train de faire de nous-mêmes ce que nous avons fait d'eux."

Quand il a quitté Belém à bord d'un avion qui le conduisait à Miami, le 22 janvier 1941, Stefan Zweig, heureux et amaigri, était loin de considérer qu'une telle affirmation du pessimisme était le seul moyen d'aboutir à un humanisme raisonnable et même de redonner toutes ses chances à un optimisme modéré.

Trop rapide, son expédition de quelques jours en Amazonie, a été négligente. "Je suis défrayé de ce voyage coûteux", a-t-il confié à Friderike dans une lettre envoyée depuis Rio le 31 décembre 1940. À aucun moment, Stefan Zweig ne semble avoir eu conscience de la situation périlleuse dans laquelle il était engagé, à aucun moment il ne s'est rendu compte qu'on voulait lui faire jouer le rôle de témoin de moralité d'un autoritarisme luso-tropical, supposé débarrassé des excès des fascismes européens, à commencer par la doctrine raciste et l'antisémitisme à intention meurtrière – comme si la haine des Juifs, au Brésil et n'importe où dans le monde, pouvait avoir quelque chose de folklorique. Même vêtus d'un uniforme, les Brésiliens sont charmeurs. Que l'on songe à l'utilisation par la junte au pouvoir de la victoire du Brésil de Pelé lors de la Coupe du monde de football de 1970.

En 1936, déjà, le séjour de Stefan Zweig à Rio de Janeiro et São Paulo avait été discrètement encadré par l'entourage de Getúlio Vargas, sans qu'il y prenne garde. Dans cet entourage, il n'y avait pas que des fascistes, comme Francisco Campos, le rédacteur de la constitution de 1937. Il y avait des partisans d'une alliance avec les États-Unis, comme sa fille Alzira. Le 25 août 1936, Alzira était d'ailleurs présente auprès de son père lorsque Stefan Zweig a été reçu en audience privée au Palácio do Catete par le président brésilien. Le musée de la République établi dans l'ancien palais présidentiel conserve dans ses collections cinq de ses livres chaleureusement dédicacés en français à Getúlio Vargas. Parmi eux, la traduction en portugais de son *Marie-Antoinette*, publié par les éditions Guanabara en 1935.

*À Son Excellence*
*Le Président de la République de Brazil*
*Dr. Getúlio Vargas*
*heureux d'avoir vu cet admirable pays*
*et profondément reconnaissant*
*Stefan Zweig*

Du Catete, l'écrivain s'est directement rendu à une réception officielle à l'Académie brésilienne des lettres où il a attiré "une foule nombreuse au Petit Trianon, siège de l'illustre maison de Machado de Assis", ainsi que l'a rapporté un reporter du *Jornal do Brasil*. Accueilli par le journaliste Múcio Leão, Stefan Zweig a prononcé son discours en allemand, avant que Miguel Osório de Almeida, le grand savant et grand médecin de Rio de Janeiro, avec lequel se lierait Georges Bernanos, n'en lise une traduction française : "Je vous avoue sans honte, mes chers confrères, ce manque d'assurance qui est le mien, car vous connaissez certainement ce sentiment pour avoir vécu ces heures de doute tragique qui, tels des nuages noirs, font peser souvent, des jours durant leur ombre sur notre travail et paralysent nos cœurs."

## Chemins de ce livre

Le ciel était chargé de nuages, ce matin, dans l'intérieur de l'État de São Paulo. Heure après heure, la température n'a cessé de baisser. Il faisait vingt degrés quand un orage a éclaté. Je suis à trois cents kilomètres de l'océan Atlantique, à mille mètres d'altitude, dans une vaste *fazenda* établie sur un plateau vallonné où alternent les pentes abruptes et les pentes douces, avec beaucoup de vert, partout, de l'émeraude des forêts au vert tendre des prairies où pâturent des zébus aux flancs creusés. Perdu au milieu de cette immensité verte, on comprend que les Brésiliens se figurent souvent qu'elle a inspiré le drapeau du Brésil alors que c'est au sinople des armes des Bragance qu'a songé le peintre français Jean-Baptiste Debret, chargé par l'empereur Pedro Ier de dessiner la bannière nationale après l'indépendance de 1822. Le losange central s'observe rarement en vexillologie. C'est un hommage au drapeau français de 1812, celui des adieux de Napoléon à Fontainebleau. Il est d'or pour marquer l'alliance de la dynastie portugaise avec les Habsbourg, une union qui touchait naturellement le Viennois Stefan Zweig. Georges Bernanos, quant à lui, était plus sensible au mariage de la princesse Françoise, fille de Pedro Ier, avec le prince de Joinville et à celui de la princesse Isabelle, fille de Pedro II, avec Gaston d'Orléans, comte d'Eu. Du Brésil et de France à la fois, signataire, en 1888, de la loi abolissant l'esclavage durant une période de régence, dona Isabel était une femme préparée par une très bonne éducation, puissante et intelligente, dont la mémoire est toujours vénérée.

Pour couvrir le chant des cigales, dont la symphonie commence avant l'aube, j'écoute le "Preludio saudade" de *La Catedral* d'Agustín Barrios Mangoré, une ouverture très lente qui invite ses auditeurs à murmurer une prière au Dieu invisible. Mangoré, c'est le Paganini de la guitare et des jungles du Paraguay. Il est né le 5 mai 1885 à San Juan Bautista de las Misiones, dans un pays dévasté, vingt-cinq ans plus tôt, par un conflit impérialiste mené par le Brésil, l'Uruguay et l'Argentine.

Dans *Brasilien. Ein Land der Zukunft*, Stefan Zweig n'insiste pas sur les atrocités de cette guerre de la Triple-Alliance, au prétexte probable que le dictateur paraguayen Francisco Solano López, par ailleurs un grand admirateur de Bonaparte, était un fou sanguinaire. Il est même tenté d'en faire un des rares épisodes de guerre en dentelle du XIXe siècle – sans mesurer les ambiguïtés du romantisme guerrier que l'épopée napoléonienne a répandu partout dans le monde, y compris dans l'esprit du paisible Pedro II, qui a laissé l'armée brésilienne commandée par son gendre le comte d'Eu massacrer les deux tiers des mâles paraguayens, vieillards et enfants compris, laissant un pays à la population réduite de moitié et complètement exsangue en 1870.

Sept décennies plus tard, on comprend mieux la déception de Georges Bernanos après avoir remonté le rio Paraná depuis Buenos Aires et passé cinq petits jours dans la vieille capitale du Paraguay : "À vrai dire, Asunción, ça n'existe pas."

Il faut se figurer Agustín Barrios Mangoré, poète et mystique, extravagant et curieux, comme l'enfant hypersensible d'un pays martyr, né trop grand dans un pays trop petit, obligé d'aller faire reconnaître son éclatant génie dans toutes les capitales d'Amérique du Sud et d'Amérique centrale, Mexico, Santiago de Cuba, Buenos Aires, Montevideo, San Salvador, et même en Europe où il est venu en 1933.

Composée en 1921, sans cesse corrigée jusqu'à sa mort, en 1944, *La Catedral* est son chef-d'œuvre. Inspirée par les petites œuvres pour orgue en trois parties de Jean-Sébastien Bach, cette pièce envoûtante semble reprendre à l'envers la composition de l'exquise *Fantaisie en sol majeur* BWV 572 : un début lent et réfléchi comme une prière dans la nuit ; une partie centrale très grave, à l'intensité mélodramatique croissante ; une fin vive comme la dernière heure du jour sur les places arborées de la vieille ville de Montevideo. Inspirée par une expérience religieuse d'une grande force, *La Catedral* est émouvante comme une oraison pour une fin d'été… *"Les cieux proclament la gloire de Dieu, le firmament raconte l'ouvrage de ses mains, le jour au jour en livre le récit et la nuit à la nuit en donne connaissance…"*

Édifiée en 1804, à la fin de la période de colonisation espagnole, la cathédrale de Montevideo a bien mérité de l'histoire de l'art. Ses registres de baptême conservent l'une des rares traces du passage sur la terre d'Isidore Ducasse, autoproclamé comte de

Lautréamont, le poète des *Chants de Maldoror*. On sait ainsi qu'il a reçu l'apostille de l'Esprit dans la Capilla del Santísimo, le 16 novembre 1847.

Lorsqu'il est venu à Montevideo, en novembre 1940, Stefan Zweig songeait-il à Lautréamont, Jules Laforgue et Jules Supervielle, tous trois nés dans la capitale uruguayenne ? Son goût sûr, mais classique, voire institutionnel, le portait plutôt vers Rimbaud, Verlaine et Baudelaire que vers les poètes pour *happy few*.

Dans la capitale uruguayenne, l'écrivain privé de patrie qui venait d'obtenir des autorités brésiliennes un visa de résident permanent est allé visiter le siège de la Confraternité universelle balzacienne avant d'aller prononcer à l'Ateneo une conférence donnée auparavant dans plusieurs villes d'Argentine. Une reprise de "L'Unité spirituelle du monde", la causerie-manifeste adressée pour la première fois aux Brésiliens en août 1936, assortie d'un sous-titre inspiré par l'enchaînement des catastrophes dans la vieille Europe : "L'Amérique dans le monde à venir".

"Le temps où vous, les peuples jeunes, vous contentiez de nous suivre appartient au passé, le privilège de la culture la plus ancienne est aboli – à présent vous êtes des peuples adultes, votre génération est forte – vous avez le droit de marcher en tête et je dirais même : vous en avez le devoir. Si malgré toutes les déceptions nous n'avons pas perdu la foi en l'unification spirituelle du monde, c'est parce que nous savons qu'un nouveau monde existe à côté de l'ancien, et que, dans celui-là, vit un nouvel idéalisme, frère du nôtre. Vous êtes aujourd'hui notre meilleur – non, vous êtes notre seul espoir d'un sauvetage de notre culture, de la civilisation universelle."

Lors de sa rencontre avec Stefan Zweig, quinze mois plus tard, Georges Bernanos lui a peut-être rappelé la leçon de saint Thomas d'Aquin reçue de la bouche d'un père dominicain ou d'un moine bénédictin du temps de sa jeunesse : l'espoir est une passion tournée vers ce qui est difficile. Cette passion a quelque chose de surhumain mais elle reste à la mesure de l'homme. De même que nous ne pouvons pas avoir complètement oublié ce que nous nous souvenons avoir oublié, nous ne pouvons pas espérer ce que nous ne pouvons absolument pas obtenir. Espérer, c'est désirer. Et il n'y a pas de plus grande ruse du diable que d'éteindre en nous ce désir.

À Barbacena, deux écrivains ont-ils parlé du diable, de ses ruses pour faire cesser en nous le désir ? Familier du vocabulaire de la pathologie mentale de Freud, Zweig connaissait la figure de l'ange déchu, l'adversaire, le diviseur, le calomniateur.

En prenant la route pour aller à la rencontre de Georges Bernanos dans sa ferme de la Croix-des-Âmes, lui qui vivait à Petrópolis dans un quartier nommé Valparaíso, entendez la vallée du paradis, a peut-être souhaité passer de l'univers des formes et des figures, dans lequel s'est longtemps déroulée sa vie, à celui du combat spirituel, aussi brutal que la bataille d'hommes. L'optimisme de sa jeunesse a lentement cédé la place à une conscience aiguë de la trame fragile de nos paroles et du caractère vulnérable de nos actions. Il comprenait mieux les auteurs spirituels qui avaient fait de l'homme un paralytique du corps et de l'âme, alourdi par une incapacité qui ne vient pas tant de son manque de connaissances que de notre absence de désir.

Dans les derniers jours, Stefan Zweig savait ce qu'il devait faire, mais ne savait plus comment l'accomplir. Las des affaires politiques, sociales, littéraires, amoureuses, l'écrivain cherchait de plus en plus difficilement comment transformer ce qui était contingent en certitude. Dans la nuit, il a connu des éclaircies. Et l'espace de quelques heures, une extraordinaire conversation, avec Georges Bernanos.

## “Je ne crois qu’à l’honneur”

GEORGES BERNANOS

Parlez-moi du salon berlinois d’Hubert Studenic.

STEFAN ZWEIG

Pardon, mais je ne m’y ferai jamais… Je préfère appeler notre ami par son nom… Hugo Simon… Je le revois dans sa grande maison de Steglitz-Zehlendorf, au sud-ouest de Berlin, avec son épouse Gertrud et leurs filles, Anette et Ursula, si charmantes. Son salon, où j’ai fait la connaissance de tant de personnalités incomparables, était un havre de tolérance, de conversations raffinées et de dialogue honnête et libre. L’idéal d’humanité que se faisait votre XVIIIe siècle.

GEORGES BERNANOS

*(Coupant son interlocuteur et faisant un grand moulinet avec son bras, la canne dans la main.)* Bah ! notre XVIIIe siècle, comme vous dites… Vous voyez où il nous a conduits. De *L’Encyclopédie* à Robespierre, de Robespierre à Bonaparte, de Bonaparte à Napoléon, de Napoléon à la boucherie de Verdun et de la boucherie de Verdun à Hitler… Je n’ose même pas imaginer où il nous mènera demain.

STEFAN ZWEIG

*(Contrarié.)* Hugo Simon était un militant socialiste, il avait été socialiste convaincu, brièvement ministre des Finances prussien, mais je ne parlais pas de politique avec lui… Je m'intéressais davantage à son activité de mécène et de collectionneur d'art. Dans l'amitié de cet homme de goût, il était également question de littérature et de musique. Chez lui, j'ai rencontré ou retrouvé Erich Maria Remarque, Walther Rathenau, Alfred Döblin, les frères Thomas et Heinrich Mann… Il m'a également permis de connaître Karl Kautsky, que l'on disait le plus grand intellectuel marxiste de sa génération… C'est le polémiste redoutable dont l'ironie terrorisait ses adversaires que j'ai admiré chez cet homme… Juifs ou non, ces êtres d'exception composaient une société merveilleuse que les nazis auront bientôt entièrement détruite. Walther Rathenau a été assassiné par des nationalistes fanatiques, Karl Kautsky est mort, les livres d'Erich Maria Remarque ont été brûlés en place publique à Berlin avec les miens, Heinrich, Thomas et Klaus Mann ont trouvé refuge en Californie et, avant de quitter New York, j'ai appris qu'Alfred Döblin s'était converti au catholicisme. Nous ne reformerons jamais la société humaniste, pacifique, cosmopolite et européenne que nous composions à Berlin dans l'après-guerre. Sur ce point-là, ne me dites pas que Hitler n'a pas obtenu ce qu'il voulait.

GEORGES BERNANOS

Je ne dis rien.

STEFAN ZWEIG

Hitler vainqueur, j'ai du mal à croire que la vie vaille d'être vécue.

GEORGES BERNANOS

Mais qui vous dit que nos fils ne retrouveront pas demain ce que nous avons perdu aujourd'hui ? Pour une renaissance qui soit aussi une révolution de l'homme contre l'ordre dégradant de la horde, je suis même prêt à attendre après-demain.

STEFAN ZWEIG

*(Tristement.)* Nos fils.

GEORGES BERNANOS

Pardon, cher ami. Yves, l'aîné des miens, a signé son acte d'engagement dans les Forces navales françaises libres au mois de juillet dernier en compagnie de son cousin Guy, qui a traversé l'Atlantique avec nous en 1938. Il sert comme aspirant au Levant à ma grande fierté. Michel, son cadet que vous avez rencontré tout à l'heure, a été jugé trop jeune pour partir par le Comité France libre de Rio, mais il attend avec impatience de pouvoir rejoindre son frère. Vous ne m'en voudrez pas d'être si fier de mes petits garçons ? Et je ne suis pas suffisamment intoxiqué par la propagande nazie pour songer uniquement à une descendance biologique lorsque je dis nos fils… D'autres générations viendront après la nôtre… Voilà pourquoi je veux d'abord parler aux moins de vingt ans. Les vieux me dégoûtent, l'habitude de se compromettre a fait d'eux des petits impuissants compliqués.

STEFAN ZWEIG

*(Il sursaute.)* Pour ma part, j'ai fait mon temps. Mais je veux bien croire avec vous que la jeunesse d'aujourd'hui fera un jour le sien. Hélas, il ne ressemblera pas à celui que j'ai connu, ni à Vienne en 1900, ni à Berlin en

1920, ni à Paris en 1930, ni à aucun de ces mondes que j'ai vus s'effondrer sous mes yeux tour à tour.

*Un temps.*

*(Les yeux fermés.)* J'ai retrouvé Hugo Simon à Paris dans les années 1930. Il logeait dans un hôtel particulier de la rue de Grenelle. J'ai vu chez lui *Le Cri*, un tableau d'Edvard Munch qui exprime parfaitement la catastrophe de notre siècle.

GEORGES BERNANOS

*(Interrogateur.) Le Cri* ?

STEFAN ZWEIG

Une œuvre inquiétante mais tellement éloquente. C'est le portrait d'une espèce de fantôme habillé en noir qui hurle en se tenant les tempes avec les mains sous un ciel rouge sang… Une image tellement forte. J'en ai reparlé à Hugo Simon, l'autre jour. Lorsqu'il vivait à Paris, il a été contraint de s'en séparer auprès d'un marchand suisse pour soutenir ses compatriotes dans l'infortune. À l'époque, il avait organisé un réseau de solidarité extrêmement efficace pour venir en aide aux victimes du nazisme. Il était toujours aussi généreux, toujours aussi confiant dans l'avenir. Je l'entends encore me dire : "Soyez confiant, la France ne lâchera pas."

GEORGES BERNANOS

*(Grimaçant.)* Hélas, j'ai connu tant d'amis de la France qui l'ont cru jusqu'au dernier moment. Même ici, au Brésil… Et dans le train qui me ramenait de Pirapora à Belo Horizonte, en juin 1940, j'ai rencontré

des pauvres garçons vachers les yeux rougis à l'annonce de la capitulation française. *"Seu Georges !"* s'est désolé un jeune métis tenant un journal à la main en me voyant descendre du train à la gare de Belo Horizonte. Il pleurait toutes les larmes de son corps. Sa tristesse était pure comme peut l'être un chagrin d'enfant. Vous avez remarqué à quel point les mulâtres sont sensibles. Ils sont les héritiers de siècles d'humiliation. À l'époque coloniale, le clergé portugais était ignoble avec eux… L'Inquisition sévissait encore et chaque *fazenda* entretenait une demi-douzaine de moines fainéants…

STEFAN ZWEIG

*(Continuant, comme s'il n'avait pas entendu ce que lui avait dit G. B.)* En 1936, à Paris, Hugo Simon n'entrevoyait même pas un tel désastre. Il avait encore des affaires très importantes, des liens dans les milieux politiques. Dans son hôtel particulier de la rue de Grenelle dont les portes étaient ouvertes à tous, il avait réussi à rassembler une grande partie de sa collection d'art. J'avais été frappé par sa modestie et par son indifférence au fanatisme ambiant. Vous ne pouvez pas imaginer à quel point cette sorte d'homme me touche. On voudrait que les Juifs soient des conquérants et ils sont au contraire pleins de trouble et d'incertitude.

GEORGES BERNANOS

Ne me croyez pas dupe des erreurs et des injustices de l'antisémitisme.

STEFAN ZWEIG

*(Gravement.)* Hugo Simon vous aura permis d'en mesurer l'abjection. *(Un temps.)* Je l'ai retrouvé au Brésil dans des circonstances à peine croyables. Quand

je suis revenu à Rio de Janeiro au mois de septembre dernier, sa femme et lui logeaient dans le même hôtel que Lotte et moi, près de la plage de Flamengo. Comment imaginer une telle rencontre, si loin des lieux où nous nous étions connus ? Par la grâce du consul de Tchécoslovaquie à Marseille, qui leur a fourni de faux papiers pour fuir l'Europe en direction du Brésil, l'allemand Hugo Simon et son épouse Gertrud étaient devenus Hubert Studenic et Garina Studenicova…

GEORGES BERNANOS

*(Les yeux fermés.) Ils ont tant fui, tant et de telles fuites, qu'ils savent le prix de ne pas fuir… Campés, entrés dans les peuples modernes, ils voudraient tant s'y trouver bien. Toute la politique d'Israël est de ne pas faire de bruit, dans le monde, on en a assez fait, d'acheter la paix par un silence prudent…*

STEFAN ZWEIG

*(Étonné.)* Vous dites ?

GEORGES BERNANOS

Je cite Péguy, *Notre jeunesse.*

STEFAN ZWEIG

Péguy… Je me souviens encore du jour où j'ai appris sa mort au front, en septembre 1914. J'étais alors à Vienne. J'aurais dû me souvenir de tout que je devais aux *Cahiers de la Quinzaine*, à cette revue que Péguy a portée à bout de bras pendant quinze longues années. Quelque temps auparavant, c'est en lisant par hasard un numéro des *Cahiers de la Quinzaine* que j'ai découvert le nom de Romain Rolland.

GEORGES BERNANOS

Le hasard nous ressemble, savez-vous ?

STEFAN ZWEIG

Je ne sais pas. Août 1914 est en tout cas le moment de ma vie où j'ai le sentiment d'avoir le moins ressemblé à ce que je suis. Pendant quelques semaines, emporté par la foule, j'ai cédé à l'ivresse nationaliste et au culte du drapeau. J'ai souhaité la victoire de l'Allemagne de tout mon cœur, sans songer que de l'autre côté de la ligne de front allaient tomber Charles Péguy, Alain-Fournier et tant d'autres. Moi qui n'ai jamais su ce qu'était un ennemi, je n'avais pas vraiment compris ce que voulait dire être en guerre. Le sentiment du ridicule ne m'est venu qu'en décembre, quand j'ai été affecté dans une caserne de Vienne, au service des archives, avec un sabre flambant neuf qui n'allait jamais me servir. Ce jour, je suis redevenu moi-même, j'ai recommencé à haïr la guerre autant que je le pouvais.

GEORGES BERNANOS

Il faudra pourtant relever le défi de la guerre, puisque nous avons face à nous des gens qui ont promis de réaliser l'asservissement du monde pour établir le paganisme universel. Pas plus hier qu'aujourd'hui je n'ai compris votre volonté de vous placer au-dessus de la mêlée, comme le prétendait votre Romain Rolland.

STEFAN ZWEIG

*(Souriant, tout doucement.) Mon* Romain Rolland…

GEORGES BERNANOS

Veuillez bien croire que je n'ai pas partagé un instant l'ivresse nationaliste et goûté l'ambiance dégoûtante des deux avant-guerres que j'ai eu le malheur de connaître. Mon épouse Jeanne, qui s'entretient présentement avec Mme Zweig et M. le maire dans la charmante *prefeitura* de Barbacena, peut vous parler des lettres que je lui ai envoyées des tranchées. Le mensonge des propagandes m'a toujours dégoûté.

STEFAN ZWEIG

Si notre génération avait fermement révoqué toute forme de nationalisme…

GEORGES BERNANOS

*(Le coupant.)* Mais j'emmerde le nationalisme ! Je ne crois qu'à l'honneur. En 1914, je suis entré dans la guerre sans passion. J'avais été réformé en 1908 et il aurait été facile pour moi d'aller me faire embaucher dans un journal patriotique pour participer à la propagande de l'arrière. J'avais bien des raisons de refuser de participer à une guerre totale menée au nom du droit, de la justice et de la fraternité universelle. Quelle blague, quand on y pense ! Mais il n'était pas question pour moi d'échapper au destin de ma génération. Pas plus hier qu'aujourd'hui je n'ai eu la prétention de m'arracher au pauvre troupeau des hommes. Je me suis rendu au fort de Vincennes pour me faire engager dès les premiers jours de la guerre. Ne doutez pas de mon accablement à cet instant. J'ai servi à ma modeste mesure, à mon poste, tout simplement. Je ne pense pas que Péguy ait fait les choses différemment.

STEFAN ZWEIG

Ce malheureux Péguy ! Un être si pur. Hugo Simon m'a dit que vous lui en aviez donné le goût. Nous en avons parlé lorsqu'il est venu avec son épouse me voir à Petrópolis. C'est à cette occasion que j'ai appris qu'il s'était lié avec vous.

GEORGES BERNANOS

Grâce à nos amis du monastère São Bento de Rio. Dieu les bénisse !

## La beauté est fondamentale

Je suis revenu à Olinda dans l'air chaud du mois d'octobre. Au couvent Nossa Senhora da Conceição, transformé en hôtel, j'avais réservé une chambre sur les hauteurs de la ville, au milieu des palmiers. Au loin, un chien aboyait, rejoint par d'autres. Les nuages laissaient à peine passer la lueur des astres. À Lisbonne, j'avais pris un vol de la TAP pour Recife en milieu d'après-midi. Je débarquais au Brésil. Je n'ai pas eu le temps de saluer les étoiles de la Croix du Sud. Cela faisait dix-sept ans que je n'avais pas revu Olinda, ses maisons aux murs azur, safran, émeraude ou mandarine, coiffées de tuiles saumon. Dix-sept ans que je n'étais pas revenu dans le Pernambouc, un État de la région du Nordeste, à près de deux mille kilomètres de Rio.

Avec Paraty, Ouro Preto et Alcântara, Olinda est une ville qu'il faut visiter pour se souvenir de la splendeur du baroque colonial. Élève malheureux des jésuites et de leur libre arbitre imperméable à la grâce, Georges Bernanos n'a pas daigné se laisser conter leurs merveilles. Au monastère São Bento de Rio, il grognait contre les volutes rieuses et les dorures chatoyantes de l'abbatiale et contre le style spécial de christianisme inventé par des bâtisseurs venus de Porto, Lisbonne et Madère. Admirateur de l'œuvre de la Compagnie de Jésus tout autour du monde, de Rome à Coimbra, de Coimbra à São Paulo, de São Paulo à Goa et de Goa à Macao, Stefan Zweig a pour sa part été émerveillé par Olinda. "Rien ne reste du passé que les vieilles églises coloniales d'Olinda et quelques ruelles coloniales que le doux et paisible paysage a embellies. Privé de la vue grandiose de Bahia, Olinda est un petit endroit romantique et rêveur, qui se suffit à lui-même depuis des siècles."

C'était le 20 janvier 1941, en la fête de saint Sébastien, jour anniversaire de la fondation de Rio de Janeiro, une date importante dans le Nordeste, où une promesse messianique de la culture afro-brésilienne annonce le retour de dom Sebastião, le roi-chevalier, englouti dans les sables marocains en 1578. Arraché au royaume des Enchantés, le Désiré doit revenir dans sa gloire sous la forme d'un taureau portant une étoile sur le front pour délivrer les pauvres et le peuple. "Ce sera un vendredi, une nuit de pleine lune", m'a annoncé un vieil homme sur la plage d'Alcântara, en face de São Luís do Maranhão, la ville fondée en 1612 sur la côte septentrionale du Brésil par des marins français venus de Cancale. La nuit tombée, j'ai levé les yeux vers les Pléiades en songeant que ce temps de la délivrance se faisait attendre.

En provenance de Salvador de Bahia et en route pour Belém do Pará, Lotte et Stefan ont brièvement posé le pied dans le Pernambouc, un État dont le seul nom transportait l'enfant Bernanos lorsqu'il laissait glisser son doigt sur les pages de son atlas. À l'aéroport de Recife, le couple Zweig était attendu par des officiels et par des représentants de la communauté juive. Au reporter du *Jornal do Commércio* venu l'interroger à sa descente de l'avion, le biographe de *Magellan*, ivre de paysages et de caféine, a encore célébré le métissage brésilien, "la confraternisation humaine, le mélange d'Africains, de Portugais, d'Indiens, d'Allemands, d'esclaves, de Juifs, sans le moindre débordement violent, au contraire des États-Unis, où il existe un antagonisme, principalement avec la race noire, souvent très cruel."

En évoquant la part juive de l'histoire nationale, Stefan Zweig, lecteur passionné des vieux voyageurs des XV^e^ et XVI^e^ siècles, se souvenait-il que Gaspard des Indes, le bras droit de Pedro Álvares Cabral, premier capitaine portugais à avoir posé le pied au Brésil, au sud de Bahia, était un Juif d'Alexandrie ? Et que la synagogue Kahal Zur Israel de Recife, fondée en 1636 par le rabbin luso-néerlandais Isaac Aboab da Fonseca a été le premier temple des Amériques ? Cette synagogue date de la courte colonisation hollandaise conduite par Jean-Maurice de Nassau-Siegen. Un prince allemand dont le souvenir enchantait Stefan Zweig. Il était le contemporain du philosophe Baruch Spinoza, du peintre Rembrandt et du rabbin Menasseh ben Israël, entré en dialogue avec le jésuite portugais António Vieira pour écrire l'*Histoire du futur* en discutant des conditions concrètes du retour des Juifs en Terre sainte.

Discret en matière de convictions, secret sur son for intérieur, Stefan Zweig n'était pas indifférent à cette histoire. Même s'il a tardé à formuler des protestations publiques, il s'est toujours présenté comme une victime des nazis. À Vienne, il se souvenait d'avoir grandi dans une capitale des arts où neuf intellectuels sur dix étaient juifs. Mais loin de la Torah, des synagogues et des maisons d'étude. Il avait été circoncis, avait célébré sa bar-mitsvah avec son frère Alfred, mais il connaissait mieux les réponses de la messe catholique romaine, dont il appréciait la splendeur baroque, que les prières de shabbat. Dépourvu d'éducation religieuse, il n'était pas ce qu'on nomme un juif de Kippour, un pratiquant occasionnel. Il ne dissimulait cependant pas son ascendance juive et jamais n'a prononcé en vain le nom de Dieu.

Rio, Buenos Aires, Montevideo, New York : à aucune étape, depuis son deuxième voyage aux Amériques, Stefan Zweig n'a oublié de rendre visite aux œuvres des réfugiés juifs. La montée des périls le rendait sensible aux tribulations des enfants d'Israël en exil qui attendaient un grand secours de son immense prestige

Devant le Club israélite brésilien de Rio de Janeiro, en août 1936, l'écrivain a même évoqué la condition invincible, terrible et belle de la prière. "Mille deux cents personnes emplissent la grande salle, je suis ému par la gratitude et l'enthousiasme de ces gens, et j'ai la satisfaction d'avoir fait une recette de *seis contos de reis** au profit des réfugiés", a-t-il noté dans son journal. À la communauté juive carioca, Stefan Zweig a lu quelques pages de sa nouvelle intitulée *Le Chandelier enterré*, le plus juif de ses textes, avec *Sous la neige*, publié en 1901. "Car merveilleuse est la prière. Par sa grande promesse, elle endort la peur, par ses litanies psalmodiées, elle assoupit les tourments de l'âme, et sur son aile murmurante, elle élève les cœurs lourds jusqu'à Dieu ; c'est pourquoi il est bon de prier dans

* Soit mille francs suisses au cours de 1936.

la détresse, et mieux encore de prier ensemble, car tout ce qui est pesant s'allège si plusieurs le portent, et tout le bien, s'il est fait en commun, s'améliore encore devant Dieu."

*Le Chandelier enterré* retrace l'histoire d'un candélabre à sept branches – *sieben Zweigen*, en allemand – dérobé dans le Temple au moment du sac de Jérusalem par les légions de l'empereur Titus, au Ier siècle, volé aux Romains par les Vandales au Ve siècle, emporté à Carthage et repris par les armées de Byzance un siècle plus tard. Récupérée par un vieillard qui l'avait vu, à Rome, lorsqu'il était enfant, la ménorah est rapportée en Palestine dissimulée dans un cercueil avant d'être portée en terre, près de Jérusalem, soustraite à l'idolâtrie des barbares qui ne voient que la valeur d'échange de son or, sortie du temps humain, à l'abri de son secret.

Dans ma chambre-cellule du couvent Nossa Senhora da Conceição, j'ai relu quelques passages du *Chandelier enterré* avant de m'endormir. Il se pourrait bien que la clé du drame que je veux élucider dans ces pages soit dissimulée dans cette nouvelle légendaire dans laquelle Stefan Zweig, en forçant son intelligence et son cœur, a introduit, d'un tréfonds de lui-même dont il barrait d'ordinaire l'accès à quiconque, un accent déchirant pour faire entrer son lecteur dans le secret du douloureux peuple de la promesse et de l'attente, unique et solidaire parmi les autres… "Peut-être est-ce celui-ci, notre vrai chemin, d'être toujours en chemin, regardant derrière nous avec mélancolie et vers l'avant avec nostalgie…"

Le vieux monde hébreu et beaucoup d'autres anciens mondes étaient pleins de songes heureux. À Olinda, le sommeil de ma première nuit, surveillé par le cortège invisible des orantes qui m'avaient précédé dans les murs du couvent, a été naturel et profond. Je me suis endormi en laissant les volets grands ouverts. Le lendemain matin, j'ai été surpris de découvrir que le jour s'était levé avant cinq heures.

Quand j'ai quitté le couvent, il faisait déjà très chaud dans la ville aux rues pavées. J'ai descendu la ladeira da Misericórdia. Par la rua Bernardo Vieira de Melo, je suis arrivé du monastère São Bento, avec son beffroi, son fronton à volutes et ses larges portes où les frères chantent les laudes à six heures, avant la messe conventuelle.

Derrière une balustrade en jacaranda, ils étaient onze, vêtus de noir comme à Beuron, à Solesmes, à Saint-Wandrille ou à São Bento de Rio de Janeiro, assis dans le chœur, minuscules au milieu d'une splendeur dorée. La moitié d'entre eux avait moins de quarante ans. *Abre, Senhor, os meus lábios, e a minha boca manifestará o teu louvor*... J'ai reconnu l'invitatoire tiré du psaume 50 avec lequel commence la journée monastique. "Ouvre, Seigneur, mes lèvres et ma bouche annoncera ta louange..." Il faisait déjà trente degrés à l'ombre, un ventilateur était installé derrière le père abbé et toutes les portes de l'abbatiale étaient grandes ouvertes. Le chant d'un bentivi résonnait dans le cloître, accompagnant les versets du *Benedictus*.

Construit en 1586 au milieu d'un paysage exubérant, le monastère d'Olinda est la troisième installation bénédictine au Brésil, après celles de Bahia et Rio. C'est en rêvant à dom Basílio Penido, un ami de Georges Bernanos au monastère de Rio, devenu abbé d'Olinda en 1962, que je suis venu dans ce sanctuaire. J'ai évoqué ce moine qui avait fait partie du groupe de la revue *A Ordem* rassemblé autour d'Alceu Amoroso Lima. Fils d'un amiral représentant le Brésil à la Société des Nations dans les années 1920, José Maria Penido avait été le camarade de classe de Vinícius de Moraes au collège Santo Inácio de Rio de Janeiro avant d'étudier à Paris. Le romancier de *La Joie* aimait ce moine comme un fils. "À dom Basílio, le fils que je ne méritais pas, le fils dont je n'étais pas digne et que je respecte comme s'il était mon père", lui a-t-il écrit dans sa dédicace du *Journal d'un curé de campagne*.

Au cours de l'après-midi, dom Luiz Pedro Soares, le père abbé, m'a reçu dans une petite pièce aux murs blancs où était accroché un portrait de sainte Scholastique, la sœur de saint Benoît, généralement représentée avec une colombe blanche.

"Dom Basílio nous parlait souvent de Georges Bernanos. L'écrivain français était très lié au père abbé, dom Tomás Keller, un Allemand venu de Weingarten, une abbaye-fille de Beuron. Dom Tomás était entouré de toute une génération de moines intellectuels et artistes, âgés de vingt à trente ans, entrés au monastère après avoir suivi à l'université de Rio des études d'ingénieur, de médecine ou de droit. Ils ont permis à l'Église brésilienne de vivre un moment très fort, avec le soutien d'Alceu Amoroso Lima. C'était lui aussi un ami de Georges Bernanos. Parmi ces moines destinés à marquer l'histoire de l'Église du Brésil, la plupart étaient nés dans de riches familles cariocas et passés par le centre Dom Vital. Très attachés à la règle de saint Benoît, ils ont ouvert une voie mystique, théologique et humaine nouvelle et participé à la lutte pour les droits fondamentaux, la dignité humaine et la justice sociale pendant les années de la dictature militaire. La liturgie était au cœur de leur vie. Après Vinícius de Moraes, dom Basílio nous répétait : « La beauté est fondamentale. Dieu l'aime parce qu'elle transcende l'être, le conduit au bien. »"

Quatre heures sonnaient aux cloches de São Bento lorsque j'ai interrogé dom Luiz sur le sauvetage des Juifs dans les monastères brésiliens pendant la Seconde Guerre mondiale. Par la fenêtre ouverte, je distinguai le violet-mauve des fleurs d'un flamboyant. J'ai évoqué dom Paulus Gordan, un Allemand né dans une famille juive libérale de Berlin en 1912, baptisé catholique dans les années 1930, devenu moine à l'abbaye Saint-Martin de Beuron avant d'être exfiltré vers l'Amérique du Sud en passant par le monastère italien du Monte Cassino. Au Brésil, dom Paul est devenu le confesseur de Georges Bernanos. Dom Luiz ignorait son existence.

Quelques jours plus tard, j'avais rendez-vous à Rio de Janeiro avec dom Mauro Maia Fragoso, bénédictin érudit et archiviste du monastère São Bento. Il était vêtu de la même coule noire à capuchon, du même scapulaire que dom Luiz, un signe d'effacement et de renoncement à soi. Il était intéressé par la question de l'accueil des réfugiés pendant la Seconde Guerre mondiale. Héritier d'une mémoire familiale marrane enfouie, dom Mauro portait deux patronymes juifs portugais.

"Les monastères d'Olinda et de Santos ont eux aussi accueilli des Juifs dans la tourmente, mais il n'y a pas de traces écrites à ce propos", m'a-t-il indiqué. Les archives de São Bento conservaient peu de souvenirs du séjour de dom Paulus Gordan et aucun de Victor

Wittkowski et d'Hubert Studenic, dont l'argent, placé en Angleterre et aux États-Unis, a pu transiter vers le Brésil par le moyen de petites sommes régulièrement acheminées au sommet de la colline de São Bento.

Entré à l'abbaye Saint-Martin de Beuron sous le nom de père Odon, chassé d'Allemagne en 1936, réfugié en Suisse, en Italie et aux États-Unis dès 1940, Carl Alexander de Wurtemberg, un aristocrate très hostile à Hitler, ordonnait alors depuis Washington un réseau international d'entraide redoutablement efficace.

J'ai quitté dom Mauro déçu. Dans les grands arbres autour du monastère, les oiseaux chantaient sans pouvoir me divertir de mon spleen. Il y a en avait davantage qu'à Olinda, quelques jours auparavant. En matière d'oiseaux, Rio demeure un émerveillement. J'ai identifié un *lavandeira*, un cousin de notre bergeronnette avec une petite tête blanche et un masque facial noir, et reconnu le sifflet d'un merle à ventre roux, qui procurait au milieu de la matinée une sensation mouillée de sérénité. J'ai songé à l'échec de mes recherches dans les archives de São Bento. Si les opérations de sauvetage des Juifs avaient laissé si peu de traces, elles devaient avoir été circonscrites. L'action de Hildebrando Accioly, ambassadeur près le Saint-Siège, demeure entourée de mystère. Il est réputé avoir aidé plusieurs milliers de catholiques non-aryens, à savoir des juifs convertis, à traverser l'Atlantique après un accord sur le sauvetage de trois mille "juifs du pape" accepté par Vargas en juin 1939. Combien d'entre eux avaient-ils échappé au projet de destruction nazi ?

En marchant avenida Rio Branco, j'ai repensé à *O anti-semitismo na era Vargas, fantasmas de uma geração,*

*1930-1945* de Maria Luiza Tucci Carneiro, un ouvrage publié en 1988, l'année du centenaire de l'abolition de l'esclavage au Brésil. Sa lecture m'a troublé. Historienne spécialiste de l'antisémitisme dans les Amériques, également romancière, Maria Luiza Tucci Carneiro jurait que l'histoire du Brésil telle qu'elle avait été racontée était trop belle pour être vraie. Le fantasme d'une génération, ce serait le brésilianisme sans préjugé de couleur de peau, l'eldorado racial auquel ont cru Stefan Zweig et Georges Bernanos, tandis que le nazisme précipitait l'Europe dans la catastrophe – le sens du mot *Shoah* en hébreu.

Pour Maria Luiza Tucci Carneiro, les mots trop beaux de la cordialité luso-tropicale dissimulaient des pratiques antisémites féroces, notamment au sein de l'Itamaraty, le ministère des Affaires étrangères. Le mythe de la conspiration juive mondiale aurait été très répandu parmi les diplomates. Et le gouvernement Vargas aurait poursuivi une pratique antijuive héritée du Tribunal du Saint-Office de l'Inquisition, dont le père António Vieira, orateur magnifique, logicien subtil et défenseur infatigable du droit des juifs, a difficilement essayé de calmer les ardeurs au XVII^e siècle.

Oswaldo Aranha lui-même, l'ami de Stefan Zweig et de Georges Bernanos, le ministre des Affaires étrangères vénéré comme un défenseur de la cause juive, un acteur clé de la création de l'État d'Israël en 1947, l'un des deux seuls Brésiliens désignés Justes parmi les nations avec l'ambassadeur Souza Dantas, n'aurait pas été épargné par la contagion antisémite… L'accueil de quelques réfugiés européens signalés, écrivains et artistes, professeurs, diplomates et scientifiques, des figures juives connues des sphères culturelles, politiques ou sociales, aurait été mis en scène après-guerre pour faire oublier l'antisémitisme actif de l'*Estado Novo*.

Avenida Rio Branco, à peine distrait par le vrombissement des autobus qui roulent souvent toutes portes ouvertes à Rio, je me suis souvenu des réserves de quelques détracteurs de Stefan Zweig. Je les ai écoutés dénoncer son pacifisme converti en apathie, son égotisme caractéristique des élites juives de sa génération, les premiers Juifs non religieux persécutés, partant, incapables de penser cette situation.

Selon eux, le drame de Stefan Zweig a été de négliger de vivre, de rester avec ses amis, pour eux, au milieu de son peuple. Ce n'est pas d'intimité avec le Tout-Autre, qu'il aurait manqué, mais avec le Tout-Proche, dépourvu de la pitié qui oblige à rester en situation de lui porter secours, fidèle au commandement inconditionné que Dieu a donné à Moïse dans la tente de Rendez-vous, au désert du Sinaï : "Tu aimeras ton prochain comme toi-même."

Dans les derniers mois de l'hiver 1940-1941, de retour aux États-Unis, Stefan Zweig a appris ce qui se passait dans la Pologne occupée. A-t-il vraiment négligé les Juifs de la diaspora qui ne se laisseraient pas égorger, œuvrant pour sauver leurs enfants de la destruction, persuadés que Dieu ne peut être infidèle à ses promesses ? Georges Bernanos observera cette fidélité dans l'accomplissement de l'idée sioniste, quand il saura que, loin de la Pologne, loin de l'Allemagne, "c'est aux rives du Jourdain que se lève la semence des héros du ghetto de Varsovie".

"Grâce à vous, nous voyons beaucoup de choses.
– Grâce à vous, nous disons beaucoup de choses qui, sinon, n'auraient été ni vues, ni dites", écrivait Stefan

Zweig à Sigmund Freud en septembre 1926. C'est tragique de la part d'un homme bientôt pris de cécité et de mutisme face à la sauvagerie de l'histoire. Certains chercheurs s'interrogent sur les raisons pour lesquelles il n'a pas prêté attention au sort d'Olga Benário, allemande, juive, communiste, arrêtée à Rio de Janeiro par la police quelques mois avant le premier séjour de l'écrivain au Brésil, livrée à la Gestapo et déportée vers les prisons du Reich quelques semaines après son départ – sa grossesse n'ayant pas ému les juges du Tribunal supérieur fédéral.

Olga. La première personne à avoir prononcé son nom en ma présence est Sérgio Corrêa da Costa, que j'ai rencontré à Paris, où il vivait depuis son départ à la retraite. Cet ancien ambassadeur du Brésil à Londres était allé applaudir Stefan Zweig dès 1936 et avait reçu de sa main une lettre le félicitant pour sa biographie de l'empereur Pedro Ier, en août 1941. Il avait alors 22 ans… Il m'avait donné rendez-vous au bar du Plaza Athénée, avenue Montaigne, un lieu accordé aux goûts d'un diplomate de la vieille école. C'était peu de temps avant Noël. Un gigantesque sapin chargé de boules rouges et dorées avait été installé dans le bar et une patinoire dans la cour intérieure. Sérgio Corrêa da Costa a évoqué Lourival Fontes et Filinto Müller, deux exemples de nazis brésiliens.

“Ils ont joué un rôle atroce dans le destin d'Olga Benário Prestes, arrêtée après le soulèvement communiste raté de novembre 1935 à Rio. Son extradition vers l'Allemagne a ému l'opinion internationale. Enceinte de sept mois, l'épouse de Luís Carlos Prestes, le dirigeant du Parti communiste brésilien, n'était accusée d'aucun délit. Et le gouvernement brésilien n'avait reçu aucune demande de la part de Berlin.

Cela n'a pas empêché Getúlio de laisser la Gestapo l'emmener en Allemagne."

Le 27 novembre, c'est dans une prison de Berlin qu'Olga a mis au monde sa fille Anita Leocádia, que les nazis ont accepté de remettre à sa grand-mère venue la chercher depuis Paris quelques mois plus tard. Internée dans la forteresse de Lichtenburg, Olga a été transférée au camp de Ravensbrück puis dans l'établissement d'euthanasie de Bernburg, où elle a été gazée en avril 1942.

La livraison d'Olga aux nazis aurait été une histoire de vengeance personnelle, Getúlio Vargas et Filinto Müller ne supportant pas la popularité de Luís Carlos Prestes, le chevalier de l'espérance. Ce dernier avait fait partie des jeunes lieutenants qui s'étaient révoltés contre la vieille République oligarchique dans les années 1920. Il aurait pu, comme tant d'autres, passer de l'idéalisme au fascisme. Mais il a choisi Lénine contre Mussolini. Envoyé à Moscou par le Kominterm, il y a rencontré Olga à l'occasion d'un congrès mondial de la Jeunesse communiste internationale. Âgée de 23 ans, la jeune bolchevik qui parlait quatre langues, pilotait des avions et tirait au fusil-mitrailleur était auréolée de gloire.

Chargés de l'implantation du parti au Brésil, les époux Prestes ont traversé l'Atlantique en 1934. Mais à Rio, c'étaient les casernes et non pas les usines dont il fallait préparer le soulèvement. C'étaient les militaires qu'il fallait pousser à se révolter. Et la tentative de coup d'État de novembre 1935 a été mal préparée. Aidés par la Gestapo, mais aussi par les services secrets britanniques et nord-américains qui se méfiaient autant de l'agitation bolchevique que des Allemands, Filinto

Müller et sa police n'ont eu aucun mal à y mettre fin et à arrêter les membres de l'Internationale dispersés au Brésil. Trois mille deux cent cinquante personnes en quatre mois. Olga Benário et Luís Carlos Prestes ont été parmi les derniers.

Il est difficile de mesurer le rôle qu'a joué l'antisémitisme dans cet épisode confus et dans quelle mesure les autorités brésiliennes ont livré Olga par haine des Juifs.

Mais je n'oublie pas ce que m'a expliqué l'ancien ambassadeur et membre de l'Académie brésilienne des lettres, Sérgio Corrêa da Costa, lors de notre entrevue au bar du Plaza Athénée. "À la veille de la guerre, le Brésil était le plus important fournisseur du IIIe Reich en coton, café et caoutchouc. Dans ce pays de cinquante millions d'habitants qui comptait une communauté germanique d'un million de personnes, principalement réparties dans les trois États du Sud, notamment le Santa Catarina et sa grande ville Blumenau où l'on parlait partout allemand, une partie importante de l'opinion penchait pour l'Axe, pour des raisons sentimentales. Mais l'inclination de nombreux descendants d'Allemands pour le IIIe Reich était également idéologique. Comme il y avait eu des officines de propagande prussienne dans le Brésil impérial des années 1820, à l'époque de la guerre contre l'Argentine, il y avait des cellules de l'Abwehr et des agents nazis dans le Rio de Getúlio."

À ces factieux, c'est une grande politique qu'ont opposée les États-Unis dans les coulisses du Palais de Catete et de l'Itamaraty. Ils n'ont jamais perdu de vue la sécurité du Nord-Est brésilien, essentiel pour atteindre l'Afrique et l'Europe, jamais oublié l'importance des routes maritimes partant de João Pessoa,

Recife, Salvador, Rio, Santos et Porto Alegre. Et les Brésiliens savaient qu'ils avaient tout à apprendre des États-Unis en matière d'industrie. Les rêveries idéologiques inspirées par le IIIe Reich pesaient peu de chose par rapport à ces intérêts concrets. Même s'il a entretenu la duplicité au sein de son gouvernement pour pouvoir manœuvrer librement, Vargas n'a jamais négligé Roosevelt, rencontré à Rio dès 1936, auprès duquel il avait délégué deux des meilleures pièces de son jeu d'échecs diplomatique. Sa fille Alzira et surtout Oswaldo Aranha, son Metternich, son Talleyrand.

Le 11 juin 1940, tandis que Paris était déclaré ville ouverte et que les Panzer II du XIXe corps d'armée allemand entraient dans Reims, Vargas a prononcé à bord du cuirassé *Minas Gerais* le plus fasciste de ses discours publics, peut-être même le seul. À distance, cette harangue radiodiffusée apparaît assez effrayante si l'on oublie qu'elle avait pour objectif de réveiller le désir un peu assoupi des États-Unis pour le Brésil. "Il ne s'agit pas, comme le prétendent les pessimistes et les conservateurs endurcis, de la fin de la civilisation mais du début, tumultueux et fécond, d'une ère nouvelle. Les personnes vigoureuses, aptes à vivre, doivent suivre le chemin de leurs aspirations, au lieu de s'arrêter dans la contemplation de ce qui s'effondre et tombe en ruine. Il faut donc comprendre notre époque et déblayer les décombres d'idées mortes et d'idéaux stériles… Le temps du libéralisme imprévoyant, de la démagogie stérile, du personnalisme inutile et du désordre semé est révolu."

"Vargas manœuvrait", m'a expliqué Geraldo França de Lima à qui je demandais de m'éclairer sur un contexte politique, idéologique et diplomatique difficilement compréhensible pour un Européen. L'*acâdemico* m'a rappelé la formule favorite du dictateur qui aimait nommer des adversaires à des postes importants : “Je n'ai jamais eu un ami qui ne puisse devenir un ennemi ni un ennemi qui ne puisse devenir un ami.” À la fin de la guerre, cet homme qu'on croyait obsédé par le bolchevisme a rétabli les relations diplomatiques du Brésil avec l'URSS, autorisé le parti communiste et s'est fait un allié de Luís Carlos Prestes, qui avait oublié Olga Benário. Au même moment, voyant une marée démocratique monter dans le pays, il a laissé se reconstituer trois partis politiques, dont deux lui étaient favorables.

Rencontre après rencontre au fil de deux longues décennies, à Rio, à Paris, à São Paulo, j'ai eu du mal à entrer dans l'épaisseur de la complexité brésilienne. Du mal à comprendre pourquoi Stefan Zweig ne pouvait pas tout comprendre. Ébranlé par l'entreprise de déconstruction de l'histoire nationale de Maria Luiza Tucci Carneiro, j'ai été tenté de la croire, quand elle expliquait qu'il y “avait parmi nous, au paradis des tropiques, des condiments nécessaires qui ont failli nous transformer en purgatoire nazi”. Tenté de la suivre quand elle présentait son pays comme une démocratie raciale “dépourvue de camps de concentration ou d'extermination”.

“Écoute-moi !”, m'a ordonné Pedro Corrêa do Lago, le petit-fils d'Oswaldo Aranha, qui a rassemblé les éléments factuels pour répondre à Maria Luiza Tucci Carneiro dans une photobiographie de son grand-père. Je connais Pedro depuis mon deuxième ou troisième séjour au Brésil, autrement dit depuis toujours. Quand nous nous sommes rencontrés, il était le président de la Bibliothèque nationale du Brésil. Grâce à lui, j'ai pu admirer dans les réserves un précieux exemplaire des *Lusiades* de Luís de Camões ayant appartenu à dom Sebastião, le roi dormant, attendu un jour de brume sur le Tage – ou une nuit de pleine lune dans le Maranhão.

J'ai retrouvé mon ami dans sa maison du quartier de Gávea à Rio, après avoir eu le temps de réciter quelques poèmes, en français et en portugais, dans les embouteillages du vendredi le long des grilles du jardin botanique. Pedro aurait aimé me parler de Marcel Proust, dont il collectionne les manuscrits avec passion, mais j'étais venu évoquer les motifs de fâcherie, la partie nébuleuse de l'histoire brésilienne.

"Lorsqu'il était ambassadeur du Brésil à Washington, sous l'ère Roosevelt, Oswaldo Aranha s'est fait énormément d'amis. Beaucoup étaient juifs. C'est donc aux États-Unis, entre 1934 et 1937, qu'il a eu un premier contact approfondi avec la communauté juive. Quand Vargas est devenu dictateur, mon grand-père, natif du Rio Grande do Sul lui aussi, a renoncé à son poste aux États-Unis. De retour au Brésil, il a été cerné par ses amis qui l'ont poussé à entrer au gouvernement, voyant que le ministre de la Guerre et le chef d'état-major étaient très germanophiles, comme on disait à l'époque pour parler des admirateurs de Hitler favorables à l'idéologie nazie. Il a résisté pendant quatre mois avant d'accepter, enfin, le poste de ministre des Relations extérieures que lui proposait Vargas, qui le voulait à ses côtés. Très impressionné par l'effort de redressement des États-Unis accompli par Roosevelt après la crise de 1929, Oswaldo Aranha était une voix pro-américaine. Il était convaincu que si les États-Unis entraient en guerre contre l'Allemagne, le Brésil devait être leur allié pour renforcer sa position de leader en Amérique du Sud."

Entre 1934 et 1937, le pays cordial et doux célébré par l'historien Sérgio Buarque de Holanda dans son livre *Racines du Brésil*, publié l'année du premier séjour de Stefan Zweig en Amérique du Sud, a peu à peu cédé la place à une dictature autoritaire dans laquelle les Juifs, assimilés à des agents du communisme international, étaient dénoncés par la presse droitière comme des perturbateurs de l'ordre social, inassimilables dans la masse générale de la population. Quand je l'ai interrogé à ce propos, Pedro Corrêa do Lago a fait des bonds sur son canapé blanc, désolé par l'usage polémique qui était fait d'un point historique très sérieux.

"*O anti-semitismo na era Vargas* de Maria Luiza Tucci Carneiro est un très mauvais livre, un *research* de cinquième catégorie. À l'époque, elle avait vingt-cinq ans et elle n'a rien compris aux documents qu'elle avait entre les mains, elle a écrit un ramassis de bêtises. Depuis, le Brésilien Fábio Koifman, l'Américain Jeffrey Lesser, l'Israélien Avraham Milgram et de nombreux autres historiens ont repris les documents et les ont compris. Mais l'effet produit par le livre de Tucci Carneiro se poursuit. Dire que Filinto Müller ou Francisco Campos étaient antisémites, ce n'est pas une nouvelle, c'est une chose que tout le monde savait. Dire que Oswaldo Aranha l'était nous conduit ailleurs. Cela a semé la confusion dans l'esprit des gens. Ce que n'a pas vu Tucci Carneiro, c'est que lorsque Oswaldo Aranha a pris ses fonctions de ministre des Relations extérieures, il y avait déjà une instruction secrète laissée par son prédécesseur, l'ambassadeur Mário de Pimentel Brandão, qui reflétait l'antisémitisme institutionnel de l'Itamaraty. Il s'agissait essentiellement d'un antisémitisme de classe. Il y avait très peu de Juifs au Brésil, peut-être quarante mille sur cinquante millions d'habitants. Cette question agitait l'élite, pas les masses populaires. Il y avait beaucoup d'antisémites à l'Itamaraty parce que c'était un corps d'élite et que l'élite brésilienne était xénophobe. L'instruction secrète restreignant l'immigration juive qu'a trouvée Oswaldo Aranha en prenant ses fonctions en 1937 était littéralement fondée sur des principes racistes. Mais tous les pays des Amériques avaient mis en place des restrictions à l'immigration. C'était considéré comme normal. Quand Oswaldo Aranha est arrivé, il a rédigé une nouvelle instruction secrète. Plus généreuse, elle prévoyait la réunion des familles. Grâce à elle, dix mille Juifs sont entrés en 1938. Cela fait du Brésil le troisième pays au monde à avoir reçu le plus de Juifs cette année-là. C'est ce que Fábio Koifman a nommé *a janela Aranha*, la fenêtre Aranha. Mon grand-père a poussé une fenêtre largement ouverte permettant la réunion des familles à un moment où il était déjà très difficile de quitter l'Europe. À ce moment-là, son cousin germain, Cyro de Freitas Valle, violemment antisémite et ambassadeur à Berlin, lui a reproché d'avoir accepté trop de Juifs. La politique jugée libérale d'Oswaldo Aranha a provoqué une pression agressive des antisémites du gouvernement et lui a valu un rappel à l'ordre de Getúlio Vargas. En juin 1940, mon grand-père a failli démissionner mais ne l'a pas fait pour ne pas abandonner le gouvernement aux seuls germanophiles."

Plus tard, j'ai repris les travaux des historiens qu'avait évoqués Pedro avant que nous allions dîner dans un restaurant du quartier et enfin parler sérieusement des lettres inédites de Marcel Proust qu'il gardait en sa possession. Selon le recensement de 1940, il y avait cinquante-cinq mille six cents Juifs au Brésil, contre quarante-deux mille en 1934. Près de soixante-cinq mille juifs persécutés ont donc posé le pied au Brésil depuis 1934, mais beaucoup d'entre eux avec de simples visas touristiques, ou même sans visa, en simple transit, ce qui les a obligés à poursuivre leur route d'exil et à trouver refuge dans d'autres pays. Il en est cependant resté près de quinze mille, avec ou sans permis de séjour, comme Hugo Simon et sa famille. La population juive du Brésil a cependant augmenté d'un tiers, ce qui n'est pas la marque d'une pratique antisémite systématique. Plutôt celle d'une politique qui a abouti à la constitution d'une communauté juive de cent vingt mille membres au début du XXIe siècle, la troisième du continent américain.

Dans cette affaire, ce n'est pas uniquement le silence, ou l'aveuglement, de Stefan Zweig qui m'ont intéressé. C'est aussi l'engagement de la petite élite catholique contre l'entreprise démoniaque du germanisme hitlérien, avec l'aide des ordres religieux et de segments de la diplomatie nationale. Dans son discours prononcé sur le cuirassé *Minas Gerais* en 1940, c'est à eux que songeait Getúlio Vargas en dénonçant le *personnalisme inutile*. Lors de notre rencontre à São Paulo, Alberto Dines m'a éclairé à ce propos : "Au Brésil, même la frange la plus réactionnaire de l'Église catholique était prudente et distante. Elle n'avait pas oublié que Vargas et beaucoup d'acteurs de la révolution de 1930 étaient positivistes et anticléricaux."

En 1942, l'ambassadeur brésilien Hildebrando Accioly a fait pression sur Pie XII, de sa propre initiative, pour que Rome agisse de nouveau en faveur des juifs persécutés. Cet effort s'est poursuivi malgré l'opposition de Cyro de Freitas Valle. En juillet 1942, Harold Tittmann, le représentant de Roosevelt au Vatican pendant toute la guerre, l'a encore rapporté au Département d'État dans un télégramme.

*Hier, l'ambassadeur du Brésil près le Saint-Siège est venu me demander si j'étais disposé à me joindre à un effort combiné (non pas collectif, mais simultané) pour persuader le pape de condamner de manière publique et en termes spécifiques les atrocités commises par les nazis dans les régions occupées. M. Accioly m'a dit qu'il avait déjà reçu les instructions nécessaires de son gouvernement et tenté d'obtenir la coopération des représentants de la Grande-Bretagne, de la Pologne, de la Belgique, de la Yougoslavie et d'autant de pays d'Amérique du Sud que possible.*

L'intervention de l'ambassadeur Accioly a eu lieu sept mois après l'attaque des forces japonaises contre la base américaine de Pearl Harbor. Le Brésil, qui avait fait le choix idéologique et géopolitique de l'Allemagne et de l'Italie en juin 1940, était en train de retourner ses alliances. Un moment critique de deux années allait prendre fin. Alors que la victoire militaire des forces de l'Axe semblait possible, et même probable pour certains, l'émission des visas avait été retirée au ministère des Relations extérieures d'Oswaldo Aranha pour être confiée à celui de la Justice de Francisco Campos, l'idéologue fasciste de l'*Estado Novo*. Le dispositif de dissuasion mis en œuvre à l'égard des migrants juifs s'était durci. Il fallait presque toujours être chrétien pour pouvoir s'installer au Brésil, la bureaucratie consulaire jurant qu'elle ne se souciait pas de race, uniquement de la religion, dans la dure tradition de l'antisémitisme d'État théorisé en France par Charles Maurras, qui avait au Brésil des disciples que Georges Bernanos n'a pas manqué de combattre.

J'écris ces dernières lignes sur la terrasse du Florida Hotel de Rio, à Flamengo, avec une vue panoramique sur le Centro, la colline de Santa Teresa et Botafogo, à proximité du palais de Catete où Stefan Zweig s'est montré trop poli, en août 1936, avec Getúlio Vargas, président de la République non élu, mais pas encore dictateur. Il suffit de me pencher au-dessus du parapet pour apercevoir ce bâtiment de style néoclassique édifié sous l'empire par un baron du café. Demain, je vais quitter Rio, avec toujours le même pincement au cœur. Des hélicoptères passent dans le ciel. Mes cahiers et mes livres sont posés devant moi avec un dictaphone contenant mes enregistrements sonores. Dans mon petit carnet j'ai noté : "De restriction en restriction, le mélange biologique et culturel revendiqué par l'*Estado Novo* risquait de confiner à l'oxymore en se fixant un horizon introuvable : la pureté métisse."

À ce propos, l'échec apparent de *Brésil, une terre d'avenir* en est-il vraiment un ? Démoli dans la plupart des grands journaux, le livre s'est quand même vendu à cent mille exemplaires, un chiffre considérable à l'époque. En faisant du Brésil le négatif utopique d'une vieille Europe dévorée par le racisme hitlérien, la terre promise d'un métissage heureux et dépourvu de préjugés, Stefan Zweig, parfois plus politique et plus engagé qu'on ne le voit, a disqualifié les discours des idéologues de l'État nouveau auprès d'une large part de l'élite et de l'opinion publique nationale.

Qui sait si ce texte exagérément optimiste n'est pas lié aux changements de l'année 1942 dont témoigne le télégramme de l'informateur le plus sûr du président américain Roosevelt sur la diplomatie brésilienne auprès du pape Pie XII ?

## Choisis la vie

“Stefan a maintenant trop d’amis et de collègues à New York pour pouvoir y travailler tranquillement”, écrit Lotte à Manfred et Hannah Altmann, le 22 novembre 1940. Le frère aîné de Lotte, médecin généraliste dans le quartier de Golders Green à Londres, et sa belle-sœur étaient restés en Europe, où ils ont passé la durée de la guerre sous les bombes. Depuis le 21 août, les époux Zweig avaient retrouvé l’Amérique du Sud pour une épuisante tournée de conférences. Rio de Janeiro, São Paulo, Buenos Aires, Córdoba, Montevideo… Ils semblaient déjà décidés à s’y établir définitivement, avec une inclination pour le Brésil plus marquée que pour l’Argentine. “Ce pays n’est pas très stimulant, et Lotte et moi préférons le Brésil, qui est pittoresque, et très charmant, tant par ses paysages que par ses habitants”, confiait Stefan Zweig, dans une lettre postée de Buenos Aires le 15 novembre.

Sept mois auparavant, l’écrivain espérait encore la victoire de la France. Du 11 au 28 avril, travaillant à sa biographie de Balzac, une grande tâche qui le hantait depuis sa jeunesse et qui l’a poursuivi jusqu’aux derniers jours, l’écrivain a séjourné à l’hôtel Louvois, à proximité de la Bibliothèque nationale, non loin des jardins du Palais-Royal et de l'hôtel Beaujolais, où il avait épuisé les plaisirs dans les bras d'une couturière prénommée Marcelle. C'était au printemps 1913. L'année de la création du *Sacre du printemps* de Stravinski au théâtre des Champs-Élysées, celle de la publication d'*Alcools* de Guillaume Apollinaire, tiré à cinq cents exemplaires, et d'un fameux papier collé cubiste de Pablo Picasso : *Guitare*. Un autre avant-guerre.

De retour à Bath à la fin du mois d'avril 1940, Stefan Zweig a suivi dans la presse l'offensive allemande déclenchée le 10 mai. "Nous vivons maintenant les pires jours de notre vie. Une fois de plus l'histoire du monde prend un nouveau tournant dramatique. La nouvelle que les Allemands ont occupé Amiens et pourraient bientôt atteindre Abbeville et les côtes de la Manche m'a coupé le souffle." Ses journaux intimes témoignent de son effondrement quand il a appris que Paris, qui s'était rendue sans défense, avait été déclarée ville ouverte le 14 juin. "Je n'ai jamais tremblé pour Birmingham ou d'autres villes, mais l'idée que Paris pourrait souffrir m'est une souffrance perpétuelle", écrivait-il un mois auparavant à son ami Romain Rolland. Paris souffrait, outragée, humiliée. Le conditionnel avait été balayé.

C'est à ce moment, une première fois, que Stefan Zweig, confiant à son journal qu'une "certaine petite fiole" était prête au cas où ce qu'il avait prévu se produisait, s'est laissé submerger par ses pensées suicidaires. "Il y a des nouvelles effrayantes : la croix gammée flotte sur la tour Eiffel ! Les troupes de Hitler montent la garde à l'Arc de Triomphe ! La vie ne vaut pas la peine d'être vécue. J'ai presque cinquante-neuf ans et les années à venir seront terribles : pourquoi subir tant d'humiliations." L'écrivain a sans cesse fait entendre le même cri de détresse : "Pour qui écrire, pour quoi vivre ?" Comme Georges Bernanos, au même moment, revenu en hâte des profondeurs du Minas Gerais à Belo Horizonte pour pouvoir s'exprimer dans les journaux, Stefan Zweig a ressenti la menace apocalyptique du mensonge incarné. "Le menteur est le maître du monde", notait-il déjà après le démembrement de la Pologne selon les termes du pacte Hitler-Staline signé en août 1939. "Le crime le plus odieux de Hitler sera d'avoir élevé le mensonge et la fraude à une position de respectabilité, tout en définissant maintenant ce qui a été jugé criminel pendant des Millénaires comme l'art de gouverner et de vivre."

"L'Angleterre tiendra", ont expliqué à Georges Bernanos d'humbles *vaqueiros* rencontrés dans un wagon de chemin de fer. À Bath, Stefan Zweig regardait avec admiration les Anglais rester dans la guerre sans un murmure d'encouragement de l'Amérique. Mais il lui a semblé qu'ils ne se battaient plus que pour l'honneur en attendant l'invasion des îles Britanniques par Douvres, l'endroit où Jules César a posé le pied en 54 av. J.-C. et Napoléon conçu le vain projet de débarquer.

À cet instant, la défaite de l'Allemagne lui apparaissait inconcevable. Il était sans nouvelles de Friderike et de ses deux filles, prises dans le tourment de la débâcle, quelque part sur les routes de France, traquées par les Junkers Ju 87 Stukas de la Luftwaffe dont la sirène semait la terreur lorsqu'ils piquaient vers leur cible.

Certain flacon de barbituriques restait à portée de main. Le 26 mai, le 28 mai et le 12 juin, avant l'annonce de la capitulation française, Stefan Zweig a confié à son journal l'intention d'en finir. Il a cependant choisi la vie. De Londres à New York et de New York à Rio de Janeiro, de Rio de Janeiro à Buenos Aires et de Buenos Aires à Montevideo, de Montevideo à Rio de Janeiro et de Rio de Janeiro à Petrópolis, en passant par la fraîcheur de Barbacena, chez Georges Bernanos, catholique allumé en communication directe avec le Ciel, antisémite à l'âme lavée par le sang des agneaux égorgés par l'Antéchrist – et à l'esprit réveillé par ceux qui refusaient de l'être –, ce dépositaire des anciennes valeurs de l'Europe a cherché le refuge d'une patrie intérieure. Sans cesse tenté par le renoncement, il s'est forcé à se lever et à se relever, par des montées renouvelées vers une Terre promise ne figurant sur aucune carte – négligeant la question sioniste avec laquelle il voulait rester distant malgré son admiration pour l'œuvre et la vie de Theodor Herzl qui, le premier, a eu une vision prophétique de la mise en place d'un État national pour les Juifs.

Voyant son peuple entrer dans l'une des crises les plus graves de son histoire, Stefan Zweig a cessé de penser que les Juifs ne devaient avoir pour patrie que le texte – entendez la Bible, le Talmud ou la littérature universelle. Son refus du sionisme était plein de contradictions. Pour lui, la création d'un État en Palestine n'était pas l'unique solution, la grandeur de son peuple reposant dans sa dispersion. Mais c'était une solution quand même. Lorsqu'il a rédigé *Le Monde d'hier* afin de choisir lui-même ce qu'il souhaitait fixer de ses attachements, il n'a pas négligé de célébrer la naissance du sionisme à travers la haute figure de Theodor Herzl, dont il conservait un souvenir ému. À l'occasion de son premier voyage en Amérique du Sud, devant une assemblée de Juifs germanophones installés ou réfugiés en Argentine, il avait précisé son sentiment sur le retour du peuple juif sur la terre ancestrale après deux mille ans d'exil.

"C'est certainement un immense acquis qu'il y avait aujourd'hui une patrie pour des milliers de personnes expulsées, c'est une bénédiction pour tous ceux qui ne veulent pas vivre sous le poids de la haine, du mépris de l'exaction, qui aspirent à posséder une terre à eux, pour leurs enfants et les enfants de leurs enfants."

Le pas supplémentaire que Stefan Zweig n'a pas fait, c'est celui qui aurait pu le conduire à dépasser le légalisme d'une religion exclusive et puritaine abandonnée depuis longtemps pour faire retour à la source prophétique du judaïsme. D'une manière inattendue, c'est peut-être cette source que ce déjà presque vaincu est allé chercher chez le chrétien Bernanos.

Dans sa façon de se poser la question de la miséricorde de Dieu, de réclamer la justice pour notre monde et pour tous les mondes à venir, ce descendant d'un capitaine corsaire de Saint-Domingue devait lui rappeler son ami Joseph Roth, agité par de grandes passions, marqué par la volonté de vaincre et par une ardeur de sentiments dont il se savait incapable. Devenu de plus en plus juif par la haine de Hitler, de plus en plus attentif aux signes du Dieu inconnu, conscient d'être non seulement l'héritier d'une histoire, mais d'une promesse, Stefan Zweig aurait aimé partager leur fièvre. Dans les larmes et dans les nuits, dans l'angoisse et dans l'oubli, il a tenté de rester fidèle au commandement du Deutéronome : "Je mets devant toi la vie ou la mort, la bénédiction ou la malédiction. Choisis donc la vie."

Voilà ce qui est poignant, dans ces vingt longs mois de fuite, entre juin 1940 et février 1942. Ce choix de la vie, sans cesse contrarié par un ennemi que Stefan Zweig, dans ses lettres, n'hésite pas à nommer le diable, c'est-à-dire le diviseur. Il désignait Hitler, évidemment. Mais il est permis de penser qu'il songeait plus précisément aussi à l'adversaire surnaturel que la tradition juive, et Georges Bernanos dans son premier roman, a personnifié et nommé Satan. Ce Satan qui, dans la Bible hébraïque, accuse Josué devant Dieu, provoque David, offense la fidélité et la piété de Job. Cet Ange des Ténèbres qui veut entraîner l'homme avec lui en le poussant dans le désespoir et le néant.

"Notre façon de lutter avec le démon consiste en ceci, que nous le décrivons comme un objet scientifiquement saisissable", écrivait Sigmund Freud à Stefan Zweig le 14 avril 1925, dans une lettre où il le remerciait de son dernier livre.

Stefan Zweig et Georges Bernanos ont eu une douleur en partage : la tentation du désespoir. Le biographe de Fouché et de Marie-Antoinette ne s'est jamais satisfait du mal, de la souffrance et de la mort. Mais il manquait d'intimité avec le Nom divin, ou simplement de confiance en sa Promesse, pour oser espérer contre l'espérance, avoir l'audace de croire que l'avenir commence quand tout paraît fini. Malheureux de ne plus croire en son Dieu, incapable d'établir un pacte avec Lui, désolé d'obéir aux humeurs de son foie plutôt que de marcher dans Ses voies, las à la fin d'être devenu à lui-même sa propre terre promise, Stefan Zweig a été contraint de donner un caractère profane à l'espérance qui lui faisait défaut. Dans sa langue natale, il a nommé cette espérance *die Zukunft*, le futur, et a associé cette promesse à un pays, le Brésil. *Brasilien. Ein Land der Zukunft*, *Brésil, une terre d'avenir*. En français, en portugais, en anglais, les traducteurs ont omis l'article indéfini du titre, ce qui constitue une assez grave inflexion de sens. À Buenos Aires, le fidèle Alfredo Cahn, dans une édition parue le 21 février 1942, deux jours avant la fin tragique de Lotte et Stefan Zweig à Petrópolis, a sobrement traduit *Brasil*, probablement pour ne pas heurter l'orgueil national argentin.

Dans l'allemand *Zukunft*, s'entend le verbe *zukommen* : non pas se diriger vers, mais littéralement ce qui va (doit) advenir. *Ich komme zu*… Dans les derniers mois qu'il a passés au Brésil, Stefan Zweig ne s'est jamais engagé sur les voies sans issue du nihilisme. En quête d'un sentier qui le ramènerait à la vie humaine, il ne croyait peut-être pas, mais il marchait, il écrivait.

Il faut songer à sa fabuleuse énergie créatrice, à sa capacité, avec *Le Joueur d'échecs*, à donner un indiscutable chef-d'œuvre, pour savoir qu'il n'était pas descendu dans la vallée de l'ombre de la mort. D'un point de vue littéraire, et partant spirituel, Stefan Zweig est un M. de Lapalisse nouvelle manière… Un quart d'heure avant sa mort, il était encore en vie… Défiant l'angoisse matin après matin, sur la véranda de son bungalow de Petrópolis, il a révisé son autobiographie, *Le Monde d'hier*, repris le manuscrit de son *Balzac*, rédigé un *Montaigne* et composé deux textes moins connus, un roman laissé inachevé, *Clarissa*, et une nouvelle policière, *Était-ce lui ?* L'après-midi, en promenade avec Lotte, il n'a jamais cessé de lever ses yeux vers les montagnes, de chercher d'où lui viendrait le secours.

Croire, dans la Bible, c'est souvent marcher, même lorsqu'on ne peut pas s'empêcher de demander au Ciel "Où allons-nous ?" parce qu'on manque de foi, la *Emouna* des Patriarches et des Prophètes. Mais croire, c'est aussi savoir que nous n'arrivons pas à marcher, désolés par l'ossature disloquée de notre vie et le cours boiteux de nos actions. Croire, c'est alors se demander : qu'est-ce qui m'empêche de marcher, d'aller vers – *zukommen* –, même s'il faut traverser le désert ?

Stefan Zweig, qui avait songé à répondre par un essai célébrant la victoire sur les forces du mal à un premier volume consacré aux possédés du XIXe siècle, n'a jamais cessé de se poser cette question. Comme le poète roumain Paul Celan, pourchassé par les nazis lui aussi, il a traqué le *Zeltwort*, le mot-tente, permettant à l'homme de *demeurer*, non pas dans un lieu, mais dans son être. D'après le témoignage d'Abrahão Koogan, Stefan Zweig a cherché ce mot-tente, de l'audible au visible, avec la biche de l'aurore dont parle le psaume, dans les prières de la grande synagogue de Rio, près de la praça Onze, non loin de la Zona do Mangue.

Sous l'empire, c'est l'institution de la liberté religieuse qui a commencé d'attirer à Rio de Janeiro des immigrés juifs venus de Russie, d'Europe, de l'ancien Empire ottoman et du Maroc, les Séfarades venus de Fez ayant cependant plutôt choisi de s'attabler en Amazonie. Entre 1920 et 1940, la montée des périls en Europe a accru cette immigration. Du côté de la praça Onze, les survivants des pogroms russes et les réfugiés du nazisme ont ouvert des boucheries, des boutiques, des écoles, des librairies, des bibliothèques, des clubs sportifs, des associations sociales, des théâtres, des imprimeries et même un journal, *La Gazette israélite*, interdite par l'*Estado Novo* en 1941. Et un temple tout de coupoles et de tourelles réunissant les juifs de rites différents, servant à tous de lieu de culte et d'étude, édifié rua Tenente Possolo, en 1932, dans le style des grandes synagogues de Trieste et Florence.

Dans ses visites aux œuvres israélites, Stefan Zweig n'a jamais fait la distinction entre les juifs allemands et les juifs russes, entre les libéraux et les orthodoxes, les sionistes et les internationalistes, les bundistes, héritiers de l'Union générale des travailleurs juifs de Lituanie, de Pologne et de Russie, d'inspiration socialiste, et les conservateurs. Il n'ignorait pas qu'une terre d'exil mêle des naufragés de toutes traditions. Dans leurs conversations, Abrahão Koogan, natif d'Ukraine, semble avoir eu l'occasion de se moquer très poliment de ses délicatesses de Juif viennois.

"Je lui ai dit que même si nous, Juifs, avions les mêmes origines, lui, en tant que Juif d'origine germanique de Vienne, n'était pas habitué à lutter contre l'antisémitisme. Pour lui, en tant que Juif autrichien, tout ce qui s'est passé était une surprise, et il ne savait pas comment y faire face, comment réagir aux événements. En revanche, en tant que Juif d'origine russe, j'étais mieux à même de faire face au fascisme parce que je venais d'un pays dans lequel nous luttions depuis des siècles contre le rejet du judaïsme et, surtout, j'étais fermement convaincu que le fascisme ne pouvait pas vaincre le monde et ne pouvait donc pas détruire les Juifs."

À la fin du mois de septembre 1941, Stefan Zweig a poliment répondu au rabbin Lemle pour décliner son invitation à la cérémonie de Yom Kippour. "À ma grande honte, je dois avouer que – comme la plupart des Autrichiens – j'ai reçu une éducation très laxiste en matière de croyance et ne pourrais pas venir à bout d'un sentiment de gêne dans une communauté visiblement pieuse, d'autant plus que, par nature, il me faut toujours surmonter quelque chose quand je suis en société." Voilà bien exprimé le vrai blocage de Stefan Zweig, non résolu jusqu'à la mort.

Quelques jours plus tard, le 1^er^ octobre, avec son épouse, à l'heure de la première prière du soir, l'écrivain écoutait pourtant le rabbin Tzekinovsky demander au Dieu invisible le pardon pour la communauté des enfants d'Israël et pour l'étranger qui séjournait parmi eux. Ce témoignage de Koogan : "Le jour de Yom Kippour en 1941, le soir du Kol Nidrei, Stefan Zweig a exprimé son désir de se rendre à la synagogue avec sa femme Lotte. Nous avons visité le grand temple de Rio de Janeiro de la rua Tenente Possolo. Là, nous avons parlé de la situation générale du monde et des Juifs, et il s'est senti un peu soulagé d'être parmi les siens."

Pourquoi Stefan Zweig est-il allé entendre les juifs de Rio prier le soir de Kippour 1941 ? Et pourquoi dans une communauté traditionnelle, attachée aux rites ashkénazes ? Ses amis jugeaient qu'il n'était pas religieux, que c'était un humaniste européen dont l'héritage juif était passé au laminoir de la sécularisation, même s'il contestait la rumeur qui faisait de lui un baptisé. Beaucoup de choses avaient changé, au tréfonds de l'écrivain qui avait publié *Le Chandelier enterré* en 1936. Sa seconde épouse était l'arrière-petite-fille d'un rabbin admiré à Francfort. Lotte était éloignée des rites, mais Thérèse Altmann, sa mère, était une juive observante.

Dépourvu d'éducation religieuse, mais doté d'une solide culture biblique dont témoigne son drame

*Jérémie*, capable de faire entendre l'écho des psaumes dans nombre de ses textes, Stefan Zweig a-t-il regretté d'avoir répondu un peu hâtivement au rabbin Lemle, de lignée réformiste, qui n'envisageait pas le judaïsme comme une orthodoxie, mais plutôt comme un héritage et une culture, dans une optique plus humaniste ? Natif d'Augsbourg, brièvement interné à Buchenwald avant de pouvoir s'exiler aux Royaume-Uni, puis au Brésil, Henrique Lemle est devenu le rabbin de référence de la communauté juive libérale de Rio. En songeant à son aimable et modeste invitation à se joindre aux célébrations de Kippour, Stefan Zweig s'est-il souvenu qu'Adonaï ne se fait pas toujours entendre par des ouragans fendant les montagnes et brisant les rochers, ni par des tremblements de terre, mais par le murmure d'une brise légère, comme dans le premier Livre des Rois ?

Pourquoi Stefan Zweig est-il allé entendre les juifs de la praça Onze répondre les psaumes le soir de Kippour 1941 ? Et pourquoi, quelques jours avant sa mort, est-il allé – *ist er zugekommen?* – à la rencontre de Georges Bernanos, dont les aboiements de chien de garde veillant sur la maison du maître absent n'avaient rien d'une brise légère ? Exposé à la gueule du lion et à la corne des buffles dans sa solitude de Barbacena, cet archer du Bon Dieu se demandait lui aussi "Où allons-nous ?". En accueillant la désolation comme un avènement, en faisant de la catastrophe une irruption, il a trouvé le moyen de vivre l'espérance comme la plus grande et la plus difficile victoire qu'un homme puisse remporter sur son âme.

## “Je suis étonné de vous entendre si bien”

STEFAN ZWEIG

J’ose à peine croire, très cher monsieur, que vous vivez ici, à Barbacena, dans une petite société qui ressemble tant à celle que j’ai naguère connue à Berlin.

GEORGES BERNANOS

Osez croire, quel beau mot… Venez partager notre intimité quelques jours… Vous pourriez de la sorte, avec nous, oublier votre peine… Tout est grâce…

STEFAN ZWEIG

*(Répétant, dubitatif.)* Tout est grâce.

*Un temps. Stefan Zweig paraît très triste. Encore une fois, Georges Bernanos reprend la conversation en essayant d’y mettre de l’entrain.*

GEORGES BERNANOS

Ce cher vieux Studenic ! Savez-vous que c’est lui qui est venu le premier me rendre visite, ici, dans ma petite ferme où flottent les couleurs de l’espérance ? Il se souciait comme d’une guigne de ceux qui l’avaient mis en garde contre mon tempérament orageux et mon caractère intraitable. On lui avait dit que j’étais un exalté nationaliste, un catholique doctrinaire, un écrivain antisémite…

STEFAN ZWEIG

Vous avez été antisémite.

GEORGES BERNANOS

Je ne le suis plus. Mais je persiste à penser qu'il existe une sensibilité juive, une pensée juive, un sens juif de la vie, de la mort, de la sagesse et du bonheur…

STEFAN ZWEIG

Si généralement incompris.

GEORGES BERNANOS

N'importe. Je ne supporte plus ce mot, "antisémite". Un mot qui commence par anti est un mot imbécile… Sa vocation est de finir couvert de sang innocent. Je ne puis plus le prononcer depuis que je l'ai entendu dans la bouche de Hitler et dans celle des petits mufles réalistes qui peuplent la cour de Pétain. Et ne dites pas que je me suis réveillé tardivement. Si je crois à l'existence d'une race juive, l'idée raciste me répugne, elle m'a toujours répugné. "Céline cette fois-ci s'est trompé d'urinoir" ai-je écrit en 1937, quand a paru *Bagatelles pour un massacre.*

STEFAN ZWEIG

*(Très légèrement ironique.)* Votre Céline.

GEORGES BERNANOS

C'est vrai que j'ai défendu *Voyage au bout de la nuit* au moment de sa parution. Je ne saurais plus vous dire ce que j'en ai écrit… Mais je me souviens avoir été élogieux à l'égard de ce roman ténébreux qui évoquait si bien notre guerre, l'horreur que nous avions connue dans les tranchées, entre les copains morts dans la boue, les rats qui nous disputaient nos rations et les ordres imbéciles de nos officiers. J'ai même rencontré le Dr Louis Destouches à deux ou trois reprises à l'époque. Cela me rend-il responsable de tout ce qu'il a écrit depuis ? À ce qu'on m'a dit, il me tient pour à demi-fou depuis la parution des *Grands Cimetières sous la lune*.

STEFAN ZWEIG

Et pourtant…

GEORGES BERNANOS

Et pourtant, comme vous me faites l'amitié de me le dire. Depuis cette affaire d'Espagne, il ne me semble pas m'être trompé d'urinoir !

STEFAN ZWEIG

*(Presque amusé.)* Votre livre a beaucoup frappé l'opinion libérale.

GEORGES BERNANOS

L'opinion libérale !

STEFAN ZWEIG

Oui.

GEORGES BERNANOS

Et pas seulement elle. Me croirez-vous si je vous dis que j'ai reçu des messages de soutien de certains milieux cléricaux. Une lettre de Rome, même ! Écrite par un *Monsignore*… Tenez, je la garde toujours sur moi pour me prouver que je n'ai pas rêvé. *(De la poche intérieure de sa veste, il tire son portefeuille dont il extrait la lettre.)* C'est un évêque français qui me parle gentiment de mon livre… *(Sur ton onctueux, moquant la piété exagérée d'un prélat romain.)* "Quelle impression fera-t-il ? Une bombe avec ses éclats douloureux, oui, mais avec son feu qui est toujours beau…" *Laudato si ô mi Signore !* Aujourd'hui encore, il m'arrive parfois de douter de l'authenticité de cette lettre. Je me dis que cela n'est pas possible. Quelqu'un a voulu me faire une farce, j'ai été victime d'une supercherie.

STEFAN ZWEIG

*(Amusé.)* Les compliments de cet évêque ont l'air sincères. Vous lui êtes apparu comme un chevalier sans peur et sans reproche dévoué à sa tâche sacrée.

GEORGES BERNANOS

Je me suis contenté d'être fidèle aux vieux préceptes de la cavalerie française, s'engager à fond, charger à fond. Et ne jamais se rendre, comme à Azincourt !

STEFAN ZWEIG

Je suis étonné de vous entendre si bien.

GEORGES BERNANOS

C'est ce que m'a dit notre ami Studenic la première fois que je l'ai vu ici. Il ne s'en était laissé conter par personne. Il n'avait servi à rien aux imbéciles de le mettre en garde contre ma personne. Il a fait le chemin à pied, depuis le centre de Barbacena jusqu'à ma petite colline. En le voyant défier l'avertissement des bien-pensants pour franchir librement la porte de ma maison je me suis dit : ce juif est un prince.

STEFAN ZWEIG

*(Surpris.)* Ces mots dans votre bouche ?

GEORGES BERNANOS

Pourquoi me seraient-ils interdits ? Ne croyez pas ma pauvre tête prisonnière des idées dont on l'a farcie au cours de ma jeunesse. On ne nous parlait alors que du problème juif… Mais le problème juif dure depuis deux mille ans…

STEFAN ZWEIG

Un peu plus en réalité.

GEORGES BERNANOS

Vous avez raison !… Il dure depuis Pharaon et Nabuchodonosor… Mais je ne prétends pas le résoudre. Je ne prétends rien sinon empêcher Hitler de le régler à sa façon. Comme vous, j'ai débarqué au Brésil les mains vides et le cœur libre.

STEFAN ZWEIG

Le cœur libre, je l'avais encore en août 1936. C'est la dernière fois, je crois, que j'ai pu oublier pendant quelques semaines les tragiques événements d'Europe.

GEORGES BERNANOS

Août 1936 ! Les premières semaines de la guerre d'Espagne.

STEFAN ZWEIG

Hélas, j'aurais dû prêter davantage d'attention à ce qui se jouait alors.

GEORGES BERNANOS

Je ne vous reproche rien, croyez-le bien ! J'ai souvent été dupe moi aussi. Nous l'avons tous été. J'ai cru tour à tour à la science des savants, à la nation des nationalistes, à la paix des pacifistes, à l'habileté des habiles, à l'honnêteté des honnêtes gens. J'ai même dû croire, en son temps, à la Victoire de 1918.

*(Un silence.)*

Tant de gens ont abusé de notre bonne foi.

STEFAN ZWEIG

Je m'en veux.

GEORGES BERNANOS

Ne vous en voulez pas, bien cher ami. Nous avons tous eu du mal à accepter ce que nous craignions tant depuis l'Armistice de 1918 et que Hitler, voyant toutes les consciences à vendre, a promis sans risques à la nation allemande : la soumission de l'Europe à l'horreur infinie du nazisme. Cette guerre d'Espagne fut une sorte de répétition générale, l'annonce terrible de tous les carnages à venir.

STEFAN ZWEIG

J'avais pris le bateau en Angleterre. Lors de l'escale en Espagne, j'ai pu observer la fièvre qui agitait les milices fascistes. Je ne sais pas pourquoi, je me suis alors persuadé que cette maladie contagieuse resterait circonscrite.

GEORGES BERNANOS

Nous ne pouvions rien deviner de la guerre hitlérienne. J'ai moi-même traversé l'Atlantique à la recherche d'un coin de paradis, sans prévoir que les idéologies répandraient le mal sur toute la terre. Avec ma femme et mes six enfants, nous nous répétions un nom qui nous faisait rêver : Rio de Janeiro – et nous avions hâte d'être bientôt au Paraguay où nous avions prévu de nous installer.

STEFAN ZWEIG

Au Paraguay ?

GEORGES BERNANOS

Ce fut un désastre. Ce pays n'existe que dans les romans pour adolescents. À peine descendus du bateau, nous sommes remontés dedans. Nous n'avons pas tardé à revenir au Brésil où l'on nous avait fait un accueil si chaleureux.

STEFAN ZWEIG

Pour ma part, je songeais au Brésil depuis de longues années. Comme vous, ce nom de Rio de Janeiro m'enchantait. Je me souviens très bien du jour de mon arrivée. Le temps était en train de tourner au-dessus du Corcovado. Un vent froid soufflait du sud et enveloppait le Pain de Sucre. En découvrant la splendeur du paysage, j'ai eu la sensation d'accoster au paradis. J'avais fait la traversée seul. Sur le bateau, de pauvres Juifs qui voyageaient en troisième classe m'avaient reconnu. Parmi les personnes venues m'accueillir à ma descente, il y avait des photographes, des journalistes et des membres de l'Académie brésilienne des lettres. Il y avait même un ministre. Le jeune Afonso Arinos de Melo Franco s'était glissé parmi eux.

GEORGES BERNANOS

Quel âge avait-il alors ?

STEFAN ZWEIG

À peine trente ans.

GEORGES BERNANOS

L'amitié que nous portent les Brésiliens n'est pas une chose que nous pouvons prendre à la légère. Ils ont le don exquis de venir vous cueillir comme une fleur à la sortie du bateau, tout chiffonné après trois semaines de traversée, et vous prient d'accepter immédiatement leur invitation à déjeuner à Copacabana. Là, ils vous parlent de vos livres mieux que personne ne le ferait à Paris.

STEFAN ZWEIG

J'ai connu cela. J'ai brièvement cru que le Brésil allait pouvoir m'arracher à tous mes chagrins. La beauté, les couleurs, la gentillesse des gens. J'ai été pris dans un tourbillon de douze jours avant de continuer vers l'Argentine.

GEORGES BERNANOS

Saviez-vous alors que vous reviendriez un jour au Brésil ?

STEFAN ZWEIG

Que savais-je ? Tout est désormais si confus en moi. C'est vrai qu'en visitant brièvement Petrópolis, j'avais eu l'impression de respirer librement.

GEORGES BERNANOS

En juillet 1938, j'ai moi-même quitté l'Europe avec ma pauvre famille parce que je n'arrivais plus à respirer l'odeur infecte qui s'y était répandue.

STEFAN ZWEIG

Nous avons eu de la chance de trouver une terre d'asile. Je connais des Juifs de Vienne et Berlin qui ne l'ont pas eue. La Russie, la France et l'Angleterre, pays supposés être les ennemis de Hitler, ont fermé leurs portes à ses victimes.

GEORGES BERNANOS

Oh, je ne suis nullement indulgent avec ces lâchetés sous prétexte que les victimes sont juives ! Tout ce que j'ai écrit depuis cette époque dénonce ces équivoques et annonce les malheurs qu'elles ont engendrés. La lâcheté des démocraties à l'égard de Hitler a été un scandale au-dessus de mes forces. Quand ne se sont-elles pas laissé duper depuis 1933 ? Je suis un peu découragé, moi aussi, parfois… Et je reconnais comme des frères ceux qui partagent mon écœurement sans jamais me demander s'ils sont autrichiens allemands, français, anglais… ou juifs !

STEFAN ZWEIG

Vous témoignez d'une singulière force dans la contrariété.

GEORGES BERNANOS

Puisque vous m'avez fait l'honneur de me rendre visite dans ma chère demeure dont les murs ont été les témoins de ma détresse depuis de longs mois, je ne vous cacherai rien… Nous n'avons pas l'un et l'autre traversé l'Atlantique et fait dix mille kilomètres depuis l'Europe pour nous dire autre chose que la vérité. Je me sens aujourd'hui accablé par une angoisse qui n'a jamais été telle depuis les sinistres jours de juin 1940, quand j'ai appris la défaite de mon pauvre pays depuis les profondeurs du Minas Gerais où je m'étais établi.

STEFAN ZWEIG

Je séjournais alors à Bath, dans le Sud-Ouest de l'Angleterre, où j'ai cru m'établir. Ces jours-là furent pour moi aussi les plus noirs de mon existence. J'ai compris que le monde était perdu, que tout ce que j'aimais allait brutalement disparaître et ne reviendrait jamais. Je ne suis pas d'un naturel optimiste comme vous, je confesse mon pessimisme, moi qui ai toute ma vie eu le foie noir. Mais jamais je n'aurais imaginé que l'Europe allait sombrer dans de telles profondeurs.

GEORGES BERNANOS

Vous me tenez pour un optimiste ?

STEFAN ZWEIG

Vous avez trouvé la force de parier sur la victoire.

GEORGES BERNANOS

J'ai parié, justement. J'ai parié parce que, comme vous, je ne trouvais plus la force d'y croire. Ce pari sur la vie contre la mort ne fait certainement pas de moi un optimiste. Les optimistes et les pessimistes sont deux sortes d'imbéciles de sens contraire. Les uns sont des imbéciles tristes, les autres des imbéciles gais.

STEFAN ZWEIG

Des imbéciles…

GEORGES BERNANOS

Je ne devrais plus employer ce mot, moi qui ne peux plus avancer sans m'appuyer sur deux cannes. *(Il lève l'une d'entre elles pour la montrer.)* Vous connaissez son étymologie ? *In-bacillus*, c'est celui qui marche sans bâton, risquant sans cesse de tomber. Notre ami Afonso Arinos de Melo Franco me le rappelait l'autre jour, fatigué de m'entendre sans cesse offenser les imbéciles.

STEFAN ZWEIG

Ce cher Afonso Arinos. Les gens d'ici sont merveilleux.

GEORGES BERNANOS

Ils ont mieux appris le latin dans leurs écoles que nous l'avons fait en Europe. Savez-vous que Afonso Arinos était assis à cette table dimanche dernier ? Son épouse Ana, que vous connaissez, m'avait fait le plaisir de l'accompagner. Je leur ai préparé un coq au vin à la berrichonne. Une recette de mon pays. Il ne nous a manqué que deux bouteilles de valençay pour que notre bonheur soit complet. Le vin préféré du prince de Talleyrand ! Vous qui avez raconté la vie de Fouché devez savoir cela. À la fin du repas, nous avons encore récité des vers de *La Légende des siècles* pour nous égayer l'âme. Impossible d'en finir avec ce vieil Hugo ! Je vous le redis… Il est l'histoire de France à lui tout seul. Entendez-le…

*Duc, tu ne m'as pas dit le nom de cette ville ?*
*— C'est Narbonne. — Narbonne est belle, dit le roi,*
*Et je l'aurai ; je n'ai jamais vu, sur ma foi,*
*Ces belles filles-là sans leur rire au passage,*
*Et me piquer un peu les doigts à leur corsage…*

STEFAN ZWEIG

Ah, Victor Hugo…

GEORGES BERNANOS

Comme vous dites.

STEFAN ZWEIG

Je n'ai plus la force de retrouver ses vers que je connais si bien, pourtant.

GEORGES BERNANOS

Je les retrouve pour vous.

*Alors, voyant passer un comte de haut lieu,*
*Et qu'on appelait Dreus de Montdidier : "Pardieu !*
*Comte, ce bon duc Nayme expire de vieillesse !*
*Mais vous, ami, prenez Narbonne, et je vous laisse*
*Tout le pays d'ici jusques à Montpellier ;*
*Car vous êtes le fils d'un gentil chevalier ;*
*Votre oncle, que j'estime, était abbé de Chelles ;*
*Vous-même êtes vaillant ; donc, beau sire, aux échelles !*
*L'assaut !"*

STEFAN ZWEIG

Pardon de vous interrompre, mais je n'arrive pas à penser à autre chose qu'à la guerre qui s'étend tous les jours, à l'horreur qui se propage. Avez-vous mesuré que cette guerre était la première à être véritablement mondiale ?

GEORGES BERNANOS

Les livres d'histoire l'appelleront la deuxième, en attendant la troisième, la quatrième, la cinquième… Et nos arrière-arrière-petits-enfants regretteront celle qu'on avait appelée la première. On a bercé notre jeunesse de grands mots. Tandis que les états-majors incapables nous envoyaient au carnage, les gens de l'arrière nous ont parlé de guerre mondiale pour faire enfler notre orgueil. Mais si la deuxième n'est que la première, je n'ose pas imaginer ce que sera la troisième.

*Dehors, on entend les rythmes de la* batucada *se rapprocher. Georges Bernanos s'est levé. Après s'être difficilement déplacé, il entrouvre la fenêtre pour entendre mieux. Il se retourne vers Stefan Zweig avec un sourire d'enfant.*

La tristesse n'est pas chrétienne, elle est une ruse du démon pour se loger dans notre âme. Laissons la joie du peuple brésilien aller où elle veut.

*Stefan Zweig se rassied mais reste muet, les mains posées sur la table. Embarrassé, Georges Bernanos poursuit, avec une allégresse forcée.*

Quel peuple ! Il y a autant de carnavals que de villes au Brésil et dans chaque ville autant de groupes de musique et de danse que de quartiers. S'il nous restait une infime provision de joie pour en profiter... Hélas ! En février 1939, le carnaval auquel j'ai assisté à Vassouras était formidable. Un an plus tard, à Pirapora, sur les bords du rio São Francisco, je vivais dans une solitude qui ne me disposait guère à prêter attention à ce qui se passait de l'autre côté du fleuve. Comme vous, je n'entendais plus la musique, ni plus rien. J'étais ici en février 1941, accablé par le nouveau chapitre de la *Grande Peur* en train de se jouer en France. Jamais je n'ai ressenti avec une telle force à quel point le monde avait besoin de tendresse. J'étais incapable, hélas, de profiter de celle du carnaval. Et aujourd'hui... Aujourd'hui, j'en suis à espérer que les intérêts économiques ne contrarieront pas l'honneur.

*Un temps.*

*(Pour lui-même, les yeux perdus dans le vide.)* Les États-Unis d'Amérique…

*La musique par la fenêtre est toujours assez forte. Stefan Zweig s'est assis.*

STEFAN ZWEIG

C'est la troisième fois que je séjourne au Brésil. Je n'ai jamais eu l'occasion d'assister au carnaval. Enfin le voilà qui commence cette année. Romain Rolland se trompait, lorsqu'il m'écrivait un jour qu'il était trop tard à mon âge pour prendre racine. Je suis convaincu que, quoi qu'il advienne et quel que puisse être le jugement de ses habitants, je ne quitterai plus ce pays. Mon errance a pris fin.

*La musique est plus lointaine. Voyant que la conversation redevient grave, Georges Bernanos ferme doucement la fenêtre. On n'entend presque plus rien. Il s'assied alors au bout de la table, perpendiculairement à Stefan Zweig.*

## Comme un roman

Au terme de ce livre dans lequel je me suis efforcé de satisfaire la curiosité de mes lecteurs à l'aide d'effets divers, en ne négligeant ni de les renseigner ni de laisser l'imagination jouer sa partie, j'espère qu'aucun d'entre eux ne me reprochera de n'avoir pas ciselé de jolies phrases telles que "Stefan Zweig sortit à cinq heures" ou "Une sueur froide trempait la grosse chemise de Georges Bernanos".

Quand on manipule une matière si vivante, si brûlante que celle qui m'a occupé dans ces pages, il ne m'apparaît pas nécessaire, et peut-être même serait-ce inconvenant, d'y joindre un mobile décoratif. Il est une poésie de la réalité qu'il faut savoir saisir dans le romanesque de la vie pour inventer, jour après jour, ce qui doit demeurer.

Ainsi l'extraordinaire souvenir de ma première rencontre avec Tobias Cepelowicz, un jour de printemps austral, à Rio de Janeiro. C'était dans le quartier de Flamengo, à la fin devenu mon préféré, à la *churrascaria* Majórica, un restaurant où l'on vient en famille manger des kilos de viande rouge grillée sur une *parilla*, une grille sous laquelle brûlent des morceaux de bois, en buvant de la bière ou des *caïpirinhas*, le cocktail national à base de citron vert, de sucre roux et de *cachaça*, un alcool obtenu par fermentation et distillation du jus de canne à sucre. Quand je suis entré dans le restaurant, peu après midi, Tobias Cepelowicz, déjà installé à table, sirotait d'ailleurs une *chopp* de Brahma, ce qui m'a immédiatement éclairé sur la jeunesse renouvelée – comme celle de l'aigle – de cet homme né en août 1934.

Tobias Cepelowicz avait beaucoup de choses à me dire. Le 3 septembre 1940, il était présent dans la cour de l'école israélite Sholem Aleichem, le jour de la visite de Lotte et Stefan Zweig. "Il ne faut pas trop exagérer mon souvenir", m'a-t-il cependant prévenu, dans un français lent, précis, élégant et rarement hésitant.

Ce membre du directoire de la Casa Stefan Zweig de Petrópolis, qui a beaucoup œuvré à la rénovation de la dernière demeure de l'écrivain en musée et en centre culturel dédié à la mémoire de tous les réfugiés du *nazifascisme* au Brésil, avait cinq ans lorsque Stefan Zweig a visité son établissement. Si ce jour est resté pour lui un souvenir ineffaçable, c'est grâce à la photographie de groupe prise dans la cour.

Sur cette photo, que j'ai découverte en 2013 en lisant *Morte no paraíso* d'Alberto Dines, le jeune Tobias, qui semble chatouiller sa voisine de droite, et qu'on imagine un petit peu dissipé, est assis tout près du grand écrivain, trois rangs devant lui. Alberto Dines, lui, apparaît en haut à gauche de l'image, debout, avec les grands.

À la *churrascaria* Majórica, Tobias Cepelowicz a commencé par évoquer l'enterrement de Stefan Zweig, qui a provoqué des débats lourds de considérations théologiques et d'implications politiques, embrouillés par l'écho d'une destruction des Juifs d'Europe promise par les nazis dont certains pressentaient qu'elle avait commencé. On le sait : un juif orthodoxe ne peut pas accepter le suicide comme l'expression de la liberté négative d'un individu confronté à l'horreur du monde et à l'impossibilité de le changer. *Adonaï nathan veadonaï lakach* : Dieu a donné et Dieu a repris. Il n'est pas permis de disposer de sa vie pour prouver la liberté absolue de l'homme et son indépendance vis-à-vis de Dieu, ainsi que le fait Kirilov dans *Les Démons* de Dostoïevski, un romancier qui n'ignorait pas les interdit bibliques – même si les suicides de Saül, Samson, Achitophel, Eléazar et Razis sont évoqués sans jugement dans le livre saint. Dans *La Cité de Dieu*, Augustin est embarrassé par ces exemples qui le renvoyaient aux débats compliqués sur le martyre volontaire. Car il est obligé d'observer des morts volontaires divinement inspirées, comme celle de Samson secouant les colonnes du temple des Philistins. "Nous ne pénétrons, nous, dans les secrets de la conscience d'autrui que par ce qui est confié à notre oreille, et nous ne prétendons pas au jugement des choses cachées : « Nul ne sait ce qui se passe dans l'homme, si ce n'est l'esprit de *l'homme qui est en lui.* »"

Réservant le jugement du for intérieur au Créateur, la loi juive s'en tient elle aussi à ce qu'elle voit. Personne n'a le droit de causer sa perte en pleine conscience pour échapper au malheur du temps. Le suicide est un meurtre et un blasphème qui manifeste que la vie ne vaut pas d'être vécue. Autrefois, les suicidés étaient enterrés "à côté du mur", en dehors de la communauté, déposés en terre profane jusqu'à la trompette du jugement dernier. Mais Mordechai Tzekinovsky, exégète orthodoxe et premier grand rabbin de Rio depuis 1932, songeait peut-être à *Hamlet* de Shakespeare, où la dépouille d'Ophélie est soustraite à l'outrage des tessons, des cailloux, des pierres pour être déposée sur le lit de fleurs des jeunes filles. Il a jugé que Lotte et Stefan Zweig pouvaient être enterrés dans le cimetière israélite de Vila Rosali, sans distinction particulière.

"Il ne s'agit pas seulement des circonstances de sa mort, mais, surtout, des circonstances de sa vie. Nous n'avons identifié aucun domaine où il aurait manifesté sa proximité avec son peuple, mais nous ne pouvions manquer de lui offrir une sépulture juive. Il est probable que ma position ait été influencée par l'admiration que je porte à l'écrivain. Ses paroles, ses écrits, notamment son *Chandelier*, m'ont fait une forte impression. Je ne peux pas accepter l'idée que l'homme serait entièrement rejeté et que son âme serait bannie à jamais de son peuple."

Le rabbin Tzekinovsky n'a cependant pas célébré les obsèques du *Großschriftsteller*. C'est Henrique Lemle qui s'en est chargé – le rabbin libéral dont Stefan Zweig avait décliné l'invitation aux cérémonies de Kippour 1941.

"Henrique Lemle a également officié à mon mariage. À l'époque, nous n'avions pas de synagogue. Il utilisait une pièce dédiée au culte dans une maison marocaine", m'a confié Tobias Cepelowicz en dégustant une *linguiça*, la saucisse de porc grillée en brochette à la saveur unique au Majórica. Hélas, il n'a pas pu m'en dire plus sur ce rabbin mort à Rio en 1978, après avoir fait édifier dans le quartier de Botafogo un temple juif qui est un bijou d'architecture moderniste.

Il m'a en revanche certifié que les circonstances dans lesquelles un religieux libéral s'était substitué au dernier moment à un orthodoxe pour célébrer les obsèques n'ont rien eu à voir avec le jugement théologique et moral du geste fatal de Lotte et Stefan Zweig par un tribunal rabbinique. Cela a été une affaire purement politique.

"Le père d'Alberto Dines était très actif dans la communauté juive de Rio. C'était un juif libéral, à gauche, comme les directeurs de l'école Sholem Aleichem. Quand le suicide de Stefan Zweig a été connu, quelques jours après la fin du carnaval, il est immédiatement allé à Petrópolis en compagnie du rabbin

Tzekinovsky. Il a participé aux discussions sur l'enterrement de l'écrivain avec les autorités municipales. Il y avait une petite communauté juive à Petrópolis, mais pas de cimetière juif. Or, selon les règles, les juifs doivent être enterrés parmi des juifs. Le rabbin Mordechai Tzekinovsky a tenté de convaincre les édiles locaux d'emporter les corps de Stefan et Lotte Zweig au cimetière de Vila Rosali. Dans une dernière lettre adressée en français à son éditeur brésilien, Stefan Zweig n'avait exprimé aucun souhait en matière religieuse, mais avait évoqué le cimetière de Rio. Et il avait réclamé pour ses obsèques la forme la plus modeste et la plus discrète… On peut imaginer que cette forme modeste et discrète, ce ne sont pas des obsèques officielles, mais une option pour le rite juif, loin de tout faste funéraire… Mais des politiciens de Petrópolis ont profité de la situation difficile pour faire de la démagogie, assurant qu'il n'avait jamais revendiqué son judaïsme. Ils l'ont réclamé comme un citoyen de leur ville, qui devait y être enterré. Le rabbin ne l'a pas accepté, il est reparti. Quand Henrique Lemle a été informé de cette situation, il a accepté de célébrer les obsèques dans un cimetière catholique. À Petrópolis, Lotte et Stefan Zweig ont été enterrés dans une partie à l'écart, comme si elle était réservée aux juifs."

"Peu importe, l'endroit où un juif est enterré se change en terre sainte", aurait dit le rabbin Tzekinovsky, homme à la logique sévère et tranquille, de retour à Rio. Dans la presse nationale, des reporters mal informés ont évoqué des funérailles prises en charge par le gouvernement. Il est vrai que Getúlio Vargas était présent à Petrópolis le jour du drame, retiré derrière les murs jaunes de sa résidence d'été du palácio Rio Negro. Mais le dictateur n'a pas écrit un mot dans son journal sur les époux suicidés et il n'a pas accompagné leurs dépouilles au cimetière. À ce moment de l'histoire, il a semblé à certains que le caractère public de l'hommage rendu à Lotte et Stefan Zweig par les cinq mille personnes qui se sont réunies autour du rabbin Lemle pour pleurer leur mort était d'une grande importance. Stefan Zweig apparaissait ainsi une victime du Reich nazi contre lequel le Brésil s'apprêtait à entrer en guerre.

D'autres, plus sévères, ont jugé que les manœuvres sournoises pour empêcher un enterrement juif dans un cimetière juif étaient une nouvelle manifestation de l'antisémitisme officiel. Occupé à retourner ses alliances diplomatiques et à faire oublier ses anciennes compromissions, le gouvernement brésilien aurait préféré qu'on regarde l'écrivain comme la proie de ses démons et non pas comme une victime de la barbarie nazie. Lors de notre longue conversation à Rio à ce propos, Pedro Corrêa do Lago m'a assuré que Getúlio Vargas, alors très occupé par les suites de la Conférence de Rio de Janeiro sur l'entrée en guerre des états latino-américains et par la rupture des relations diplomatiques du Brésil avec l'Axe, annoncée le 27 janvier, n'était pas en situation d'accorder une telle importance aux obsèques de Stefan Zweig. "Il ne l'avait rencontré qu'une seule fois, il ne se souvenait peut-être même pas de lui. Vargas n'était pas antisémite. C'était le cadet de ses soucis, surtout en février 1942. C'était un pragmatique, l'antisémitisme n'était pas un problème théorique pour lui. Il n'avait pas d'amis juifs et il ignorait la question."

Tobias Cepelowicz penche lui aussi pour l'hypothèse d'un Getúlio Vargas indifférent au sort de Stefan Zweig, à son génie et à sa tragédie. "Il l'a rencontré dans le cadre d'une visite informelle, mais je ne pense pas qu'il avait lu le moindre de ses livres. Au moment de sa mort, il a probablement été informé de la volonté des notables de Petrópolis de l'enterrer là-bas, mais il n'est pas allé assister à ses obsèques. C'est une période où il était très occupé par la situation internationale. À ce moment-là, le Brésil était sur la ligne de crête entre les États-Unis et l'Allemagne, avec un penchant encore marqué pour l'Allemagne. Vargas a attendu janvier 1943, quand Roosevelt est venu visiter une base militaire américaine établie à Natal, au coin nord-est de notre pays, pour définitivement choisir les États-Unis. Au Brésil, le président américain était venu avec des capitaux qui ont permis d'industrialiser le pays. N'oubliez pas qu'à Volta Redonda, dès 1941, dans la vallée du Paraíba, la première usine d'acier avait été financée par les Américains."

C'est l'encombrant Cláudio de Souza qui a été chargé par les responsables de la communauté juive de Petrópolis de convaincre Getúlio Vargas de laisser le défunt écrivain et son épouse recevoir l'invitation et l'hommage des enfants d'Israël.

— Ce sont les gens de Petrópolis qui le veulent ici, aurait répondu le dictateur.

Une *vox populi* en réalité réduite à la voix d'une seule personne, celle du maire, Mário Aloisio Cardoso, qui a conduit les négociations avec le rabbin Tzekinovsky. Selon lui, Stefan Zweig n'avait jamais montré aucun signe de judaïsme.

— Que l'écrivain ait exprimé ou non son judaïsme, nous devons laisser cela au Juge Suprême, a répondu le rabbin. Personne parmi nous ne connaît les secrets de son âme et aucun de nous n'est donc autorisé à l'exclure du repos parmi les siens.

Bien qu'il l'ait nié par la suite, Mário Aloisio Cardoso s'est alors crispé en faisant entendre un argument un peu antisémite. Selon lui, la déception d'un enterrement organisé à Rio aurait risqué de provoquer une grande indignation au sein de la population locale et des réactions violentes contre la communauté juive de Petrópolis.

Leandro Garcia Rodrigues, le sémillant président de l'Academia petropolitana de letras, m'a confirmé que non seulement Mário Aloisio Cardoso n'avait pas été élu démocratiquement lorsqu'il était redevenu maire de la cité des hortensias en avril 1940 – comme Juscelino Kubitschek à Belo Horizonte –, mais qu'il avait probablement des haines en partage avec les idéologues d'extrême droite de l'entourage de Vargas. "Je ne m'attendais pas à une autre attitude de sa part envers Stefan Zweig, et je pense que sa décision de ne pas enterrer l'écrivain dans le cimetière israélite de Vila Rosali peut s'expliquer par l'antisémitisme ambiant."

Contrairement à ce qu'ont raconté de nombreux biographes, ce n'est pas le gouvernement, mais l'Académie de Petrópolis qui a pris en charge les frais de veillée funèbre et d'enterrement. "Cette organisation par l'Académie a déplu au maire. Quelque temps plus tard, Mário Cardoso a expulsé l'Académie du Colégio Pedro II. Toutes nos archives et toute notre bibliothèque ont été jetées à la rue, nous avons été chassés et nous sommes restés longtemps sans locaux, sans siège."

Pour les représentants de la communauté israélite de Rio, l'accompagnement des époux défunts a été un moment doux-amer, au cours duquel la ferveur populaire n'a pas fait oublier l'embarras du gouvernement fédéral. Dans la soirée du lundi 23 février, les cercueils de Lotte et Stefan ont été transférés dans la grande salle de l'Académie des lettres, au sein du Colégio Pedro II, dans le centre de la ville.

Les obsèques ont eu lieu le lendemain, au milieu de l'après-midi. Tandis que le cortège se mettait en route, les cloches des églises ont sonné le glas, les magasins, baissé leur rideau de fer et les drapeaux ont été mis en berne. Getúlio Vargas était apparemment représenté par son gendre Amaral Peixoto, l'époux d'Alzira. Mais les historiens se disputent encore sur l'identité des dignitaires qui apparaissent sur les photographies parues dans la presse. Avec Abrahão Koogan, Israel Dines, le père d'Alberto, faisait partie, des six personnalités qui tenaient les cordons du poêle.

Devant la fosse, le rabbin Lemle, qui avait connu l'épreuve de la ségrégation, de l'emprisonnement et de l'exil, a lu quelques pages de *Jérémie*, le drame dans lequel Stefan Zweig a évoqué la chute de Jérusalem, et laissé un chanteur reprendre des psaumes en hébreu avant de réciter le kaddish, la prière des endeuillés… *Béni et loué et glorifié et exalté et élevé et vénéré et élevé et loué soit le nom du Saint, béni soit-il…* Aux confins du ciel, le soleil brillait jusqu'à ce qu'on descende les cercueils en terre. À cet instant, les nuages ont viré au noir et il s'est mis à pleuvoir. La terre a tremblé sous l'orage, l'abîme ouvert devant la foule a soudain paru sans fond.

À la *churrascaria* Majórica, où nous avait rejoints Kristina Michahelles, traductrice de nombreux ouvrages de Stefan Zweig en portugais devenue la directrice de sa maison-musée, j'ai interrogé Tobias Cepelowicz sur toutes les questions disputées auxquelles j'ai du mal à proposer une réponse… L'antisémitisme au Brésil… Le sentiment secret de Vargas… Certaine cécité de Stefan Zweig… Sa supposée lâcheté… Son judaïsme enfoui… Le choix du Brésil… Le rôle des États-Unis.

D'une intelligence piquante et d'une insigne modestie, mon interlocuteur m'a répondu en m'interdisant de le regarder comme un témoin capital. "J'étais présent par hasard lors de la visite de Stefan Zweig. Je ne suis pas resté longtemps dans cette école. C'est vrai que je suis sur la photo mais j'aurais pu ne pas y figurer. Deux ans plus tard, lorsque Stefan Zweig s'est suicidé, j'étais encore un enfant, j'avais sept ans. Je regardais les journaux, j'ai vu les photographies, j'ai ressenti le choc causé par la mort d'un écrivain européen au renom universel qui avait décidé de mourir au Brésil. Mais sans aucun lien direct avec l'esprit et les idées de Stefan Zweig dont je ne savais rien. Évidemment, avec le temps, quand ses livres ont commencé à être traduits au Brésil, une certaine relation s'est établie dans mon esprit avec l'homme que j'avais rencontré à l'école Sholem Aleichem."

Tobias Cepelowicz m'a parlé de sa famille, de son père, débarqué au Brésil en 1929, parce qu'à ce moment-là, c'était un pays qui acceptait l'immigration sans difficulté. Les choses se sont durcies plus tard. Il venait de Pologne, de Danilowicz, un petit village de deux mille habitants, dont mille deux cents étaient juifs, à proximité de la frontière avec la Lituanie. Aujourd'hui, il fait partie de la Biélorussie.

“À cette époque, les Juifs n’étaient pas admis dans les universités, il y avait des professions comme avocat ou médecin qui leur étaient interdites. La population juive qui est restée à Danilowicz pendant la guerre a été entièrement éliminée en une seule journée. Parmi eux, il y avait mon grand-père paternel, qui était allé aux États-Unis avec l’idée de gagner de l’argent pour le rapporter à sa famille. Mais il n’a pas eu de succès et il est rentré en Europe. Comme toute la famille, il a été massacré par les nazis. En Europe orientale, les Juifs ne pouvaient pas étudier, ils étaient limités en termes de travail, surtout ceux qui vivaient dans de petits villages reculés… Alors l’immigration, surtout aux États-Unis, était leur seule possibilité. Mon père a choisi le Brésil parce qu’à ce moment, le Brésil accordait des visas… Mais il ne savait rien du Brésil. Il n’évoquait pas le passé avec moi. Il m’a dit une fois que le premier Noir qu’il a vu dans sa vie, c’est au Havre, au moment où il a embarqué pour le Brésil. Il avait déjà vingt-deux, vingt-trois ans et jamais il n’avait vu de Noir auparavant.”

Tobias Cepelowicz a poursuivi son témoignage. “Avant-guerre, il y avait au Brésil des Juifs peu nombreux qui avaient développé des affaires et qui étaient devenus parfois très riches. Ils avaient obtenu le respect de la société brésilienne. Mais la grande masse des Juifs exilés et réfugiés essayait de rester silencieuse parce qu’elle était composée de gens modestes qui avaient peur de ce qu’ils avaient vu en Europe… Les pogroms, l’interdiction d’étudier à l’université ou d’exercer la moindre fonction publique… En général, les parents ne parlaient pas de l’antisémitisme à leurs enfants. Plus tard, la génération à laquelle j'appartiens a regretté de n'avoir pas eu la possibilité de discuter ou d'entendre des choses qui auraient révélé certains aspects oubliés de la vie des Juifs en Europe. Surtout dans les petites villes, ce qui est le cas de ma famille… Il y a eu une époque, notamment aux États-Unis, où l'on a dit que l'assimilation des Juifs était croissante et que le nombre de Juifs allait peu à peu diminuer. Cela n'est pas souvent arrivé. Pourquoi ? Parce que les sociétés, en général, n'acceptent pas les Juifs. Je dis bien en général, car il y a des exceptions. Mais le plus souvent, l'antisémitisme demeure, peu visible, mais si peu oublié qu'il peut ressurgir à n'importe quel moment. Dans le Brésil qu'a connu Stefan Zweig, la grande majorité des intellectuels, ou bien étaient antisémites, ou bien n'étaient pas intéressés par le sort des Juifs, ni par leur défense."

Le mardi 25 novembre, à la *churrascaria* Majórica, rua Senador Vergueiro, à proximité de la rua Paysandú bordée de palmiers royaux rapportés par des Français de l'île Bourbon que Stefan Zweig a souvent admirés, Tobias Cepelowicz avait l'œil brillant, plein de vie, et portait une chemise à petits carreaux rouges. Voici pour la poésie de la réalité. Pour l'histoire de l'art, mon commensal a évoqué une partition autographe d'un lied de Mozart composé pour accompagner un poème de Goethe, *La Violette*, qu'Abrahão Koogan conservait dans sa librairie de la rua do Ouvidor, sans comprendre à quel trésor il avait affaire. Tardivement restituée aux héritiers de Lotte, qui l'ont offerte à la British Library, cette partition a été interprétée à Londres lors d'un concert auquel Tobias Cepelowicz a eu la chance d'assister.

## Le courage d'une femme

Un premier document majeur a apporté des éléments définitifs à l'enquête que j'achève maintenant, sans cesse abandonnée et recommencée depuis deux décennies : les lettres sud-américaines de Lotte et Stefan Zweig, publiées à New York en 2010, avant d'être éditées à Paris, Leipzig et Rio de Janeiro. Cette correspondance qui commence le 14 août 1940 à bord du paquebot *Argentina* qui avait quitté New York cinq jours auparavant en direction du Brésil, s'achève le 21 février 1942.

Aux passionnés de l'œuvre de Stefan Zweig, déroutés par la violence de son destin et par son abandon final, ces lettres à deux voix ont permis de découvrir en Lotte Altmann une femme qu'ils ne connaissaient pas – et peut-être même qu'ils ne soupçonnaient pas. Dans ses comptes rendus de leur vie quotidienne, notamment lors des cinq mois qu'ils ont passés à Petrópolis, généralement en tête à tête, la seconde épouse de l'écrivain affiche un tempérament vif, résolu, ainsi qu'une curiosité et une culture accordées à celles de son époux. On sent l'arrière-petite-fille d'un rabbin de Francfort consciente d'appartenir à une lignée de juifs de savoir, certaine de ne pas s'être mésalliée en épousant Stefan Zweig. Loin de l'image de la femme silencieuse qu'on s'est fait d'elle, elle organise les voyages, réserve les trains, les avions, les bateaux, les hôtels, accueille les journalistes et tape inlassablement les textes de son Grantécrivain, transcrivant son travail aussi bien en allemand, sa langue natale, que dans les autres langues européennes qu'elle maîtrisait aussi bien que lui, sinon mieux – à l'exception de l'italien. À l'oral, principalement, ce qui a bien facilité l'organisation de leur vie quotidienne.

Prête à s'attacher au Brésil, Lotte semble être assez rapidement parvenue à s'exprimer en *portunhol*, ce créole d'un genre un peu particulier qu'on entend parler dans les régions frontalières de l'Uruguay, de l'Argentine, du Paraguay et du Brésil. "Il m'est impossible de séparer l'espagnol et le portugais, parce que j'entends et je lis les deux langues en même temps. Je me suis façonné un langage à moi, qui combine les deux, et j'arrive plus ou moins à me faire comprendre", confie-t-elle à sa mère.

On dispose d'une quarantaine de lettres de Lotte et Stefan Zweig permettant de se faire une idée de la vie quotidienne des époux exilés les six derniers mois de leur vie. Tandis que Stefan écrivait, Lotte prenait des cours de portugais, découragée de ne pas réussir à maîtriser la prononciation brésilienne – pourtant moins difficile à assimiler, avec ses accents toniques et ses voyelles ouvertes aux intonations caressantes, que celle de Lisbonne ou de Porto dont les habitants donnent parfois le sentiment d'avaler des voyelles, des diphtongues, des syllabes et parfois même des mots. Mais la jeune femme s'est appliquée. *"Je connais toutes les boutiques, et tout le vocabulaire nécessaire à l'entretien de la maison et aux courses"*, écrit-elle à sa belle-sœur en octobre 1941. Il faut songer que Lotte et Stefan vivaient dans l'autre hémisphère, sous les étoiles nouvelles des constellations de la Croix du Sud, du Toucan et de la Mouche. Le printemps commençait, ils ont vu arriver l'été, les pluies, la moisissure qui s'attaque aux livres, aux draps, aux robes, aux costumes, les fortes chaleurs et les insectes sans nombre à la fin du mois de décembre.

Lotte s'est rapidement acclimatée à la maison qu'ils ont louée pour sept mois en septembre, à l'écart du palais impérial, du centre-ville et de ses villas aux jardins luxuriants aux hortensias sans nombre témoignant de la gloire de l'empire. *"Elle est petite – genre bungalow – possède une large terrasse avec une belle vue sur les montagnes, on y monte depuis la rue, en empruntant d'innombrables marches, il y a un petit jardin, et elle est meublée correctement."* De la terrasse, Stefan Zweig levait les yeux vers les montagnes en se réjouissant d'avoir choisi ce pays si coloré, si paisible. Forte du côté spirituel, Lotte se savait démunie du côté domestique, peu douée pour les travaux de ménage, de bricolage et de jardinage. Dans ses lettres, elle confie sa volonté de développer ses instincts de femme au foyer en parlant entretien de la maison, prix et recettes de cuisine à ses visiteuses, notables voisines, amies allemandes, rares femmes de diplomates ou de journalistes. Ce que je n'ai pas réussi à imaginer, c'est le contenu de sa conversation avec Jeanne Bernanos tandis que leurs époux s'interrogeaient sur le salut du monde dans la ferme de la Croix-des-Âmes. Car c'était un personnage, Jeanne Bernanos, elle a suivi son mari dans toutes les péripéties de sa vie et n'a sans doute pas accepté de laisser Lotte à son désarroi.

“J’écris mes livres comme une sorte de tour de force, uniquement pour me convaincre moi-même que j’existe toujours”, jurait Stefan Zweig quatre mois avant sa mort. À ses côtés, Lotte recopiait, modifiait et tapait ses textes à la machine.

Pour consoler son mari qu’elle a senti saisi par le mal du pays à l’approche de son soixantième anniversaire, qu’il a fêté dans le paysage enchanteur de Teresópolis le 28 novembre, l’efficace secrétaire laissait la copie de côté et apprenait à préparer des *Palatschinken*, des *Schmarren* et des *Erdäpfelnudeln*, soit toutes sortes de crêpes fourrées et de beignets qu’on trouve encore dans les salons de thé de Petrópolis, longtemps après que l’intonation allemande a disparu de l’arrière-boutique.

*Eine perfekte Köchin in ihrer Küche?* Une parfaite cuisinière en sa cuisine ? Dans une lettre écrite en anglais pour ne pas affoler la censure et envoyée à Londres à sa belle-sœur, Lotte s’en amuse. *“Je t’en prie, crois-moi – je ne suis pas une femme ardente et possédée, et d’ailleurs je n’en aurais pas le temps car j’ai travaillé dur comme secrétaire à nouveau, et je pense que ça va continuer.”* L’idée de se lancer dans des travaux de couture ou de tricot l’a très brièvement effleurée. Ses travaux en cuisine ont ralenti lorsqu’elle s’est aperçue qu’on vendait des gâteaux traditionnels allemands dans toutes les pâtisseries de la rua Quinze de Novembro, puis ils ont repris autour de projets de viande salée, probablement pour préparer à Stefan des escalopes viennoises, les fameuses *Wiener Schnitzel*, à base de veau salé.

Au début du mois de décembre, Lotte était persuadée que les odeurs de la cuisine de son enfance avaient arraché son mari à sa dépression. *“Je suis heureuse, et reconnaissante, de le voir plus joyeux, et reprendre goût à son travail. L'autobiographie est terminée, et Stefan s'occupe avec divers projets, sans savoir tout à fait dans lequel il va vraiment se lancer. J'ai réussi à trouver une édition complète de Balzac en français ici, et je la lui ai offerte pour son anniversaire."*

Très chère Lotte... Elle n'avait pas le cœur fier, ni le regard ambitieux... Elle ne poursuivait ni grands desseins, ni merveilles qui la dépassaient... Face au malheur du monde et à la folie des hommes, elle s'efforçait de tenir son âme en elle enfantine et fraîche comme les ruisseaux de printemps qui dévalaient de la montagne.

*"Nous avons décidé de garder la maison pour une plus grande période"*, écrit-elle le 10 janvier 1942, deux semaines avant la rupture des relations diplomatiques du Brésil avec l'Allemagne nazie et l'Italie fasciste, six semaines avant son suicide. Quelques jours plus tard, la naissance d'un garçon dans la famille de leur jardinier a peut-être animé un instinct maternel que laissent deviner les photos où elle apparaît avec des enfants. *"Lotte était tout excitée"*, écrit Stefan, qui observe, quelques jours plus tard que ce bébé brun ne l'intéresse pas autant qu'il l'aurait pensé.

Arrosés par les pluies, les hortensias, roses sur la terre forestière de Petrópolis, poussaient alors avec vigueur sur le talus de leur maison, menaçant de tout envahir. Au Brésil, la nature ne rend pas facilement les armes face à l'homme... Enfant de la forêt de Hofheim où elle allait admirer les sangliers et les biches lorsqu'elle était petite, Lotte était dépaysée par la pluie tiède, les fleurs prodigues, le grincement entêtant des insectes et la symphonie sauvage des oiseaux de la *mata atlântica*.

Au cœur de l'été, tandis que commençait le carnaval à Rio, Lotte et Stefan ont reçu de nombreux visiteurs à déjeuner, des exilés européens pour la plupart, leur amie Gabriela Mistral et l'écrivain franco-brésilien Dominique Braga, le prince de la littérature sportive lors des Jeux olympiques de 1924 à Paris, également lié à Georges Bernanos. Une révolution, après quatre mois de profonde solitude – mais aussi de travail littéraire obstiné. Dans une lettre du 10 février, Lotte évoque l'invitation de son mari à une réception à la mairie. À son frère Manfred et à sa belle-sœur Hannah, elle parle également de nouvelles recettes de cuisine, du retard du courrier, de la chaleur de l'été, de leur chien Pucky, le fox-terrier qu'Abrahão Koogan a offert à Stefan Zweig pour fêter ses soixante ans, de tricot, des insectes dans la maison... C'est dans son avant-dernière lettre, celle du 21 février, qu'elle annonce que c'est la fin. Elle s'achève par un troublant post-scriptum. *"Stefan veut que je vous dise que nous allons garder cette petite maison pour une période plus longue, et que c'est là que nous allons passer ce qu'ils appellent « l'hiver »."*

Jusqu'au bout, Lotte s'est battue pour que Stefan oublie la guerre et ses conséquences, elle l'a poussé à aller rendre visite à des amis, à chercher et trouver les livres dont il avait besoin – un Balzac ou un Montaigne en français, un Shakespeare ou un Byron en anglais, n'étaient pas si difficiles que cela à dénicher à Petrópolis, afin de retrouver le goût de travailler. Elle mesurait le danger que constituait, pour cet esprit distingué, la privation de conversations érudites et de discussions sur les idées générales qui sont la matière et le mobile de la vie littéraire. Né dans une société viennoise privilégiée, membre de l'élite de la culture et de l'esprit partout en Europe, Stefan Zweig se mourait d'avoir dû faire taire sa sensibilité artistique et ses ambitions littéraires tandis qu'il s'occupait de problèmes de visas. Concerts, pièces de théâtre, réceptions dans les ambassades et les ministères, immersion dans la fièvre du carnaval de Rio… Lotte croyait pouvoir l'arracher à son ennui. Cette jeune femme à la beauté si particulière a accompagné avec détermination son mari partout où ils ont été reçus en Amérique du Sud.

Si elle a continué à être une assistante précieuse pour Stefan Zweig, le petit lièvre au regard craintif avait pris de l'assurance depuis le cauchemar du mois de juin 1940 et leur décision de traverser l'Atlantique dans l'urgence – fuir, là-bas, fuir ! En route vers son soixantième anniversaire, cet héritier d'un siècle viennois très machiste, qu'il décrit sans le contester dans *Le Monde d'hier*, s'est dit troublé par l'énergie émanant d'une femme de trente-trois ans résolue à vivre. *"Si cela ne tenait qu'à Lotte, nous ne quitterions jamais le Brésil, elle a beaucoup changé et m'importune sans arrêt avec son exaltation et ses exclamations… N'est-ce pas extraordinaire (etc.) ? Et dire que je l'ai épousée parce qu'à l'époque elle était si discrète…"*

De Lotte, Tobias Cepelowicz m'a également appris quelque chose de terrifiant, que je n'ai pas pu oublier : "Lotte était complètement soumise à Zweig. Ce qui est un grand geste de courage de sa part, c'est de l'avoir suivi dans la mort. Stefan Zweig est le premier à s'être suicidé. Ils ne sont pas partis en même temps. Elle avait encore des choses à faire, peut-être des lettres à écrire. Elle a attendu deux heures avant de se suicider. Le suicide exige beaucoup de courage.

Dans son cas, lorsqu'on a du temps et plus personne pour vous pousser, il est tout à fait possible de s'enfuir. Mais elle est restée jusqu'au bout avec lui et elle l'a suivi dans la mort."

*"Nous avons décidé, unis dans notre amour, de ne pas nous quitter"*, a écrit Stefan Zweig dans leur dernière lettre. Mais de nombreux lecteurs ont relevé qu'il n'y avait pas un mot sur Lotte, ni *pour* Lotte dans son message ultime. *"Avant de prendre congé de la vie de mon propre gré et l'esprit clair, je ressens le besoin d'accomplir un dernier devoir : remercier sincèrement ce merveilleux pays qu'est le Brésil, qui nous a accordé à moi et mon travail un repos si amical et si hospitalier. Chaque jour, j'ai appris à aimer davantage ce pays, et nulle part plus qu'ici je n'aurais aimé édifier une existence nouvelle, maintenant que le monde de mon langage a disparu pour moi et que ma patrie spirituelle, l'Europe, s'est détruite elle-même."*

Un autre document majeur m'a permis de conclure cette enquête. C'est l'ultime agenda téléphonique de l'écrivain autrichien, dont la Casa Stefan Zweig a publié un fac-similé. Alberto Dines le tenait des mains mêmes d'Abrahão Koogan.

— Cela va vous intéresser, l'Anglais n'en a pas voulu, lui a expliqué l'éditeur brésilien de Zweig dans son bureau de la rua do Ouvidor à Rio de Janeiro.

L'Anglais, c'est Donald Prater, qui a publié en 1972 *European of Yesterday. A Biography of Stefan Zweig*, le premier livre majeur sur sa vie et son œuvre. Élève d'Oxford, parfait interprète des écrivains de langue allemande, le premier raconteur de Stefan Zweig a passé de longues années à étudier une grande partie des trente mille lettres qui composent sa correspondance générale. Il avait une connaissance approfondie de ses livres, mais il n'a pas eu le temps, attaché à une tâche immense, de se consacrer aux ombres et aux lumières de son existence sud-américaine.

“Moi, j'ai fait du journalisme”, m'a confié Alberto Dines lors de notre rencontre dans son bureau de la rua Laboriosa à São Paulo. Il avait enseigné à l'université et ne méprisait ni la philologie ni la critique littéraire. Mais, à ses yeux, l'existence tissée de douleurs et de contrariétés de Stefan Zweig au Brésil ne pouvait être reconstituée que par le moyen d'une enquête de terrain, le travail de bibliothèque ayant été accompli par d'autres. Par exemple en détaillant les cinquante pages d'un *telephone book* à la reliure en similicuir utilisé par l'écrivain tout au long de son exil dans le Nouveau Monde afin de connaître son ultime réseau d'amis. On découvre des choses émouvantes, dans cet agenda où sont consignées cent cinquante-huit personnes. Ainsi le nom de Thomas Mann, suivi d'une ligne sans adresse ni numéro de téléphone. Stefan Zweig avait perdu son contact mais semblait vouloir le retrouver. Avec Martin Buber, Max Brod, Hermann Hesse et Alfred Döblin, dont les noms n'apparaissent plus, il devait le juger rompu à jamais. Comme avec Romain Rolland ou Alzir Hella, le traducteur qui l'a fait connaître aux Français.

Le nom de Georges Bernanos, rencontré dans les derniers jours, ne figure pas dans ce répertoire. Mais on découvre en le consultant que les deux écrivains avaient en commun quelques amis qui semblaient avoir préparé leur rencontre depuis le mois d'août 1936. Le diplomate Caio de Mello Franco, le frère d'Afonso

Arinos, lui aussi recensé, le médecin et écrivain Afrânio Peixoto et surtout l'homme d'affaires Hubert Studenic, qui habitait dans le quartier de Laranjeiras à Rio, mais avait sa maison de campagne à Barbacena où il s'employait à élever des vers à soie.

"Juif et capitaliste marxiste typique" selon les services de renseignement nazis, déchu de sa nationalité allemande depuis 1937, Hugo Simon avait échappé de peu à sa condition de gibier de crématoire. Dotés de passeports tchécoslovaques providentiellement établis au consulat de Marseille, Hugo et son épouse Gertrud sont devenus Hubert Studenic et Garina Studenicova – une identité qu'ils ont conservée au Brésil où ils ont continué à vivre à demi cachés. Épouse du sculpteur Wolf Demeter, leur fille Ursula, a trouvé le moyen de se faire établir quatre faux passeports français qui lui ont permis de fuir l'Europe en compagnie de son mari, de sa sœur et de son fils. Passés en Espagne, ils ont pu embarquer à Lisbonne en direction du Brésil grâce à des visas fournis par Luíz Martins de Souza Dantas, l'ambassadeur du Brésil à Vichy, qui a invoqué un sentiment chrétien de miséricorde pour justifier sa large attribution de visas. Au total, il a permis à huit cents réfugiés, des Juifs et des ennemis des nazis, d'échapper à une extermination programmée.

Après avoir débarqué à Rio de Janeiro en mars 1941 et retrouvés leurs filles, les Studenic ont d'abord cherché refuge sur la colline du monastère São Bento, avant de s'installer à Barbacena, où l'ancien banquier juif de la République de Weimar a découvert une communauté d'esprit bigarrée autour du chevalier chrétien Georges Bernanos. Au début de l'année 1942, c'est pour arracher son ami à une solitude de plus en plus désespérée qu'il a convié Stefan Zweig dans ce salon littéraire en plein air où juifs et chrétiens, Français et Allemands, reprenaient de vieilles querelles philosophiques et littéraires sous les yeux médusés de leurs amis brésiliens.

Après la guerre, munis de leurs seuls faux passeports tchécoslovaques, les époux Simon ont eu beaucoup de mal à récupérer leur identité et à faire valoir leurs droits sur leurs œuvres d'art pillées par les nazis. De retour en France, Georges Bernanos, qui avait ses entrées au sein du gouvernement provisoire de la République française constitué autour de Charles de Gaulle jusqu'en janvier 1946 s'est employé à aider son ami. À cet égard, il avait traversé l'Atlantique avec une copie de sa carte de réfugié politique établie par les autorités de la IIIe République pour certifier son état civil. Ce qu'il écrit à son neveu Guy Hattu, engagé dans les Forces navales françaises libres en juillet 1941 et débarqué sur la plage de Colleville-sur-Orne avec les bérets verts du 1er bataillon de fusiliers marins commandos, le 6 juin 1944.

*Merci de ce que tu as fait pour Hugo Simon. Hugo Simon a peut-être encore de nombreuses propriétés en France. (Une aux environs de Grasse.) Il habite à Paris et a une collection de tableaux dont Göring, paraît-il, s'est emparé. Bref, il faudrait savoir par où commencer pour essayer de sauver quelque chose de ça, et* surtout *de le* faire revenir. *Il avait certainement rendu de grands services à la France, car lui et sa femme, pendant la drôle de guerre, avaient une de ces pièces officielles qui les mettaient hors de toutes les mesures de sécurité contre les Allemands et les Juifs allemands, prises par Daladier et Mandel. Le dossier de ça doit subsister à la préfecture de Police ou au ministère des Affaires étrangères. J'ai, du reste, quelque part ici la photographie du document. Je crois qu'on appelle ça le passeport n° 1. De toute manière, il est facile d'en retrouver trace, car ce document a été donné à très peu de réfugiés antinazis d'origine allemande. Fais tout ce que tu pourras pour eux. Car je leur ai promis de m'en occuper. Ils ne sont pas sans ressources là-bas grâce à des fonds qu'ils ont à Londres, et que l'ambassade anglaise leur permet d'utiliser par petites quantités. Mais je crois que Hugo Simon serait très utile en ce moment. Il connaît admirablement les affaires d'Allemagne, il a été ministre de Prusse.*

On mesure à quel point sa rencontre avec Hugo Simon a été décisive dans le destin de Georges Bernanos. Parti sur des routes effacées de la mémoire des hommes, il s'est comme perdu pour se retrouver, loin de l'antisémitisme de sa jeunesse.

## “La fidélité à l’angoisse”

*Les deux écrivains sont à nouveau debout, face à face de part et d’autre de la table.*

GEORGES BERNANOS

Vous m’avez parlé de malentendus. Vous faites allusion aux polémiques dans les journaux de Rio qui ont accompagné la publication de votre livre sur le Brésil ?

STEFAN ZWEIG

Hélas.

GEORGES BERNANOS

Vous me pardonnerez de ne pas l’avoir lu en portugais, le Comité France Libre de Rio en annonce une prochaine édition française que j’attends avec impatience.

STEFAN ZWEIG

*(Un geste de la main.)* Je voudrais n’avoir jamais écrit ce livre.

GEORGES BERNANOS

Pourquoi dites-vous cela ? Nous devons accepter de courir le risque d’être incompris. Cela fait partie de notre vocation. Les êtres qui ne sont jamais incompris sont ceux qui savent toujours s'adapter aux circonstances, qu'elles soient bonnes ou mauvaises. Organisée pour le commerce et la spéculation, leur âme est prête à toutes les compromissions. Le démon de leur cœur s'appelle "À quoi bon ?".

STEFAN ZWEIG

C'est l'état présent de mon esprit.

GEORGES BERNANOS

Me permettrez-vous de vous l'interdire ?

STEFAN ZWEIG

J'ai été calomnié. Toute ma vie, on m'a accusé d'être un littérateur commercial, un bricoleur de bluettes sentimentales et de biographies faciles. Mais jamais l'ignominie n'avait atteint un tel degré. J'allais pourtant mieux, j'étais même reposé lorsque j'ai retrouvé le Brésil avec mon épouse en août 1941. Je portais en moi plusieurs livres qu'il me tient à cœur d'écrire ici, une biographie de Balzac, un essai sur Montaigne et mon autobiographie dont je promenais le manuscrit d'un pays à l'autre depuis de longs mois. J'ignorais que *Brasilien. Ein Land der Zukunft*, paru en juillet à Rio, allait être l'objet de tant de haines et de tant de méprises.

GEORGES BERNANOS

Pardon, mais les journaux de Rio n'arrivent pas tous jusqu'à Barbacena et je dois vous avouer que j'accorde davantage d'attention aux nouvelles qui me viennent d'Europe par l'intermédiaire de cette petite boîte *(il désigne le poste de radio)*. J'ai eu écho de ces querelles, mais je les avais mises sur le compte de la jalousie propre aux gens de lettres, de ce côté-ci de l'Atlantique comme de l'autre. Nous sommes bien placés pour savoir que les milieux littéraires ne ressemblent pas à des bergeries, n'est-ce pas ? Que vous ont précisément reproché vos détracteurs ?

STEFAN ZWEIG

Beaucoup de choses différentes et parfois contradictoires. Pour les plus aimables d'entre eux, mes adversaires n'ont pas compris que j'aie célébré le naturel merveilleux de la vie au Brésil, la douceur de son peuple et la délicatesse de ses mœurs et non pas ses usines, ses cinémas, ses terrains d'aviation, ses palaces, ses gratte-ciels, ses quais, ses paquebots, ses tunnels, ses automobiles, ses collections de peinture moderne, ses stades de football, son éclairage électrique…

GEORGES BERNANOS

Il m'est arrivé moi-même de m'exposer aux méprises quand j'évoque la France des serments de chevalerie en présence de Brésiliens amoureux de la nation révolutionnaire, patrie des Droits de l'homme et émancipatrice du genre humain. Vous n'ignorez sans doute pas que beaucoup de nos amis Brésiliens font naître la France en 1789… Ils ne comprennent pas toujours qu'on puisse leur parler comme un homme de l'ancienne France, étranger aux professions mercantiles et marqué par la solitude et la difficulté du travail de la terre, le seul qui n'était pas réputé servile, qu'un homme de bonne naissance pouvait pratiquer sans déchoir.

STEFAN ZWEIG

Mais je n'ai pas seulement évoqué le Brésil impérial… Je me suis même attardé sur le passage en douceur de l'empire à la république en 1889... pour nous autres Européens, habitués depuis la Renaissance aux transitions brutales et aux révolutions sanglantes, cette transformation pacifique est un prodige.

GEORGES BERNANOS

J'ai moi-même du mal à évoquer l'attachante figure de Pedro II avec mes amis brésiliens. Ils ont beau être les héritiers de l'histoire la plus touchante et la plus riche d'Amérique du Sud, ils ne veulent pas regarder autre chose que l'avenir.

STEFAN ZWEIG

À aucun moment je ne conteste cette dimension moderne et même moderniste du Brésil. Mais si nous aimons tant ce pays, si nous le défendons, c'est parce que l'avenir y appartient à des hommes encore pétris de l'ancienne culture.

GEORGES BERNANOS

*(Hochant la tête pour lui signifier qu'il a compris.)* Je vous ai dit tout à l'heure ce que je pensais de l'enthousiasme moderniste... Cette doctrine plus froide qu'elle ne le dit ne laisse nulle place au souvenir, nulle place à la tragédie d'hommes comme nous. Parce que nous sommes des nostalgiques, cher Stefan Zweig. Nous sommes des nostalgiques... Et pour les beaux esprits que fascine l'homme nouveau, qu'il soit communiste, fasciste ou nazi, nous serons toujours des hommes du passé.

STEFAN ZWEIG

Je croyais que vous n'aimiez pas le mot nostalgie ?

GEORGES BERNANOS

Il est vrai que je ne l'utilise jamais… De même, je défie qu'on trouve dans mes livres aucune de ces écœurantes mièvreries sentimentales dont sont prodigues les dévots du "Bon Vieux Temps". Le mot "passé" n'a pas de sens pour moi. Tout ce qui est perdu reviendra. Tout ce que nous aimons est fixé dans l'éternel.

STEFAN ZWEIG

J'ai pourtant lu dans la presse…

GEORGES BERNANOS

*(Le coupant.)* Vous ne devriez pas ! Après tout le mal qu'elle vous a fait.

STEFAN ZWEIG

C'est une des plus cruelles déceptions de ma vie. Elle a arraché de mon âme et de mon corps le peu de forces qu'il me restait lorsque j'ai posé le pied ici.

GEORGES BERNANOS

Un homme de votre valeur.

STEFAN ZWEIG

*(Un geste de la main en signe de dénégation.)* Je vous en prie.

GEORGES BERNANOS

J'insiste.

STEFAN ZWEIG

Moi aussi.

GEORGES BERNANOS

Hélas ! Il faut savoir désespérer des imbéciles.

STEFAN ZWEIG

Les imbéciles, comme vous dites… Mon livre n'avait pas d'autre ambition que d'être un chant d'amour, une célébration de l'humanité nouvelle apparue dans ce pays dont la vie quotidienne prouve l'absurdité de la distinction des races.

GEORGES BERNANOS

C'est une expérience dont un Français admire et comprend naturellement la leçon. Aux alentours de l'an mil, le royaume de France est né lui aussi du mélange harmonieux de Picards et de Bourguignons, auxquels se sont ensuite agglomérés des Provençaux, des Armagnacs, des Bretons et des Lorrains, comme mes ancêtres Bernanos, qui venaient d'Espagne. Je ne vous racontais pas des histoires, lorsque je vous disais que j'appartenais à une très vieille race de catholiques errants… Aussi noble soit-elle, cette qualification me donne plus de devoirs que de privilèges. Et elle me permet de savoir, avec certitude, que le racisme sera toujours étranger à la tradition humaniste et chrétienne que je m'efforce de servir.

STEFAN ZWEIG

Au début, j'avais pensé intituler mon livre *Un œil sur le Brésil*. J'aurais dû m'en tenir à ce titre modeste. *(Rêveur.) Un œil sur le Brésil…*

GEORGES BERNANOS

Mais vous ne vous êtes pas contenté d'y jeter un œil, comme ces conférenciers en tournée qui d'un pays n'apprécient que le confort des wagons-lits et la disponibilité du personnel hôtelier. Vous lui avez donné votre cœur.

STEFAN ZWEIG

Mon cœur.

STEFAN ZWEIG

Votre cœur ! *O seu coração*, comme on dit par ici.

STEFAN ZWEIG

Les journaux brésiliens ne l'ont pas entendu ainsi.

GEORGES BERNANOS

Oubliez les journaux et tous ces gens qui ne vivent que de petites manigances. C'est à la jeunesse qu'il convient de faire connaître votre livre. L'avenir, c'est eux. Je suis sûr qu'ils l'entendront avec enthousiasme. Laissez les gens qui croient qu'une nation est un simple phénomène économique. Dans un siècle, les enfants des écoles de Petrópolis liront votre ouvrage en poussant des cris de joie.

STEFAN ZWEIG

Mon seul crime fut d'avoir expliqué que j'avais trouvé au Brésil la réponse à la question fondamentale : comment parvenir dans notre monde à la coexistence pacifique de personnes de diverses races, classes, couleurs, religions et convictions. Hélas, plus personne ne veut entendre parler de l'unité spirituelle du monde…

GEORGES BERNANOS

Vous avez eu raison pourtant ! C'est l'unique question qu'il convenait de poser dans un monde où des apprentis sorciers rêvent de races pures.

STEFAN ZWEIG

Je me suis fait des illusions.

GEORGES BERNANOS

Non !

STEFAN ZWEIG

J'ai voulu échapper aux images d'un monde en train de se détruire.

GEORGES BERNANOS

Mais ne parlez pas comme ça. Vous êtes d'abord un romancier, c'est-à-dire un homme qui vit ses rêves ou bien les revit sans le savoir. Votre livre, c'est vous-même. Qui ne vous aime pas, ne peux aimer le Brésil tel que vous l'avez peint.

STEFAN ZWEIG

C'est peut-être vrai.

GEORGES BERNANOS

Un membre de l'Académie brésilienne des lettres me confiait l'autre jour qu'il n'était pas d'accord avec votre vision souvent impressionniste et optimiste du Brésil, mais que les critiques dont on vous a accablé ne correspondaient pas au contenu de votre livre. Il s'est d'ailleurs réjoui de votre sympathie et de votre discernement quant aux traits de la psychologie collective brésilienne. Permettez que je vous suggère amicalement d'oublier cette mauvaise querelle.

STEFAN ZWEIG

On m'a fait trop de publicité. C'est à cause d'elle que je me suis fait tant d'ennemis dans ce pays où je croyais pouvoir me refaire une patrie. On m'a même accusé d'avoir rédigé un livre de commande, payé par le gouvernement brésilien selon les uns et par celui des États-Unis d'Amérique selon les autres.

GEORGES BERNANOS

*(Éberlué.)* Un livre de commande ?

STEFAN ZWEIG

Je vous le jure. Vous avez lu l'article intitulé "Les millions de Stefan Zweig" ?

GEORGES BERNANOS

Non.

STEFAN ZWEIG

Il était déshonorant. M'imaginez-vous m'attacher à la rédaction d'un ouvrage pour répondre à la commande du gouvernement ? Moi qui ai si peu de goût pour la politique et les affaires publiques ! En quarante années de publications, je peux m'enorgueillir de n'avoir jamais commencé la rédaction d'un livre pour une autre raison que la passion qui m'animait et n'avoir jamais convoité un quelconque avantage personnel ou envisagé l'intérêt économique de l'entreprise.

GEORGES BERNANOS

Les Brésiliens forment un peuple plus ombrageux qu'ils ne le disent.

STEFAN ZWEIG

J'ai peut-être commis des maladresses dans mon livre. J'ai probablement exagéré en évoquant la passion nationale pour les jeux de hasard

GEORGES BERNANOS

Encore une fois, vous avez eu raison ! Voyez tous ces marchands de billets de loterie avenue Rio Branco à Rio. Même ici, à Barbacena… Et toute cette astrologie, et tous ces horoscopes… Et le *jogo do bicho* partout dans le pays. À l'église Notre-Dame-de-la-Piété, j'ai souvent vu des paysans pauvres venus de l'intérieur de l'État avec leur billet de loterie pour demander à la Vierge de les aider à gagner.

STEFAN ZWEIG

Cette croyance dans une fortune soudaine est naturelle dans un pays où les possibilités d'ascension sociales sont si limitées.

GEORGES BERNANOS

Les Brésiliens sont un peuple d'enfants. Même maladroitement, ils n'ont pas perdu tout contact avec l'espérance surnaturelle. Ils savent que tout ce qu'il y a de beau dans l'histoire du monde se fait à l'insu de nous, par un mystérieux accord entre l'ardente patience du pauvre, *patienta pauperum*, et la douce pitié de Dieu.

STEFAN ZWEIG

Tout m'a été contesté. Même l'idée selon laquelle ce sont peut-être des marins français, venus de Normandie, qui auraient accosté les premiers à Rio de Janeiro au début du XVIe siècle. Chaque mot de mon livre a été retenu contre moi. J'aurais décidément dû lui donner un titre plus simple. *Un œil sur le Brésil…* Cela aurait évité bien des polémiques. J'ai voulu expliquer dans mon livre que le Brésil était un pays où la culture comptait davantage que la politique. Et tout a été ramené sur le terrain de la politique. *(Désespéré.)* Ah, cette maudite politique… ! C'est un catalogue de catastrophes. J'aurais assisté à trois fins du monde à cause d'elle.

GEORGES BERNANOS

*(Réfléchissant.)* Trois fins du monde ? Le déclenchement de la guerre en 1914, l'arrivée au pouvoir de Hitler en 1933 et l'effondrement de la France en 1940 ?

STEFAN ZWEIG

J'avais oublié Hitler, si j'ose dire. Je songeais à l'annexion de l'Autriche par l'Allemagne en mars 1938. Peut-être parce qu'en 1933, je me suis obligé à ne pas croire à ce qui était en train de se passer à Berlin, lorsque les conservateurs ont fait appel à Hitler en pensant qu'il allait restaurer l'ordre, voire la monarchie.

GEORGES BERNANOS

Ah, l'aveuglement des conservateurs ! C'est une vieille histoire. Ils ne conservent jamais ce qui devrait être conservé mais se sentent toujours obligés de sauver ce qui devrait disparaître. Cela fait plus de cinquante ans que je l'observe en France.

STEFAN ZWEIG

Ce qui m'effraie le plus chez ces gens éduqués, c'est le goût de la tyrannie. Comme s'ils ne faisaient pas confiance à leur liberté.

GEORGES BERNANOS

Ou qu'ils s'en méfiaient.

STEFAN ZWEIG

Oui, vous avez raison, ces gens se méfient de la liberté.

GEORGES BERNANOS

Et de ce point de vue, Hitler est quelqu'un avec qui il leur a semblé qu'il serait toujours possible de s'arranger. Quelle bande de malfaisants... Le spectacle des conservateurs anglais persuadant l'opinion internationale que la non-intervention dont étaient convenus MM. Chamberlain et Daladier était un bon calcul pour les affaires de la banque et de la Bourse fut une conjuration atroce à supporter.

STEFAN ZWEIG

Ne croyez pas que ce fut moins douloureux pour moi ! J'étais sur place pour observer cette attitude odieusement passive consistant à se payer de mots. Mais que peuvent les mots contre les tanks ? On l'a compris en mai 1940.

GEORGES BERNANOS

Et les Américains sont chagrinés à l'idée de savoir qu'ils vont peut-être devoir sacrifier un peu de leur prospérité pour entrer en guerre.

STEFAN ZWEIG

L'état d'esprit nationaliste a tout abîmé. Je suis un Européen, j'entends votre célébration de la liberté, mais je ne crois pas comme vous que la France en soit seule dépositaire. Vous savez pourtant à quel point j'aime sa langue et ses habitants. Elle est pour moi une seconde patrie. Mais l'échec de notre génération, la tragédie de ma vie, aura été de manquer l'unité spirituelle de l'Europe. Comment se fait-il que nous soyons devenus de plus en plus étrangers les uns aux autres depuis 1918 ? J'ai vu la haine se répandre sur tout le continent comme un incendie.

GEORGES BERNANOS

Nous avons eu la naïveté de croire que la guerre avait pris fin cette année-là. Nous aurions dû comprendre que la victoire ne nous aimait pas, qu'elle n'avait jamais été nôtre, comme une belle femme qui s'en va au bras d'un étranger.

STEFAN ZWEIG

Hélas.

GEORGES BERNANOS

À la faveur de la guerre, le monstre capitaliste a réussi à s'établir dans la place. Il n'a pas fallu attendre beaucoup d'années pour que le monstre nazi s'y établisse à son tour, bientôt suivi par le monstre soviétique. Avant de dévorer les corps, ces ogres ont commencé par dévorer les consciences des hommes d'Europe.

STEFAN ZWEIG

Quel malheur d'avoir assisté à cette ruine des consciences. Je ne suis pas certain que la civilisation européenne s'en relèvera. Il se peut qu'elle soit anéantie par cette guerre, plus impitoyable et plus définitive que la précédente.

GEORGES BERNANOS

Mais si, elle s'en relèvera. Comptez sur la France.

STEFAN ZWEIG

La France ?

GEORGES BERNANOS

Ne vous en faites pas pour elle. Elle a inventé Jeanne d'Arc, elle a inventé les soldats de l'an II et l'armée du Rhin, elle a inventé le général de Gaulle… *(Avec l'une de ses béquilles, il désigne le portrait accroché au mur.)* Elle n'a pas fini d'en inventer ! La grandeur et l'honneur en position défavorable, c'est son affaire !

STEFAN ZWEIG

Vous ne voyez pas que cette guerre est une espèce de suicide.

GEORGES BERNANOS

Je ne puis pas y consentir… Ce serait accepter les sarcasmes et le scepticisme que nous avons vu se répandre en Europe dans l'entre-deux-guerres. Comme si tout se valait… La vie et la mort… Ou que rien n'était possible.

STEFAN ZWEIG

Ou bien comme si le seul vrai courage était de savoir détruire.

GEORGES BERNANOS

Votre Nietzsche n'est peut-être pas complètement innocent dans cette affaire.

STEFAN ZWEIG

Il y a dix ans, j'aurais eu la force de vous répondre… Mais aujourd'hui… Vous ne savez pas comme je souffre de ma situation si peu confortable. Me voilà un écrivain allemand sans lecteurs dans ma langue, un citoyen britannique sans lien avec mon pays, un juif sans éducation religieuse qui exaspère les rabbins et j'ai par-dessus le marché la profonde certitude que je ne retrouverai plus la paix.

GEORGES BERNANOS

Je la demanderai pour vous dans mes prières.

STEFAN ZWEIG

*(Continuant.)* En plus de cela, je suis en disgrâce avec les Brésiliens à cause d'un livre que j'ai consacré à leur pays. Ils n'ont pas aimé… Ils ont prétendu que ce livre était une commande du gouvernement… Dès qu'il y a un Juif quelque part, il y a forcément quelqu'un pour inventer une histoire d'or et de prévarication.

GEORGES BERNANOS

*(Gêné.)* L'ironie juive est bien capable d'avoir raison de tout cela.

STEFAN ZWEIG

Je ne sais pas. Pour ma part, je n'aurais plus jamais raison de rien. Je suis offensé, blessé, déstabilisé, incapable de me défendre. Et seul. Terriblement seul. Je souffre non seulement pour aujourd'hui, mais pour demain. Pour qui et pour quoi puis-je écrire ? Je suis sans perspective et privé d'énergie. Le métier d'écrivain est devenu un métier clandestin. Certains auront peut-être la force de l'accepter.

GEORGES BERNANOS

Cette fois-ci ne dites pas "je", dites plutôt "nous", mon vieux. Nous sommes seuls, nous sommes terriblement seuls. J'appréhende comme vous le jour où nous n'aurons plus de lecteurs pour nous connaître et nous aimer. Mais c'est à moi maintenant de vous faire remarquer que vous exagérez. Vous avez cent mille lecteurs, ici, au Brésil. Et vous en avez encore des millions dans le monde.

STEFAN ZWEIG

*(Incrédule.)* Des millions…

GEORGES BERNANOS

Nous en avons parlé tout à l'heure. Lorsqu'on ne trouve pas, il faut chercher, lorsqu'on ne croit pas, il faut parier. N'oubliez pas la pauvre Lotte, dont le rite d'enfant m'a touché tout à l'heure. Si le Seigneur nous envoie au désert, il nous donne également la force de supporter cette épreuve. Vous vous lamentez ? Et moi donc ? Que dois-je donc penser de ma pauvre vie, qui ressemble si peu aux existences confortables que mènent MM. Paul Valéry et Pierre Benoit ?

STEFAN ZWEIG

Je ne sais pas.

*Dehors, la nuit tombe.*

GEORGES BERNANOS

Mais moi non plus je ne sais pas. Je ne sais rien ! Si je savais je ne croirais pas.

STEFAN ZWEIG

Vous croyez ?

GEORGES BERNANOS

Ne jouons pas avec les mots. L'infortune est notre part commune. Nous voici face à face les mains vides, comme deux vagabonds fraternels.

STEFAN ZWEIG

Je suis tellement triste.

GEORGES BERNANOS

Mais ne soyez pas triste. La route devant nous est encore belle, je suis sûr que nous aurons encore des matins triomphants. Nos pieds mis l'un devant l'autre sous le regard de Dieu finiront bien par nous mener quelque part.

STEFAN ZWEIG

Quel est cet horrible siècle où il faut absolument croire ? Je suis venu dans le monde en pensant que l'on pouvait être heureux en se contentant de vivre.

GEORGES BERNANOS

*(Il se lève et se rapproche de Stefan Zweig.)* Pardon, mais la grâce m'a été donnée de croire plus facilement à quelque chose plutôt qu'à rien.

STEFAN ZWEIG

*(Il se lève à son tour. Les deux hommes se font face, avec beaucoup de bienveillance dans leur attitude mutuelle. Stefan Zweig est abattu mais se force à se tenir droit.)* Je ne trouve rien pour combler le vide en moi.

GEORGES BERNANOS

Rédigeons un texte ensemble, une proclamation solennelle pour dénoncer Hitler et les crimes qu'il commet en Europe. Votre nom et le mien, côte à côte, cela frapperait l'opinion internationale. On nous croit si différents.

STEFAN ZWEIG

Mais nous n'échapperons pas au désastre. Ou alors il faudrait un miracle.

GEORGES BERNANOS

*(Contrarié, mais très doux.)* Il ne nous est pas permis d'attendre un miracle. Pour sauver le monde, Dieu n'a pas d'autres mains que les nôtres !

STEFAN ZWEIG

*(Ailleurs.)* Je n'en peux plus de ce monde cruel et fou.

GEORGES BERNANOS

Je vous le redis ! Vous devriez séjourner à Barbacena quelques jours avec votre épouse. Vous avez vu qu'il y a de la place dans ma modeste ferme. Nous avons un petit bâtiment pour loger nos amis. Restez avec nous ! Nous aurions le temps de parler librement. Et de rédiger ensemble notre proclamation.

STEFAN ZWEIG

*(Sur un ton monocorde.)* Le passé que j'ai tant aimé ne nous sera pas rendu.

GEORGES BERNANOS

*(Découragé.)* Ne me croyez pas étranger à vos tourments. Je m'autorise à croire que je possède avec vous la crainte, la torture, la douleur et l'épreuve de l'exil en partage. Mais je ne songe pas à révoquer l'espérance. Car s'il est permis de se soustraire à l'espérance, il est impossible d'échapper à la peur.

STEFAN ZWEIG

La peur.

GEORGES BERNANOS

Elle nous empêche d'être libres et permet au démon de nous tenir en otage. C'est la leçon de ce petit livre dont je vous parlais tout à l'heure. *(Il sort un volume de la bibliothèque.)* Tenez, *Die Letzte am Schafott*, en français *La Dernière à l'échafaud. (Stefan Zweig prend le livre.)* C'est l'œuvre d'une femme de lettres allemande que vous connaissez peut-être : Gertrud von Le Fort. Elle y évoque la fin tragique d'un groupe de carmélites de Compiègne martyrisées sous la Révolution française. Je vous offre l'édition allemande, qui ne m'est pas d'une grande utilité. Vous y lirez des pages éclairantes consacrées à la *Getreusein der Angst.*

STEFAN ZWEIG

*(Surpris par ces mots allemands.) Das Getreusein der Angst…*

GEORGES BERNANOS

La fidélité à l'angoisse. Il ne nous est pas demandé d'oublier notre peur, ni de négliger les raisons de notre détresse. Depuis le temps que nous vivons avec l'angoisse clouée dans notre cœur, nous avons appris à être fidèles à cette vieille compagne. Nous ne la laisserions pas pour une joie feinte. L'eau amère est ce qu'il nous faut. Il faudra pourtant que l'angoisse cesse de nous contraindre lorsque nous aurons trouvé la force de nous arracher à son pressoir. Faisons un premier pas…

*Georges Bernanos s'interrompt, voyant que Stefan Zweig ne l'écoute plus.*

*Un temps.*

STEFAN ZWEIG

Merci, Monsieur, Merci. *(Gêné.)* Je dois vous quitter, mon épouse m'attend.

*Stefan Zweig serre longuement la main de Georges Bernanos. Il sort.*
*Un temps*

GEORGES BERNANOS

*(Regardant Stefan Zweig s'éloigner par la fenêtre.)*
Il est en train de mourir.

*Après une hésitation, Georges Bernanos se dirige vers la bibliothèque sur laquelle est posé le poste de radio. Il regarde le portrait du général de Gaulle. Après une hésitation, il tourne le bouton du poste. Comme au début de la pièce, on entend* Aquarela do Brasil *de Ary Barroso. Georges Bernanos quitte la pièce à son tour.*

## De l'autre côté de l'eau

En octobre 1945, Georges Bernanos avait dit adieu au Brésil depuis cinq mois lorsque la nomination à la tête de la police de Rio de Benjamin Vargas, le frère de Getúlio, a provoqué un coup d'État militaire et la fin de huit années de pouvoir personnel. De retour en France après une traversée de trois semaines, installé au mois d'août dans une maison sans eau, sans gaz et sans électricité à Sisteron, sur les bords de la Durance, le romancier ne songeait plus au chef de l'*Estado Novo*.

Une première bombe atomique était tombée sur Hiroshima le 6 août, faisant soixante-quinze mille morts en une poignée de seconde ; trois jours plus tard, une deuxième bombe qui aurait dû pulvériser Kokura a été larguée sur Nagasaki, la ville évangélisée par les Missions Étrangères, tuant quarante mille personnes.

Pendant de longues semaines, Georges Bernanos a été hanté par ce nouveau massacre des innocents, ces dizaines de milliers d'hommes, de femmes et d'enfants dépecés morceau par morceau, fibre par fibre, pulvérisés, désintégrés, bouillis et cuits à mort. La possibilité offerte à l'homme de faire sauter la planète tout entière en appuyant sur un bouton lui est apparue comme une preuve de la conquête du monde par Satan, loin des confortables certitudes affichées par Harry Truman, devenu le président des États-Unis en avril 1945 : "Nous remercions Dieu de nous avoir donné cette arme et nous prions pour qu'il nous guide dans son usage."

Les textes qu'a publiés Georges Bernanos lors de son court après-guerre – il est mort trois ans après la fin du conflit – sont hantés par les penchants autodestructeurs de la civilisation de la bombe atomique. Dans un article publié dans l'hebdomadaire gaulliste *La Bataille* en mai 1946, un an après la capitulation de l'Allemagne, l'écrivain pose une question qui torturait Stefan Zweig : "La paix est-elle possible ?" Comme si rien, malgré la mort d'Adolf Hitler, n'avait pu empêcher le souffle nucléaire du nazisme de faire sentir ses effets. "Un an après la capitulation de l'Allemagne, la seule question qui se pose, c'est de savoir si la paix est encore possible. Car le matériel a gagné la guerre, mais la toute-puissance du matériel ne résoudra pas le problème de la paix. Et d'ailleurs le matériel a-t-il réellement gagné la guerre, comme on le croit de l'autre côté de l'eau ? Ne l'a-t-il pas perdue, puisqu'il s'est perdu avec elle, et comme résorbé en entier dans l'engin atomique, dont la puissance est pour ainsi dire illimitée ? La paix est-elle possible dans un monde qui devra bientôt vivre, qui vit peut-être déjà sous la menace constante d'une destruction instantanée, d'une guerre éclair totale, au sens exact du mot ?"

Pour Georges Bernanos, tout le drame de l'Europe tenait à la question de la Technique. Dans ses conférences des années 1946-1947, il est frappant d'observer la fréquence à laquelle l'écrivain évoque "l'esprit européen". On peut y voir la marque de la pensée de Stefan Zweig dont la brève rencontre a transformé son interlocuteur de manière plus profonde qu'on ne le croit habituellement. L'ami de Freud était lui aussi effrayé par une uniformisation du monde et une tyrannie des masses appuyées sur des moyens technologiques infinis. Dans son autobiographie, il confesse son accablement d'avoir vu des découvertes – l'avion, la radio, la fission de l'atome, l'hygiène médicale –, censées permettre l'émancipation de millions d'hommes et de femmes participer à leur asservissement. Le meilleur des mondes était advenu. Mais pas celui qu'espéraient les rêveurs utopistes du XIX^e^ siècle.

Lors de leur entrevue, m'a rapporté Geraldo França de Lima, Georges Bernanos et Stefan Zweig ont évoqué Alberto Santos-Dumont, le pionnier franco-brésilien de l'aviation, né en 1873, à cinquante kilomètres au sud-est de Barbacena, dans une ville qui porte désormais son nom, et familier de Petrópolis, où il possédait une bizarre baraque aux allures de maison de coucou, posée sur l'herbe à flanc de colline.

Prototype de l'aventurier moderne, inventeur de montgolfières et d'engins volants, doublant la tour Eiffel à bord du dirigeable n° 6, distribuant l'argent de ses trophées aux pauvres de Paris, autodidacte, ingénieux, fantaisiste, mélancolique, philanthrope, Alberto Santos-Dumont est devenu le héros d'un Brésil résolument tourné vers le progrès, souvent plus fier de ses savants, de ses inventeurs et de ses ingénieurs que de ses écrivains et de ses peintres, ce que Stefan Zweig et Georges Bernanos ont parfois eu du mal à comprendre. Le Brésil, c'est l'Amérique, il ne faut jamais l'oublier. Ce n'est pas une vieille nation encombrée d'un passé parfois écrasant, mais une vaste terre de conquérants, d'inventeurs, de pionniers.

Esquissée par les jésuites au milieu du XVIe siècle dans un geste qui fascinait le biographe de Magellan, l'unité brésilienne n'est pas seulement politique, géographique, linguistique. Elle est sentimentale. Idéaliste, passionné et visionnaire, Albert Santos-Dumont est une incarnation emblématique de l'homme cordial brésilien. Désespéré de savoir que le rêve d'Icare avait abouti aux bombardements stratégiques aériens, il s'est pendu dans un hôtel de Guarujá, en 1932. "Je n'ai jamais pensé que ma création puisse permettre à des frères de tuer des frères."

Cinq années auparavant, l'armée américaine avait effectué le premier mitraillage au sol de son histoire pour réprimer la guérilla anti-impérialiste au Nicaragua, au cours d'une offensive aérienne qui en annonçait d'autres. On songe aux bombardements de la guerre d'Espagne, à Madrid en 1936 et à Guernica en 1937, avec des avions de combat dont Bernanos a entendu l'écho à peine amorti à Majorque. Dans le ciel des Baléares, l'écrivain a vu passer une escadrille de trimoteurs Savoia-Marchetti SM.79 de l'aviation fasciste chargés de projectiles en route vers le Pays basque.

Entre le Nicaragua et l'Espagne, c'est cependant au Brésil qu'a été éprouvée une puissance de feu d'un genre nouveau. En juillet 1932, l'aviation militaire a été utilisée à São Paulo par le gouvernement fédéral pour réprimer des manifestants qui protestaient contre l'autoritarisme de Getúlio Vargas, et exigeaient qu'une constitution soit promulguée. Ce sont ces bombardements qui auraient poussé Santos-Dumont au suicide, dans la soirée du 23 juillet.

Quelques heures auparavant, sur la plage de Guarujá, Alberto avait aidé un petit garçon à faire voler son perroquet de papier. En levant les yeux vers le ciel, il avait observé avec effroi les biplans à carlingue rouge de l'aviation militaire naissante voler vers le port de Santos pour lancer des bombes sur les insurgés. Ces aéronefs qu'Albert Santos-Dumont avait imaginés, construits et perfectionnés avec tant d'amour et d'illusions s'étaient soudain transformés en anges de mort.

Stefan Zweig était touché par la figure d'Alberto Santos-Dumont, ce premier conquérant du ciel. Ils ont cru à l'avenir, ils ont eu la même fin désespérée. En septembre 1939, l'écrivain réfugié en Angleterre a été bouleversé par les vingt mille hommes, femmes et enfants écrasés à Varsovie sous les bombes la Luftwaffe.

C'est la première fois, dans l'histoire de la guerre moderne, que des bombardiers passaient du statut d'arme tactique à celui d'arme de destruction massive. En s'exilant aux États-Unis, Stefan Zweig a évité de justesse les bombardements du Royaume-Uni pendant la bataille d'Angleterre. Il n'a pas senti les fondations de sa maison trembler, vu des immeubles tomber. Mais il lui a suffi de chercher des nouvelles de Londres dans un quotidien publié à New York pour être broyé sous une tonne d'acier. "Les gens parlent si facilement de bombardements, mais quand je lis que les maisons s'écroulent, je m'écroule moi aussi." Dans le monde de la sécurité qu'il avait connu dans sa jeunesse, l'invention des machines volantes, de la bicyclette, de l'automobile et du chemin de fer semblait annoncer une Europe unifiée par le progrès, un millénaire de prospérité et de paix. C'est le contraire qui était advenu. Un changement de destination a eu lieu. Au lieu de marcher vers le paradis, l'humanité tout entière a parue embarquée en direction de l'enfer.

"Où allons-nous ?", s'est souvent demandé Stefan Zweig, doutant même que l'humanité aille quelque part. C'est une question que Georges Bernanos s'est posée, exactement avec les mêmes mots, dans un texte écrit au Brésil en 1941, imprimé et diffusé clandestinement dans la France occupée par les réseaux du groupe de résistance Témoignage chrétien au cours de l'été 1943. En le relisant, on est frappé par la puissance prophétique du romancier du désespoir et de la foi. Mais attention ! Dans la tradition biblique, un prophète n'est pas un homme qui annonce l'avenir, comme ces astrologues dont raffolent les vieillards angoissés par l'approche de l'heure où s'achèvent les jours de l'homme. La prophétie n'est pas une divination devançant le dévoilement. C'est une parole jetée en avant. Et avant de jeter cette parole, le prophète est celui qui voit, élu par Dieu et averti de ses justes décisions. Être d'intimité avec Dieu, il a le cœur brisé et broyé dans les moments d'affliction, l'esprit plein de gratitude quand la paix revient dans son âme.

Héritier embarrassé de la généreuse tradition des prophètes hébreux, Stefan Zweig a toujours été fasciné par leur condition et leur vocation. Il n'avait pas quarante ans, en 1917, lorsqu'il a publié *Jérémie*, un long poème sur la capacité d'Israël à traverser toutes les épreuves et sur l'invisible secret qui enchante son destin.

De Jérémie, le prophète annonçant la destruction de Jérusalem et l'exil des Juifs à Babylone, il a fait un *Doppelgänger*, une manière de double. Rappelant que cet amoureux de la paix avait été lapidé par ses compatriotes, il n'ignorait pas que la parole du prophète n'a jamais rendez-vous sans violence, ni beaucoup de souffrance, avec les hommes et avec leur histoire. Le prophète est un être sacrificiel.

Ce qu'il voit et ce dont il parle aux hommes, ce n'est pas de l'influence des astres sur leurs existences contrariées. C'est la tendresse de Dieu. Chez ses auditeurs, cela peut susciter un sentiment de libération. Mais aussi un mouvement de colère parmi les enfants des hommes qui refusent de reconnaître comme le gardien d'un message d'espérance, de justice et de paix cet oracle qu'ils ont connu pauvre, faible, sans qualité. Ou chez l'insensé qui répète en son cœur : "Il n'y a pas de Dieu !".

Stefan Zweig savait la vocation prophétique douloureuse et contrariée. Il l'a assumée en se tenant plus rarement qu'on l'a dit au-dessus de la mêlée. Mais à la fin, éloigné du dieu d'Abraham, d'Isaac et de Jacob, confus de ne pas lui appartenir et de trop appartenir aux espérances trompeuses de son siècle, il s'est laissé aspirer par la mort et par le grand silence avec lequel elle ponctue l'œuvre de l'homme.

Dans son face-à-face de quelques heures avec Stefan Zweig, on peut imaginer que Georges Bernanos, de plus en plus éloigné de l'antisémitisme de sa jeunesse depuis que Vichy avait prêté son bras à Berlin, a compris que la vocation du chrétien était de reprendre la tradition des prophètes hébreux dont les folies de l'histoire avaient fait venir jusqu'à lui un fils blessé, malheureux, déjà prêt à acquiescer à l'abîme.

Prophète, l'écrivain français l'était depuis les premiers mots de *La Grande Peur des bien-pensants*, lancés sur la page comme un défi à la mort… "J'ai juré de vous émouvoir, d'amitié ou de colère qu'importe. Je vous donne un livre vivant."

Si le prophète n'écrit pas l'histoire du futur, qui n'appartient qu'à Dieu, il scrute les catastrophes à venir dans le ciel du présent. Stefan Zweig et Georges Bernanos en possédaient l'un et l'autre le don, tout frémissant d'une angoisse sacrée. Même s'il est habité par la conviction que Dieu accompagne l'homme dans son histoire, le prophète décrit parfois un monde sans issue. La *Emouna*, cette confiance en la Parole qui fait la foi des juifs et des chrétiens, réside dans sa capacité à accepter la superposition de vérités contraires : la vision d'une situation matériellement désespérée et la certitude que Dieu prépare, siècle après siècle, de nouveaux passages de la mer Rouge, des sorties d'Égypte aux hommes de bonne volonté.

"Où allons-nous ?" Le cri jeté par Georges Bernanos dans le fracas de la Seconde Guerre mondiale, à une époque où les États-Unis n'étaient pas encore entrés en guerre et où l'acier nazi écrasait l'Europe, est la question absolue. En 1941, depuis sa *fazenda* de Barbacena, le romancier l'a posée avec des mots puissants, qui font écho à la désillusion de Stefan Zweig dans les premières pages du *Monde d'hier*. "Quarante ans à peine nous séparent de ces temps heureux où l'invention du ballon dirigeable, de l'automobile et de l'avion annonçait l'abolition des guerres. Celle des vaccins et des sérums la suppression des maladies… Nous étions alors contents de nous, si naïvement sûrs d'épater le passé [...] Et c'est vrai pourtant, à y bien réfléchir, que nous sommes aujourd'hui beaucoup plus près d'un homme de l'An Mille que d'un contemporain de Napoléon III. Notre angoisse ressemble à la sienne parce qu'elle a le même caractère indéfini. Nous nous demandons comme lui : « Où allons-nous ? » Parce que nous sentons bien comme lui que nous ne retrouverons pas ce que nous avons perdu ou que nous le retrouverons sous une autre forme, sous une forme méconnaissable, que nous assistons à la fin d'un monde, sans rien savoir au juste de celui qui le remplacera, s'il doit du moins être remplacé !"

"Où allons-nous ?" Beaucoup plus qu'une devinette, cette question hante le cœur de tous les vivants, celui des saints et des assassins, participant de la quête de soi. Qui suis-je ? D'où viens-je ? Où vais-je ? Subtilement génial, le chanteur Renaud, héritier d'une famille protestante des Cévennes, lui a naguère donné une formulation absolue : "Explique-moi, Papa, c'est quand qu'on va où ?" Prononcée à voix haute ou murmurée dans le secret de son cœur, "Explique-moi, Papa…" n'est pas une prière moins fervente qu'une autre. Au contraire… *Quand vous priez, dites : Père…* C'est une question inarticulée à travers laquelle l'homme se présente dans un dépouillement total, sa nudité enfantine, son ignorance des choses d'En-Haut. À la question "Où allons-nous ?" qui étouffe le cœur tourmenté des adultes avec une intensité croissante à mesure qu'ils avancent dans l'existence, le prophète Jérémie a fait entendre cette réponse de Dieu à Israël exilé… *Je les ramènerai sur leur terre… Je bâtirai, je ne démolirai pas… Je planterai, je n'arracherai pas… Je leur donnerai un cœur nouveau… Ils seront mon peuple, je serai leur dieu…*

Dans les dernières semaines de sa vie, Stefan Zweig se désolait d'avoir passé soixante ans, de ne plus voir sa jeunesse renouvelée comme celle de l'aigle – *renovabitur ut aquilae iuventus tua,* chantent les moines de São Bento aux matines du samedi… Il connaissait la lettre de Jérémie, il en avait fait un livre, mais il en avait égaré l'esprit. À l'un de ses amis, à la veille de son suicide, il écrivait que la mort était le grand retour à la maison, obsédé par la mesure du chemin parcouru, incapable de marcher droit vers l'avant, confiant dans l'étoile de la rédemption, sans se retourner. Il connaissait pourtant le récit biblique dans lequel la femme de Loth n'a pas voulu écouter le message des anges… *Sauve-toi si tu tiens à la vie ! Ne regarde pas en arrière, ne t'arrête nulle part dans cette région, sauve-toi dans la montagne, si tu ne veux pas périr !* Pour s'être retournée et avoir regardé le soufre et le feu tomber sur Sodome et Gomorrhe, elle a été changée en statue de sel.

Cet homme dont la correspondance établit qu'il n'a jamais manqué d'amour pour son prochain, manquait de foi – cette fissure de l'espérance dans le bloc du doute. Il a dû être frappé, en dialoguant avec Georges Bernanos à Barbacena, de voir de quelle manière s'exprimait la foi de cet homme-là : en ne se retournant jamais pour voir si d'autres le suivaient. Il lui a manqué cette décision de partir, d'Autriche, d'Europe, des États-Unis, en refusant toute espèce de compromis avec l'idée du retour, en allant au bout de sa conviction. Comme s'il avait passé son exil à se demander s'il serait rentré à temps pour fêter son anniversaire dans sa ville natale.

L'âme brisée, touché par la maladie, il était convaincu de ne plus jamais sortir de la fosse dans laquelle il était tombé. À quatre mois de sa fin, il était allé assister aux cérémonies de Kippour au grand temple de Rio, mais il n'a pas eu la force de changer son deuil de l'empire défunt des Habsbourg, de la vielle Europe humaniste en une danse – une capacité permanente, à travers les siècles, qui double la tragédie du judaïsme d'un génie rédempteur. Ainsi n'a-t-il pas pu entendre encore une fois la réponse de Dieu, dans le livre de la Genèse : *"Yahvé dit à Abram : « Quitte ton pays, ta parenté et la maison de ton père, pour le pays que je t'indiquerai. »"* L'hébreu biblique fait entendre cet appel dans une *paracha* à l'admirable puissance sonore : *"Lekh Lekha"*. Ces deux mots qui ouvrent la troisième section du cycle de lecture de la Torah dans les synagogues sont souvent traduits par "Va pour toi". Pour toi, ou bien à toi, vers toi, en toi ? "Va pour toi", tranchait Salomon ben Isaac, dit Rachi de Troyes, dans son commentaire. Va pour toi, pour ton bonheur et pour ton bien… Dans l'histoire d'Abram, la volonté de Dieu rencontre la liberté de l'homme. Abram est déjà en marche quand Dieu lui parle pour la première fois. Au lieu de l'arrêter et de lui commander de l'adorer, comme lui aurait demandé n'importe quel faux dieu, il lui demande de continuer. Plus tard, voyant Abram saisi par le doute, traqué lui aussi par la question "Où allons-nous ?", Dieu lui apparaît et lui demande de continuer à marcher.

Ce "Va pour toi" que Stefan Zweig ne pouvait plus entendre au soir de sa vie signifie va par toi-même, sur la route que j'ai tracée sous tes pas, qui t'appartient. Va avec tes moyens par ce chemin de liberté. C'est la plus puissante réponse qu'ait jamais entendue l'homme à l'angoissante question : "Où allons-nous ?"

Devenu Abraham après que Yahvé lui a fait un don du *hé,* une des quatre lettres de son nom imprononçable, pour sceller sa promesse, Abram était âgé de soixante-quinze ans au moment où il a entendu le *Lekh Lekha*. Le fils de Térah était plus vieux que Stefan

Zweig dans ses derniers jours. Mais il était lui aussi dans un état d'interrogation, de doute. Il avait quitté Ur, son pays natal, depuis quinze ans déjà. Après avoir fait ses adieux aux Chaldéens, il s'était encore éloigné de la maison de son père, un fabricant d'idoles, en laissant derrière lui Harân, une ville de l'actuelle Turquie, que l'on situe aujourd'hui près de la frontière syrienne. "Éloigne-toi encore de là-bas", lui a demandé Dieu. Dans son périple, de plus en plus loin de la ville de sa jeunesse, Abram ne cheminait pas seul. En route vers le pays de Canaan, une région qui correspond à Israël, à l'ouest de la Jordanie, au Liban et à l'ouest de la Syrie, le patriarche a entraîné sur ses pas ceux qui lui sont restés attachés par un lien particulier : sa femme Saraï, son neveu Loth et des gens de leur suite.

Dans sa correspondance avec sa belle-sœur et son beau-frère londoniens, Hannah et Manfred Altmann, Stefan Zweig évoque le Brésil comme un nouveau pays de Canaan abondant en café et en sucre. Il faisait allusion à l'épisode de la gigantesque grappe de raisin du livre des Nombres, mais il n'est pas exclu qu'il songeât également à la Terre promise où Abram a établi ses tentes après sa longue route.

Le chemin ouvert par le Seigneur est toujours libre. "Rien dans l'En-Haut ne s'éveille avant que ne s'éveille d'abord dans l'En-Bas ce sur quoi repose ce qui se trouve dans l'En-Haut", expliquent les maîtres de la Kabbale. "Va pour toi", commande le Seigneur. C'est-à-dire pour te connaître toi-même et pour te mettre en ordre. Il n'a pas fallu attendre Freud et l'invention de la psychanalyse pour que le chemin ouvert par le Seigneur sous les pas d'Abram soit assimilé à celui de la vie intérieure. Les juifs et les chrétiens sont habitués à cette abondance de sens du texte biblique, dont l'interprétation peut être tour à tour littérale, allégorique, mystique et eschatologique. Abram ne quitte pas seulement sa terre, il s'arrache à la sagesse trop humaine dans laquelle il s'était assoupi ; avec la maison de Térah, son père, il s'éloigne de la réussite sociale qui lui était attachée ; il fuit les délices du monde, à la fin las de leur fadeur, appelé par quelque chose de plus âpre, de plus haut.

Le 2 juin 1945, en quittant le Brésil à destination de l'Europe à bord d'un bananier hollandais, accompagné de sa femme et de quatre de ses six enfants, Georges Bernanos a peut-être connu un moment de découragement en songeant qu'il allait encore changer de pays, changer de maison. À cet instant, s'est-il souvenu des confidences de Stefan Zweig, qui n'en pouvait plus de dire : "Je vais", "Je viens" et rêvait d'une demeure ? Il s'était produit tellement d'événements depuis son suicide. Au terme de semaines de conciliabules dans les ministères, le Brésil est entré en guerre contre les forces de l'Axe, huit mois après les États-Unis. Le 6 juin 1944, à l'annonce du débarquement allié en Normandie, une foule en liesse est descendue sur les plages de Copacabana en chantant *La Marseillaise*. Dix semaines plus tard, c'est la libération de Paris qui a fait pleurer de joie Sebastião, le garçon de ferme de Bernanos à Barbacena. En février 1945, le début de la conférence de Yalta a annoncé l'après-guerre et les affrontements à venir entre les empires vainqueurs. Le 30 avril, Hitler s'est tué à Berlin. Huit jours plus tard, le III^e^ Reich a capitulé.

Lors de leur rencontre, Georges Bernanos n'a pas menti à Stefan Zweig en évoquant un pari. Il n'avait pas lancé trois dés, ni joué son or à la roulette. Il avait donné son âme à la victoire. D'une certaine manière, Stefan Zweig a offert sa vie en holocauste à cette victoire. Depuis la déclaration de guerre de la France et de l'Angleterre à l'Allemagne, le 3 septembre 1939, une partie de l'opinion publique brésilienne s'était laissé endormir dans l'illusion qu'elle vivait sur une autre planète. Le suicide de l'écrivain autrichien dans sa petite maison de Petrópolis et la détresse qu'il a révélée ont provoqué un sentiment de terreur : la guerre avait bien lieu et pas seulement en Europe. Avant celles des intellectuels, les réactions des milieux populaires ont été les plus frappantes. Depuis son invention, la presse brésilienne était avide de catastrophes publiques et de drames privés. La tragédie qui s'est jouée rua Gonçalves Dias à Petrópolis avait une dimension universelle dont elle n'était pas familière. Cela s'était passé au Brésil et la terre entière semblait soudain concernée. Le suicide est toujours un bon sujet quand on veut provoquer des émotions pour vendre du papier. Surtout lorsqu'on dispose de photographies des cadavres qu'on peut reproduire en grand format. Et que l'acte fatal est entouré de mystère.

Certains journaux ont évoqué un drame conjugal. D'autres, les manœuvres sous-marines de l'U-432 qui avait torpillé deux navires de commerce brésiliens, le *Buarque* et le *Olinda*, au large des côtes de Caroline du Nord, les 15 et 18 février. Au même moment, on a appris l'issue victorieuse de l'attaque japonaise de Singapour et la capitulation des unités indienne, australienne et malaise qui se battaient dans l'archipel sous commandement britannique. En Afrique du Nord, les divisions blindées du maréchal Rommel fonçaient vers le canal de Suez à travers la Libye. La guerre a pris la dimension mondiale dont elle n'avait jusqu'ici que le nom. L'habile Vargas a subitement oublié ses sympathies fascistes. Pressentant l'imminence de l'engagement militaire du Brésil, Zweig aurait décidé d'en finir. On a raconté toutes sortes de choses, inventé des anecdotes. De Petrópolis, des reporters ont rapporté des détails étonnants. Stefan Zweig avait selon eux avalé le poison dans un verre de vin. Pour quelle raison ? L'hypothèse d'un assassinat ordonné par les services secrets nazis a été vivement discutée dans les rédactions. “L'ultime libelle de Stefan Zweig contre l'esclavage en Europe”, a publié en une le quotidien *O Globo* le lendemain. À l'instant ultime, le prophète s'était enfin fait entendre.

En 2001, lors de ma première venue à Petrópolis, la possibilité d'un meurtre avec préméditation venait d'être relancée par l'avocat et psychanalyste Jacob Pinheiro Goldberg, qui a adressé une demande de réouverture de l'enquête policière sur la mort des époux Zweig au commissariat de Petrópolis. C'est ainsi qu'elle m'a été rapportée, à plusieurs occasions, et même par le chauffeur de taxi qui me conduisait vers le cimetière municipal où je me suis recueilli sur la tombe de marbre noir de Lotte et Stefan Zweig, qui porte leurs noms en écriture latine et en hébreu.

L'enquête sur le suicide de Lotte et Stefan Zweig a été conduite dans un grand désordre que certains ont jugé volontaire. Leur double mort a été annoncée un mois après la rupture des relations diplomatiques du Brésil avec l'Allemagne. À Petrópolis, la diplomatie nazie avait partout des oreilles et des yeux. Les allées et venues de Lotte et Stefan Zweig étaient épiées par des agents. Mais la Gestapo, l'organe exécutif central de la police nationale-socialiste, capable d'agir hors de tout contrôle dans l'Europe occupée, avait-elle la possibilité de mener son œuvre de destruction contre un couple de réfugiés juifs de l'autre côté de l'Atlantique ?

J'ai posé la question à Leandro Garcia Rodrigues, chercheur passionné et source inépuisable de connaissances remarquables qui m'a permis de comprendre beaucoup de choses sur le fameux "univers d'une époque" que Stefan Zweig conseillait de reconstituer pour comprendre un homme. Et notamment à Petrópolis, qu'il connaît bien.

"L'hypothèse de l'assassinat mérite d'être examinée. Les nazis étaient très organisés, à Petrópolis. Ils auraient pu prendre contact avec la police secrète allemande, et cette police aurait trouvé ici un environnement calme et sûr pour agir conformément à son idéologie meurtrière… J'utilise le conditionnel. Nous ne saurons jamais si cela s'est produit, mais cette possibilité demeure… Plus sûrement, je pense que le suicide de Zweig a été motivé par une dépression qui s'est aggravée lorsqu'il a ressenti et perçu ce climat de terreur nazie jusqu'à Petrópolis. Il a peut-être découvert les actions et les intentions de la police allemande qui ont altéré son équilibre psychique déjà très ébranlé et l'ont conduit alors au suicide…"

Plus tard, je me suis reporté aux ouvrages que des journalistes, plutôt que des historiens, ont écrit pour soutenir la thèse d'un assassinat politique minutieusement préparé. À défaut de documents, ils ont des arguments : il n'y a pas eu d'autopsie, le rabbin a été gêné et menacé, sur les photographies de presse, les corps des défunts ont sans cesse changé de position, Stefan Zweig était en habit de ville, comme s'il se préparait à faire une promenade, et Lotte, en chemise de nuit… Tout aurait trop bien été mis en scène : la déclaration finale de l'écrivain soigneusement calligraphiée, la photographie iconique des gisants, la notice nécrologique radiophonique.

Les partisans d'une contre-enquête attribuent un rôle équivoque à Cláudio de Souza, le président du PEN Club brésilien, l'ami trop bien intentionné, si habile pour dissimuler ses sympathies fascistes. Selon le témoignage d'Antonio et Dulce Moraes à la 35e Delegacia Policial de Petrópolis, le 23 février 1942, jour du drame, il a téléphoné à quinze heures pour inviter Stefan Zweig à se promener. Une heure plus tard, ses employés de maison ont forcé la porte de la chambre et trouvé Lotte et Stefan entrelacés sur leur lit, pâles et rigides. Étrangement, c'est Cláudio de Souza qui s'est chargé d'appeler au palais présidentiel pour prévenir de cette mort. Et c'est encore lui, le seul germanophone présent, qui a traduit de l'allemand la déclaration finale de Stefan Zweig, en coupant les deux dernières phrases qui établissent de manière ferme et assurée que l'écrivain avait confiance dans la défaite du nazisme.

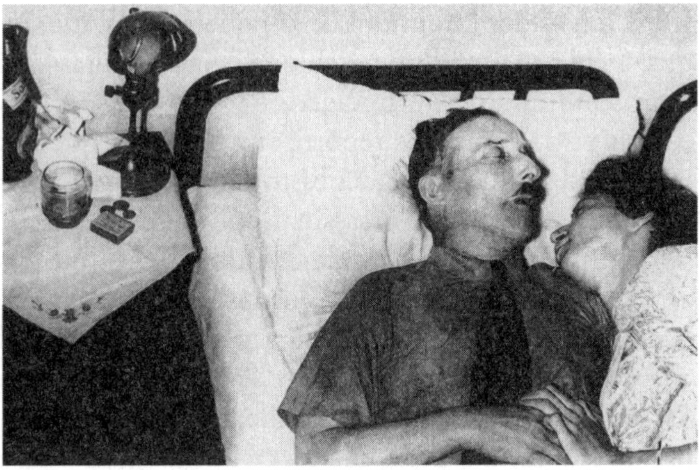

Ce sont les innombrables contradictions et invraisemblances des récits publiés dans la presse qui ont semé le trouble. À ce propos, je me souviens de ce que m'a expliqué l'ancien ambassadeur Sérgio Corrêa da Costa lors de notre rencontre. "La censure établie en 1937 a désappris aux journalistes brésiliens à faire sérieusement leur métier." C'est ainsi que l'épais dossier de presse que j'ai consulté à la bibliothèque centrale municipale Gabriela Mistral de Petrópolis est plein de relations imprécises, d'informations fragmentaires, de fautes sur les noms propres et de suppositions non vérifiées… Mais Alberto Dines a eu raison de souligner que les treize lettres d'adieu longuement rédigées par l'écrivain dans les jours qui ont précédé sa mort – à sa première femme, à ses amis, à ses éditeurs, à son beau-frère et à sa belle-sœur – établissent sans débat possible sa décision de se suicider.

Stefan Zweig, dont l'âme passionnée suffoquait d'angoisse, est un mélancolique qui a capitulé devant la terreur. Sa rencontre finale avec le judaïsme ne lui a pas permis de recevoir le souffle de vie qui l'aurait accompagné, consolé et guéri. Comme Job, il a eu le sentiment que la vie sur la terre était devenue une horrible corvée, il a eu la sensation de ne plus compter que des nuits de souffrance, d'être envahi de cauchemars. Las, non pas de vivre, mais d'écrire, il est passé à côté de la consolation, incapable de compenser et de conjurer une espérance déçue.

Au Café Colonial de Barbacena où Georges Bernanos avait ses habitudes, ses amis ont longuement commenté le geste de Stefan Zweig et de son épouse Lotte. Le docteur Olímpio comprenait cette mort volontaire et la défendait même. "La plus volontaire mort, c'est la plus belle. La vie dépend de la volonté d'autrui, la mort de la nôtre", a-t-il expliqué en citant Montaigne dans un français parfait. Franc-maçon et positiviste, ce sceptique de grand style était l'une des premières personnes avec lesquelles s'est lié Bernanos à son arrivée à Barbacena, en septembre 1940.

À Barbacena, les joutes amicales entre les deux hommes étaient légendaires. L'une d'elles était restée dans les mémoires. En bon disciple d'Auguste Comte, qui prenait sa devise *Ordre et Progrès*, inscrite sur le drapeau brésilien, très au sérieux, le docteur Olímpio a imaginé tout un programme pour aboutir à l'extinction du paupérisme. "Le problème n'est pas de supprimer les pauvres mais de leur rendre l'honneur, a rétorqué Bernanos. C'est l'injuste humiliation du pauvre qui fait les misérables." Mais le docteur tenait à son projet, il jurait que l'éradication de la pauvreté était un devoir pour l'humanité, la promesse d'un monde meilleur. L'écrivain n'avait pas réussi à lui faire entendre que c'était le programme de tous les régimes totalitaires et que la perfection diabolique de la ville marxiste ou capitaliste n'existait que sur le papier. Le docteur a semblé triomphé… Tôt ou tard, l'humanité aurait éliminé les pauvres… C'est à ce moment qu'un exilé juif, très pauvre, qui avait fui les pogroms d'Ukraine ou de Lituanie avant de trouver refuge à Barbacena où il avait lui aussi ses habitudes au Café Colonial, s'est immiscé dans la conversation pour venir au secours de Georges Bernanos. "Ce serait horrible ! Ce serait comme si quelqu'un voulait s'en prendre à Notre-Dame de Paris !" Tous ont alors vu les grosses paupières de l'écrivain cernées de bistre se charger de larmes.

Pendant quatre années criblées d'angoisse et de misère, de septembre 1940 à septembre 1944, il y eut d'autres moments mémorables. Quelle drôlerie dans leurs échanges ! Que de bons mots, que de ressources, que d'inventivité. En écoutant parler le croyant et l'incroyant, il était difficile de savoir lequel était le plus anticlérical des deux. Ils n'étaient immédiatement d'accord que sur un seul sujet : Hitler, son génie démoniaque, sa supériorité diabolique sur les âmes tièdes.

Bernanos s'acharnait à faire comprendre à son ami que l'humain seul ne suffisait pas à comprendre ce murmure des ténèbres, cet immonde rampement d'obscurité.

Tous les jours, en fin de matinée, l'un et l'autre venaient chacun monté sur son cheval qu'il attachait à un anneau de la façade du Café Colonial. L'écrivain arrivait de sa maison de la Croix-des-Âmes, le médecin, de son dispensaire perché au sommet d'une colline où il recevait sans distinction les riches et les indigents, les chrétiens et les mécréants. En écoutant parler cet homme à la chevelure blanche et au teint mat, Bernanos pensait au docteur Delbende dans le *Journal d'un curé de campagne*. De tant de créatures sorties de son imagination, c'était l'une des plus touchantes.

Dans le roman, Maxence Delbende explique au curé d'Ambricourt qu'il a rêvé de devenir missionnaire quand il était enfant mais que les forfanteries des carabins et l'ironie de ses professeurs ont eu raison de sa foi au cours de ses études de médecine. L'injustice, également, et le poids du malheur, car le docteur Delbende était promis à une carrière brillante, mais il était trop pauvre alors pour préparer l'agrégation. C'est ainsi qu'il a fini médecin de campagne dans un village de l'Artois peuplé de paysans rusés comme des bêtes. Ce n'est pas sa situation, mais celle des pauvres qui le révolte. Et la passivité de l'Église catholique. Sa vocation est pourtant restée de sauver, et d'abord ceux qui n'ont rien, les pauvres et le peuple, avec la responsabilité immense de leur faire accepter d'être acceptés, même quand ils se sentent inacceptables. Le curé ne peut rien répondre à son réquisitoire contre les paroisses riches. Et quand on retrouve le docteur au fond d'un chemin creux, la tête fracassée près de son fusil, il comprend que le suicide laisse peu de doute.

Stefan Zweig savait sans doute que Georges Bernanos regardait les suicidés comme des êtres prédestinés dont le geste est un secret dans le cœur de Dieu qui peut être mis en scène dans la fiction mais ne peut pas être jugé dans la vie réelle. Dans sa brutale vérité, avec la lumière crue qu'il jette sur le monde, le geste qui pousse un individu à se priver de sa propre existence nous rappelle que la meilleure des vies peut être devenue impossible à vivre. Deux fois, Bernanos a raconté l'histoire de Mouchette en songeant à ces êtres poussés à mettre fin à leurs jours non par lâcheté ou par faiblesse de caractère, mais parce qu'ils sont affligés d'une mélancolie dévastatrice. Au cours de la longue après-midi qu'il avait passée en compagnie de Zweig dans sa ferme de la Croix-des-Âmes, il a touché cet instant, dans l'Univers, où tout se trouve ailleurs, tout a un défaut, tout est brisé, tout est éparpillé, tout est inachevé. Quand surgit la rupture catastrophique, on a honte d'avoir négligé à quel point certaines vies peuvent être chargées de misère.

Dans *Nouvelle histoire de Mouchette*, Georges Bernanos a montré quel désespoir peut provoquer la soif de pureté, à quelles extrémités elle risque de pousser l'âme. Le suicide est un acte définitif, insondable jusqu'à la consommation des siècles. Sa réverbération et son scandale sont ceux du libre arbitre. Il échappe aux évidences cartésiennes car il participe entièrement au mystère du salut – le Bon Pasteur connaît ses brebis, mais comment fera-t-il pour les ramener une à une ? La déroute des forces morales qu'il manifeste appelle un silence respectueux, une prière de pitié et de pardon, rien de plus qu'une lamentation pour ceux qui conservent la mémoire des livres saints : "Dieu, les païens ont envahi ton domaine ; ils ont souillé ton temple sacré et mis Jérusalem en ruine. Ils ont livré les cadavres de tes serviteurs en pâture aux rapaces du ciel et la chair de tes fidèles aux bêtes de la terre."

Sept années d'exil mélancolique au Brésil ont changé le cœur de Bernanos. Mais autant il a eu la sensation de faire le voyage aller sous un ciel bleu, autant il a eu le sentiment de rentrer en Europe sur un océan chargé de menaces, et pas uniquement à cause des sous-marins japonais, toujours en guerre deux mois après la chute du Reich, dont on jurait qu'ils sillonnaient les profondeurs de l'Atlantique sud.

Depuis l'annonce du débarquement en Normandie en juin 1944, il craignait une brusque démobilisation des consciences, une chute brutale du niveau de température spirituelle. L'Antéchrist terrassé, des demi-habiles allaient se battre pour obtenir des places. Les échos qui lui étaient parvenus de Paris l'inquiétaient. On se préparait à assister à d'étranges retours en grâce. Après avoir gagné la guerre, la France courait le risque de perdre la paix. Croix de guerre avec citation, l'ancien brigadier du 6e régiment de cuirassiers qui a combattu pendant toute la durée de la Première Guerre mondiale se souvenait du long chemin d'humiliation qui a conduit son pays de l'euphorie de la victoire de Verdun à la liquidation des dommages de guerre, puis de l'accession au pouvoir de Hitler à Berlin au hideux septembre de Munich.

"Vous devez servir votre pays", lui a expliqué dom Tomás Keller, le père abbé du monastère de São Bento qu'il était allé consulter pour savoir s'il devait obéir au télégramme du général de Gaulle reçu en février 1945 : "Bernanos, votre place est parmi nous." Il n'était pas tenté de négliger les conseils de vie d'un moine.

Parmi les souvenirs que Georges Bernanos laissait derrière lui, le 2 juin 1945, il y avait celui de Stefan Zweig, qui reposait avec son épouse au cimetière municipal de Petrópolis depuis plus de deux ans. Il aurait tellement voulu fêter la victoire avec lui à Paris, le faire sourire, et même rire en lui rappelant que lorsqu'on sait aller au bout désespoir, comme on voyage au bout de la nuit, on rencontre une autre aurore... Au lendemain de sa mort, il n'avait rien dit à ses amis, mais il avait écrit un article pour *O Jornal* à Rio. Il n'avait pas de goût pour les nécrologies. C'est l'honneur qui l'avait obligé à parler. Il n'avait pas apprécié certains articles présentant le geste de Stefan Zweig comme une apologie du suicide, une négation de l'espérance, une affirmation grandiose de la liberté individuelle face au Moloch totalitaire.

Son texte a paru le 6 mars 1942 sous le titre *Apologias do suicídio*. Un texte poignant, d'une immense tendresse pour l'écrivain et son épouse qui venaient d'être mis en terre. "Pauvres diables ! J'espère qu'ils sont introduits maintenant dans les verts pâturages", avait-il écrit quelques jours auparavant, donnant au mot une touche très affectueuse. Si les verts pâturages sont ceux du psaume 23 – "Le Seigneur est mon berger, je ne manque de rien, sur des prés d'herbe fraîche, il me fait reposer" –, il est difficile d'interpréter cette présence impromptue de l'image des anges déchus dans la bouillante cervelle de *Sous le soleil de Satan*.

"Un pauvre diable se dit d'une personne à plaindre", m'indique un vieux dictionnaire. Tout simplement. Georges Bernanos n'a pas seulement plaint Stefan Zweig. Il l'a pleuré. Geraldo França de Lima se souvenait de ses larmes, dans la cour de sa ferme de La Croix-des-Âmes, lorsqu'il a appris qu'une heure fatale avait rompu toutes les espérances fragiles de l'écrivain autrichien et de son épouse.

"Léon Bloy a écrit que nous devions la vérité aux morts. Du lieu de repos – *locum refrigerii, lucis et pacis* – où il lui est donné d'observer désormais ce monde qui apparaît à nos yeux mortels comme l'exposition permanente de toutes les formes d'ignorance et de haine, mais dont nous saurons certainement un jour qu'il est perdu dans l'immense pitié de Dieu comme un caillou dans la mer, M. Stefan Zweig voit la vérité mieux que nous, et je suis sûr qu'il préférerait le silence à certains panégyriques de son acte désespéré. Peut-être même ces grossières apologies du suicide, auxquelles il sert malgré lui de prétexte, pèsent-elles lourdement sur son âme, retardent-elles pour lui l'heure de la réconciliation finale, peut-être attend-il de notre amitié ce dernier service de parler en son nom à des malheureux que tente aussi le désespoir, qui, à l'heure où j'écris ces lignes, sont prêts à s'abandonner, à se renoncer, comme il l'a fait lui-même... Si, devant la tombe de l'illustre écrivain je sens profondément l'étendue de notre perte, je refuse d'associer à ce deuil sans les réserves nécessaires la cause que je m'efforce de servir et la tradition de mon pays."

Dans son ultime texte, rédigé en allemand mais titré *Declaração*, en portugais, laissé sur sa table de travail le soir de sa mort, Stefan Zweig a confessé son impatience. Il ne s'est pas dit *Ungeduldig*, mais *Ungeduldiger*, "trop impatient". C'est important. Son départ n'annonce pas une nuit sans fin, mais le jour où triomphera la lumière. L'écrivain ne déserte pas, il va à la rencontre – *Er geht entgegen.*

*À soixante ans passés il faudrait avoir des forces particulières pour recommencer sa vie tout à fait. Et les miennes sont épuisées par les longues années d'errance sans abri. Je pense donc qu'il vaut mieux mettre fin à temps, et la tête haute, à une existence où le travail intellectuel a toujours été la joie la plus pure et la liberté individuelle le bien suprême sur terre. Je salue tous mes amis ! Qu'ils voient encore l'aurore après la longue nuit ! Moi, par trop impatient, je les précède.*

Dans sa traduction de l'allemand parue dans la presse brésilienne et partout dans le monde, en anglais, en français, en espagnol à partir de cette première version, Cláudio de Souza a donc coupé les deux dernières phrases, ce qui a laissé penser à certains que Stefan Zweig s'est laissé engloutir par l'abîme. Cela explique certaines réactions trop sévères, notamment de la part d'écrivains et d'artistes juifs réfugiés aux États-Unis.

Il a été soupçonné de désertion, d'égoïsme, de couardise, d'immolation volontaire. Parce qu'on n'a pas entendu ses mots ultimes, les derniers qu'il ait tracés de sa main, en allemand de surcroît, une langue qu'il avait eu le sentiment de perdre et qu'il a retrouvée, à l'instant final… *"Ich grüße alle meine Freunde! Mögen sie die Morgenröte noch sehen nach der langen Nacht! Ich, allzu Ungeduldiger, gehe ihnen voraus"*, "Moi, par trop impatient, je les précède."

Dans la mystique juive, cette impatience se comprend à la lumière du couple contraire du doute et de la foi. L'impatient ne doute pas du quoi de son Créateur. Il brûle de connaître le dessein de Sa création. Il voudrait savoir avant l'heure où l'Éternel conduit l'homme dans son histoire. *"Ich gehe ihnen voraus"*, écrit Stefan Zweig de ses amis : "Je les précède". On l'entend. Il est mort désespéré, mais pas nihiliste. Il se sentait incapable du courage agressif des Macchabées contre les rois de Syrie au IIe siècle avant Jésus-Christ, après la profanation du Temple de Jérusalem. Il l'a confié à un groupe de réfugiés juifs de Buenos Aires, en 1936, peu de temps après avoir lu en public des extraits du *Chandelier enterré* à Rio. "Ce n'est pas la force des armes mais celle de l'esprit qui a toujours fait notre force : ce n'est pas d'avoir bataillé à mort avec d'autres peuples et d'autres tribus en ces temps mythiques, ce n'est pas cela qui a donné au peuple juif une mission particulière dans le monde, mais c'est d'avoir créé la Bible, les lois, les chants des prophètes, et c'est son œuvre la plus haute, son œuvre éternelle, l'idée d'un Dieu invisible."

Dans cette allocution, il adjure ses auditeurs de se préserver des maléfices de l'inquiétude juive, de l'impatience nerveuse, du désir de réussite rapide en prenant certaine distance avec le monde extérieur. C'est puissant et beau, cette façon qu'il a d'envisager l'impatience et l'inquiétude comme des maladies de l'âme… Impatience de posséder la connaissance du bien et du mal, inquiétude de se savoir nu parmi les arbres du Jardin premier, dans le récit de la Genèse, déjà, où Adam, le premier homme, modelé dans l'argile, a le souffle court, la marque des impatients selon la Kabbale – cette science très juive et très dangereuse du divin.

*"Ich, allzu Ungeduldiger…"* À la dernière heure, Stefan Zweig apparaît plus lucide que jamais, conscient de ses insuffisances, de son incapacité à opposer aux folies de l'histoire une concentration exclusive sur sa sphère intérieure et une vie soumise au principe éthique. "Moi, par trop impatient…" Se suicider, c'est parfois vouloir disparaître. Mais c'est aussi vouloir connaître. Georges Bernanos est fidèle à celui dont il revendique l'amitié quand il évoque la route de son âme vers une réconciliation finale. L'impatience est toujours une faute, mais parfois un péché d'amour, provoqué par l'impossibilité de savoir attendre, c'est-à-dire espérer.

## Nous nous asseyons en pleurant

Encore une fois, j'ai gravi une à une les cinquante marches qui séparent la rua Gonçalves Dias, à Petrópolis, du perron de la petite maison blanche accrochée à flanc de colline, où Lotte et Stefan Zweig ont vécu six mois, étrangers et voyageurs dans un monde devenu cruel et fou, cherchant désespérément une source d'espérance qui leur aurait permis de rester sur la terre. Ou peut-être cet accord secret, cette note joyeuse que David jouait sur sa harpe pour plaire au Seigneur.

J'ai songé à de purs moments de lumière dans la nuit surveillée de *La Passion selon saint Matthieu* de Jean-Sébastien Bach – cette nuit qui rajeunit la pensée et nous laisse chaque matin avec un cœur nouveau. En montant l'escalier, je me suis souvenu du chœur final... *"Wir setzen uns mit Tränen nieder und rufen dir im Grabe zu: Ruhe sanfte, sanfte Ruh!"* "Nous nous asseyons en pleurant et nous t'appelons dans ta tombe : doux repos, doucement repose !" Je n'ai pas écrit ce livre pour rire, mais pour ouvrir un tombeau, pleurer un homme et une femme.

Ce jeudi de novembre, au milieu d'un paysage qui lui semblait avoir été transposé de l'Autriche aux tropiques, le chalet dans lequel Stefan Zweig a trouvé refuge en septembre 1941 pour tenter de sauver sa liberté intérieure a été ouvert pour moi. J'y ai passé, seul, une longue après-midi afin d'achever mon enquête par une pause contemplative, entouré de collines couvertes de palmiers, avec au loin des montagnes plus hautes, sous un ciel vibrant et bleu, avec quelques nuages.

Le matin même, à la bibliothèque municipale de Petrópolis, j'ai consulté les grands in-8 des *Œuvres complètes* de Balzac offertes par Lotte Zweig à son époux, le 28 novembre 1941, à l'occasion de son soixantième anniversaire. Vingt-six volumes reliés en chagrin noir, certains d'entre eux avec des annotations marginales, conservés dans les réserves, avec les ouvrages de Goethe, Dickens et Shakespeare que l'écrivain a légués par testament à l'institution où il aimait venir travailler.

Stefan Zweig n'ignorait pas que Friedrich Nietzsche avait songé à s'établir au Paraguay, où sa sœur Elisabeth avait fondé la colonie agricole allemande de Nueva Germania. Savait-il que Balzac avait lui aussi été tenté par un exil en Amérique du Sud ? "Je suis au bout de ma résignation. Je crois que je quitterai la France et que j'irai porter mes os au Brésil dans une entreprise folle et que je choisis à cause de sa folie…" écrivait-il à Eva Hanska, sa future épouse, le 3 juillet 1840. Ce rêve d'une entreprise impossible, magique, enfantine, joyeuse et triomphale évoque davantage celle de Georges Bernanos que celle de Stefan Zweig, marquée par le malheur.

Quittant la bibliothèque, je me suis rendu au Musée impérial. Dans les salles de ce long bâtiment aux murs roses, situé de l'autre côté du canal et de la rue de l'Impératrice, on vient découvrir la couronne des empereurs du Brésil ornée de la sphère armillaire et surmontée d'une croix pattée ; admirer l'habit de sacre de Pedro II, avec son pallium orange en duvet de toucan ; et enfin, s'arrêter devant la plume en or avec laquelle la princesse Isabelle a signé le décret d'abolition de l'esclavage, le 13 mai 1888. Les jours de repos, les Brésiliens se rendent au musée en famille, émus de faire découvrir leur histoire profonde à leurs enfants. Ils prennent le temps de leur expliquer l'importance de cette plume, qui n'a servi qu'une seule fois.

De mon côté, j'ai laissé les appartements de la famille impériale sur la droite et j'ai filé vers la gauche, après avoir passé l'entrée de la demeure d'été des Bragance. J'étais venu pour revoir une exposition évoquant la vie quotidienne dans les années 1930 et 1940, dont la visite m'avait frappé, six mois auparavant. Un document accablant, présenté à proximité d'une vitrine consacrée à Stefan Zweig, avait retenu mon attention. Il m'a fallu le retrouver pour être sûr que je n'avais pas rêvé : la photographie d'une réunion nazie à Petrópolis. D'après une demande d'autorisation auprès des autorités municipales exhumée conjointement, ce Nuremberg minuscule a eu lieu le 20 avril 1938, jour de l'anniversaire de Hitler, dans une salle de la rua Quinze de Novembro.

Le même mois que la Nuit de cristal, marquée par une vague de terreur antisémite, en Allemagne et en Autriche, qui s'est conclue par la destruction de trois cents synagogues et la déportation de trente mille personnes vers les camps de concentration de Dachau et Buchenwald, construits près de Munich et de Weimar, au cœur d'une Bavière et d'une Saxe que l'on croyait civilisées. Stefan Zweig a pris connaissance de ces atrocités dans les journaux. Six mois plus tôt, ses livres avaient été brûlés en place publique à Salzbourg, la ville selon son cœur. Il n'imaginait pas que le fantasme d'autodafés et ce chaos d'atrocités étaient en train de s'acclimater au Brésil. Ni que

des individus tendaient le bras sous l'invocation de la croix gammée dans le pays de la fraternité raciale qu'il avait célébrée en 1936.

Dans le courant de l'année 1938, après le parti communiste et l'Action intégraliste, le parti nazi du Brésil a certes fini par être interdit – non pour des raisons idéologiques, mais parce que Getúlio Vargas et les doctrinaires de l'*Estado Novo* promettaient de "brésilianiser" le Brésil. Toutes les formations politiques d'origine étrangère ont ainsi été dissoutes.

Mais les nazis brésiliens n'ont pas disparu pour autant. Ils étaient nombreux à Petrópolis, lors du séjour de Lotte et Stefan Zweig, généralement dissimulés dans des groupes de culture populaire germanique qui ne se gênaient pas pour arborer le drapeau du Reich. Car si la langue allemande a fini par être proscrite au Brésil, en août 1942, après l'entrée du pays dans le conflit du côté des Alliés, le nazisme et la croix gammée n'ont été criminalisés qu'au lendemain de la Seconde Guerre mondiale.

À la fin de l'année 1941 et au début de l'année 1942, Lotte et Stefan n'ont pas pu assister à des manifestations nazies telles que celles dont témoigne la photographie d'avril 1938. Mais ils ont été confrontés à l'insoutenable permanence d'un état d'esprit nazi qui ressurgissait sans cesse, à Petrópolis, à l'occasion de réunions folkloriques, de fêtes de la bière, du carnaval – et même, comble de l'horreur, lors de célébrations religieuses dans l'église du Sacré-Cœur-de-Jésus et dans les temples luthériens.

En haut à droite de la photographie de 1938, au balcon, on aperçoit ainsi deux individus portant un habit religieux. Il ne s'agit pas de la robe pastorale des luthériens, cependant majoritaires dans la colonie allemande. Il faut reconnaître dans ces spectateurs deux religieux catholiques du couvent Sacré-Cœur de Jésus de la rua Montecaseros, dans le centre de Petrópolis, où les franciscains arrivés à la fin du XIXe siècle ont également fondé un hôpital et un institut théologique.

C'est un autre paradoxe de l'histoire brésilienne. Persécutés dès la fin de la période coloniale par une politique anti-romaine et anticléricale, les ordres religieux se sont lentement éteints. Contre Rome, l'empire a mené une manière de *Kulturkampf* avec l'appui des loges maçonniques, des ingénieurs positivistes et des barons du café. Lecteur et correspondant de l'incroyant Ernest Renan, qui rêvait d'une Église débarrassée de tout dogme et de tout culte, fondée sur le message moral du Christ, Pedro II a fait condamner dom Vital Maria de Oliveira, l'évêque franciscain d'Olinda et Recife, à vingt et un ans de travaux forcés pour crime de sédition.

Le bienheureux pape Pie IX s'en est mêlé, obligeant l'empereur Pedro II à amnistier dom Vital et dom Antônio de Macedo Costa, l'évêque de Belém, emprisonné lui aussi. Exilé quelques mois à Rome, dom Vital était de retour dans son pays en 1876. Accueilli en triomphe à Recife, il a été pris d'un mal inexplicable qu'il a tenté de faire soigner à Paris où il est mort à l'âge de trente-trois ans. Ses brûlures abdominales et ses douleurs thoraciques du côté gauche ont laissé penser que ce serviteur de Dieu, dont les homélies antimatérialistes dénonçant le progrès bruyant et la réussite ostensible exaspéraient la Cour impériale, avait été empoisonné à l'arsenic.

C'est ainsi que dom Vital, dont Georges Bernanos a découvert la figure grâce à ses amis de la revue *A Ordem*, est devenu le symbole de la résistance spirituelle des catholiques aux empiètements du pouvoir temporel. Cette confusion s'est estompée après la proclamation de la république, en novembre 1889. La séparation de l'Église et de l'État a permis la renaissance des ordres franciscains et bénédictins, sous l'impulsion de religieux belges et allemands qui continuaient d'affluer au Brésil à l'époque du séjour de Stefan Zweig et de Georges Bernanos. Geraldo França de Lima m'a confié que ce dernier pressentait que les frères prêcheurs venus des lointaines frontières de la Bohême et de la Pologne risquaient d'être contaminés par le racisme hitlérien. J'ai mis du temps à découvrir qu'il n'exagérait pas.

L'effrayant document présenté dans le cadre de l'exposition *A Petrópolis do Museu Imperial* m'a prouvé encore une fois la puissance de son intuition. Des religieux nazis au Brésil ! En menant ses recherches dans l'impressionnante bibliothèque du musée, qui conserve les archives de la maison impériale brésilienne, plus de cinquante mille volumes et deux cent cinquante mille documents originaux, partitions, périodiques, manuscrits et correspondances, le professeur Leandro Garcia Rodrigues, toujours précis et précieux, a été frappé par cette photographie qui aurait arraché des rugissements de lion trépané à Georges Bernanos. "Je n'ai pas pu identifier leurs noms, car ils sont morts depuis de nombreuses années et les frères actuels, très jeunes, ne les reconnaissent pas. Ces franciscains venaient de Saxe. À partir de 1891, l'Allemagne a pris la responsabilité d'une nouvelle évangélisation franciscaine du Brésil et a envoyé de nombreux frères. Les deux religieux qu'on voit sur cette photo sont allemands et certainement nazis, car ils sont venus de leur pays avec cette idéologie politique en tête et l'ont développée dans notre ville."

*"Wir setzen uns mit Tränen nieder... "* Cette photographie courageusement exhumée par les conservateurs à l'occasion des cent quatre-vingts ans de la fondation de Petrópolis et des quatre-vingts ans de la création du Musée impérial, inauguré par Getúlio Vargas en 1943, donne envie de s'asseoir et de pleurer.

Ce n'est qu'une image. En revenant dans la cité des hortensias plus de cinq années après son premier voyage, Stefan Zweig a connu la dure réalité de cette fièvre nazie, avec des enfants fanatisés vêtus de chemises brunes brandissant des bannières.

En décembre 1941, dix semaines avant le suicide de Lotte et Stefan Zweig, l'attaque japonaise de Pearl Harbor a précipité le retournement des alliances du

Brésil. En août 1942, la langue allemande a même été interdite dans le pays. Mais jusqu'à cette date, les manifestations de germanophilie ont été régulières à Petrópolis, où le Parti national-socialiste local, allié aux intégralistes, avait organisé des défilés réunissant jusqu'à trois mille personnes dans les rues du centre, près du collège Pedro II aux murs jaunes où serait improvisée une chapelle ardente pour les époux suicidés. Depuis 1938, ces réunions politiques étaient dissimulées sous des oripeaux culturels, mais la fièvre idéologique était la même et la sympathie pour l'Allemagne nazie ferme, publique et assumée par des milliers d'hommes, de femmes et d'enfants réunis autour de symboles qui ne trompaient personne.

Ces jours d'orage, il faut imaginer Lotte et Stefan Zweig retranchés derrière leurs volets clos. Heure après heure, des voitures venues de Rio rejoignaient les fêtes germaniques de Petrópolis par l'autoroute Washington Luís, qui passait au pied de leur maison, pour accroître l'impression d'effectifs pléthoriques des sympathisants du Reich.

À dix mille kilomètres de Vienne, après avoir traversé l'Atlantique de Southampton à New York et franchi la ligne équinoxiale pour trouver refuge au Brésil, les deux exilés ont eu le sentiment insoutenable qu'ils étaient encerclés de tous côtés.

Installé sur la terrasse où Stefan Zweig a écrit *Le Joueur d'échecs*, j'ai levé les yeux vers les montagnes en songeant à son écrasement. Comme les personnages de sa nouvelle intitulée *Le Chandelier enterré*, s'est-il souvenu des psaumes répétés des centaines et des milliers de fois, que ses pères et ses grands-pères avaient ressassés avant lui ? A-t-il cherché les mots-tentes capables de le mettre à l'abri ?

*Malheur à moi : je dois vivre en exil et camper dans un désert !*

*Trop longtemps, j'ai vécu parmi ces gens qui haïssent la paix.*

*Je ne veux que la paix, mais quand je parle ils cherchent la guerre.*

Dans les derniers jours, Stefan Zweig lisait, écrivait, se promenait, profitant des beaux jours de l'été, de l'air lumineux, de la nature splendide. Il marchait dans les forêts, le long de ruisseaux où tout était calme, loin du centre de Petrópolis où les nazis avaient pavoisé les rues avec des aigles portant une croix gammée. À ce moment, cet enfant de Goethe semble avoir traqué le frisson divin dans le presque rien, le chant d'un oiseau, la lumière d'une étoile, les toutes petites choses.

Il n'a jamais cessé de chercher un chemin pour le ramener à la vie.

Pour le trouver, il a tenté de se perdre dans la nature, sur les pas des romantiques allemands du XIX^e^ siècle dont il partageait l'agitation douloureuse et la sensibilité exaltée. En retrouvant la splendeur de Rio en août 1941, il s'est persuadé que la beauté pouvait sauver le monde, sauver sa vie. À ce propos, Tobias Cepelowicz m'a expliqué une chose importante. “C'était assez fou d'avoir quitté les États-Unis et choisi le Brésil à ce moment-là. Et la décision de s'installer à Petrópolis a paru déraisonnable à beaucoup de gens. Mais il ne faut pas oublier que Rio de Janeiro était une ville merveilleuse à l'époque, la plus belle du monde en ce temps-là.”

"Nous allons beaucoup mieux moralement parce que le paysage est d'une beauté indicible", s'est réjoui l'écrivain trois semaines après son retour. À Petrópolis, le paysage enchanteur semble avoir refermé ses ailes protectrices sur lui. "La nature est extraordinairement belle et variée, la petite maisonnette avec sa terrasse merveilleusement bien placée et paisible, la moindre promenade permet de voir les choses les plus belles... Je suis ainsi replongé dans mon état naturel : lire, travailler, me promener..." Renouant avec sa condition de *Wanderer*, de promeneur errant, Stefan Zweig a cru pouvoir se délester des images de tristesse imprimée en lui, vagabondant en rêve dans un Brésil idéalisé, savourant le secret d'un ruisseau, la fraîcheur d'une nuit pleine de songes, les figures de la vie, dans les pas de Hölderlin et Nietzsche dont il avait détaillé le combat avec le démon. Songeant à son maître Goethe, il s'est enfoncé dans le paysage doux et saturé de vert des collines de la serra dos Órgãos comme s'il commençait à rassembler les matériaux d'une nouvelle *Théorie des couleurs*. "C'est une très belle solitude que la nôtre", jurait-il à ses correspondants. À cet instant, il s'est souvenu de sa lecture du *Gai Savoir* et de l'interprétation qu'il en avait donnée. Il a cru pouvoir mettre en pratique l'*amor fati* de Nietzsche pour demeurer, en toutes circonstances, un homme qui dit "oui". Il a cependant fini par se persuader que personne ne comprendrait plus ni son dépaysement, ni sa nostalgie, ni sa douleur. "Ne me plaignez pas", suppliait-il. Son renoncement final et son écrasement n'en sont que plus déchirants.

Il m'a fallu découvrir la photographie d'une réunion nazie avenida Quinze de Novembro, l'actuelle rue de l'Empereur, pour comprendre l'origine du sentiment d'isolement que l'écrivain confie aux destinataires de ses dernières lettres – même si, à aucun moment, fidèle à une *discretio* qui le caractérise, il n'évoque l'ambiance antisémite au Brésil, ni la présence de bandes *nazifascistes* dans sa ville. Cela faisait pourtant longtemps que l'ambassadeur Sérgio Corrêa da Costa m'avait appris que c'est au Brésil qu'avait été créé, en 1928, le premier parti nazi hors d'Allemagne. Mais j'ai mis du temps à accepter que l'influence de son idéologie de mort s'était étendue bien au-delà des trois États agricoles du Sud du pays, le Santa Catarina, le Paraná et le Rio Grande do Sul et qu'une importante colonie allemande et italienne comme Petrópolis était forcément contaminée par le racisme hitlérien, même après l'interdiction des associations et des partis étrangers par l'*Estado Novo*.

Il y avait dans la ville des espions allemands et des agents recruteurs chargés de persuader les descendants de colons qu'ils étaient des *Volksdeutsche*, des Allemands vivant en dehors des frontières d'un pays germanique, comme leurs cousins alsaciens, baltes, belges, polonais, yougoslaves, roumains et hongrois.

Enfin j'ai compris à quel point l'oppression ressentie par Stefan Zweig était autant physique que psychique. Dans les semaines qui ont suivi sa mort, il a reçu des lettres anonymes le menaçant. Arrière-petite-fille et petite-fille de rabbins, née à Katowice, une ville prussienne de Haute-Silésie devenue polonaise en 1918, chassée de l'université de Francfort par la politique d'aryanisation, Lotte Altmann était elle aussi tourmentée par une domination nazie qui s'étendait à tous les continents après l'occupation japonaise de Singapour, le 15 février 1942. Un événement dont ses amis ont assuré qu'il avait eu un rôle décisif dans l'abandon final de l'écrivain.

Quand Stefan Zweig a rendu visite à Georges Bernanos, ce dernier lui a proposé de rédiger à quatre mains un manifeste à destination de la presse dénonçant les crimes perpétrés contre les Juifs par les nazis. L'écrivain français tenait une chronique hebdomadaire dans *O Jornal* à Rio, il se serait chargé de la faire paraître. La proposition de son hôte n'a pas été acceptée par Stefan Zweig, déjà brisé, prêt à sombrer avec son monde aux idéaux humanistes et pacifistes. Après sa mort, fouillant sa corbeille à papier à la recherche du poison qui l'avait tué, un reporter brésilien a cependant retrouvé un document dans lequel le défunt évoque la vie misérable des Juifs en Allemagne, esclavagisés, torturés, assassinés. Pris de remords, a-t-il songé au manifeste antinazi dont lui avait parlé Bernanos ? Dans ce même brouillon, Stefan Zweig écrit qu'il se savait tenu, à Berchtesgaden, la résidence particulière de Hitler, pour le plus dangereux ennemi intellectuel du nazisme.

Quatre décennies plus tard, Albert Speer, architecte du III^e Reich et cerveau de l'économie de guerre allemande, a confié à Alberto Dines que l'annonce de la mort de Stefan Zweig avait été fêtée avec une grande joie, parmi les nazis berlinois.

Dans le cercle des intimes du Führer, son suicide a été regardé comme l'aveu désespéré qu'aucun salut n'était possible pour le peuple d'Israël. Barbares et fiers d'être des barbares, immoralistes farouches et cruels, indifférents au respect des vaincus, les nazis auraient jugé que l'écrivain juif avait montré à ses coreligionnaires le seul geste qu'il leur restait à faire pour accomplir leur destin.

“Je me divertis en jouant les grandes parties que propose mon livre d’échecs”, écrivait Stefan Zweig à Hannah et Manfred Altmann au début du mois de novembre 1941. Sur la terrasse couverte qui servait de bureau à l’écrivain, un échiquier m’a permis de reconstituer l’affrontement de 1922 entre le fantasque Xavier Tartakover et le minutieux Geza Maróczy, l’une des parties les plus célèbres du jeu. Avec les noirs et des coups très offensifs, Tartakover a sans cesse trouvé des solutions dans des positions apparemment défavorables, forçant son adversaire à l’abandon.

Deux jours avant sa mort, le samedi 21 février 1942, Stefan Zweig a porté au bureau de poste de Petrópolis trois copies impeccablement dactylographiées par Lotte de sa nouvelle *Le Joueur d’échecs*, destinées à trois de ses éditeurs : Alfredo Cahn à Buenos Aires, Ben Huebsch et Gottfried Bermann Fischer à New York. Il a laissé une autre copie pour Abrahão Koogan avec ses papiers testamentaires. L’original n’a pas été retrouvé. En France, le texte n’a été connu que trois décennies plus tard.

Dans la petite chambre aux murs blancs où se sont tués Lotte et Stefan Zweig, je me suis assis sur le banc qui meuble seul cette pièce sobre, vouée à l’histoire, à la mémoire. Et peut-être à la prière. Comme l’autre jour, et un peu plus tard, au bord de la tombe de Lotte et Stefan Zweig, me sont revenus les psaumes des degrés, ces cantiques que reprenait le peuple en montant vers le Temple de Jérusalem.

Le 18 février, cinq jours avant la fin, dans une lettre écrite à Abrahão Koogan pour le remercier de son amitié fidèle et lui demander pardon des peines et des ennuis que va lui causer sa mort, Stefan Zweig évoque “le livre des Israélites” de son épouse, en précisant qu’il devait être conservé. C'est un souhait très mystérieux. L'arrière-petite-fille du rabbin Samson Raphaël Hirsch ouvrait-elle ce livre de prières juives, ce *sidour* qu'elle gardait près d'elle ? Lui arrivait-il de lire les bénédictions, le *Shema Israël* – "Écoute Israël, l'Éternel est notre Dieu, l'Éternel est un" –, les supplications et les psaumes ? Personne ne sait ce qu'est devenu ce volume qui ne devait pas être détruit avec le reste. Lotte a peut-être été enterrée avec lui.

À l'occasion d'une longue après-midi silencieuse dans la petite maison blanche de la rua Gonçalves Dias à Petrópolis, on pense beaucoup à Lotte, dont le visage énigmatique apparaît sur plusieurs photographies de la pièce principale. Un peu plus loin, un mur porte le nom des plus célèbres réfugiés du nazifascisme au Brésil, écrivains, artistes, intellectuels et scientifiques chassés d'Europe par la puissance des ténèbres. Sur ce mémorial des exilés, le nom de Georges Bernanos est imprimé entre celui de la libraire Susanne Eisenberg-Bach et celui de la pianiste polonaise Felicja Blumental. Que de chemin parcouru sur les routes d'un nouvel exode biblique par cet écrivain devenu un paria avant de rompre avec l'antisémitisme.

Mais j'en reviens à Lotte, à sa souffrance, à son insondable fidélité dans la mort. "Elle a attendu deux heures avant de se suicider", m'a confié Tobias Cepelowicz. Quand les premiers témoins sont entrés dans la chambre, le corps de Stefan était froid et le sien encore tiède. Une grande confusion régnait dans la maison envahie par les photographes et déjà quelques indiscrets. Rapidement prévenue du drame, la poétesse Gabriela Mistral est arrivée dans la soirée, au moment où les agents municipaux mettaient les corps en bière.

À elle aussi, il a semblé que Stefan était mort avant Lotte. Elle a observé une chose épouvantable : "Il fallut forcer ce petit corps pour le placer dans le cercueil. Le visage de la femme était déformé."

La physionomie sereine de Stefan Zweig, impeccablement vêtu, avec un pantalon beige, une chemise marron clair à manches courtes, une cravate noire au nœud serré, contrastait avec celle de Lotte, bouleversée. Les journalistes qui ont assisté aux investigations et se sont même permis de fouiller la maison sans soins particuliers, ont rapporté que les habits de Lotte étaient restés en désordre dans la salle de bains, qu'elle était vêtue d'une simple chemise de nuit enfilée à la hâte.

La *rigor mortis* était plus accentuée chez la jeune femme alors qu'elle a avalé le poison après son époux. Les substances absorbées n'étaient donc pas de même nature. Le flacon de barbituriques que gardait Stefan depuis mai 1940 ne contenait pas une dose suffisante pour deux personnes. Dans les placards et les tiroirs, les enquêteurs n'ont rien retrouvé, sinon un tube d'Adelina, un somnifère souvent prescrit à l'époque, insuffisant pour tuer un adulte, encore moins deux. Quand Lotte a décidé d'en finir à son tour, elle a vidé le flacon de morphine avec lequel elle apaisait son asthme et peut-être avalé du fourmicide rangé dans le placard de la cuisine pour être certaine que la dose de poison serait suffisante. Quel malheur.

Le plus douloureux secret de ce livre, c'est le temps qui a séparé la mort de Stefan de celle de Lotte, douloureuse, précipitée. Le visage apaisé de l'écrivain sur son lit de mort suggère un acte de résistance plutôt qu'un moment d'abandon. Reproduit dans les journaux dès le lendemain, il a fait entendre au monde stupéfait une protestation contre les injustices et les horreurs commises par les nazis.

La mort de Lotte était-elle nécessaire à cette protestation ? "Elle n'aurait pas voulu vivre sans lui", ont assuré de nombreux témoins. Si j'étais Hermann Broch, si je possédais la puissance narrative qui permet de donner *La Mort de Virgile*, j'écrirais un roman-monde, très long, très lent, très retenu, très immobile, au terme sans cesse retardé, dans lequel on apprendrait, à travers un long monologue intérieur de Lotte, les pensées qui l'ont traversée tandis qu'elle attendait d'être certaine que Stefan soit bien parti avant de se tuer à son tour. Était-elle aussi lasse que Stefan des nuits sans sommeil de l'exil – *der schlaflosen Nacht des Exiles* ? Pourquoi n'a-t-elle pas voulu paraître aussi belle dans la mort que son époux ? Pour auréoler leur suicide de beauté poétique, ils auraient pu paraître beaux comme des gisants.

Elle a donc surgi de la salle de bains en abandonnant ses sous-vêtements sur le sol. A-t-elle crié en voyant que Stefan était mort ? Pour la première fois de sa vie, elle a peut-être hurlé sa colère et son désespoir. Ou bien elle a murmuré une prière.

La lettre d'adieu de son époux était posée bien en évidence sur le bureau. Elle a pu la relire. Elle savait qu'il n'y était fait aucune allusion à son destin, qu'elle était jusqu'au bout condamnée à jouer le rôle de la femme silencieuse, de la femme inconnue, dans cette histoire sans paroles pour elle. Lotte a peut-être songé que Stefan écrivait souvent à Friderike. Jusqu'au dernier instant, la pensée de sa première épouse ne l'avait jamais quitté. Seule l'imagination, ou l'intuition, permet de prêter au visage de Charlotte Elisabeth Altmann une grimace de panique ou bien au contraire un regard froid, décidé – et même apaisé – avant qu'elle ne rejoigne

Stefan Zweig dans la chambre, qu'elle se couche sur son lit à son tour, que le poison violent ne la précipite dans la mort et ne déforme ses traits encore jeunes.

C'est l'homme parti le premier qui jugeait noble et touchant, pour deux être unis par l'amour, de tout mettre en commun, même la mort. Le portrait du poète prussien Kleist qu'il a joint à ceux de Hölderlin et Nietzsche dans *Le Combat avec le démon* le révèle hanté par le fantasme du double suicide des amants – comme si la plus belle façon de faire l'amour était de se tuer ensemble dans des lits profonds comme des tombeaux. Le 21 novembre 1811, le dramaturge dont la pièce *Le Prince de Hombourg* continue d'être jouée dans le monde entier s'est suicidé au bord du lac de Wannsee, au sud-ouest de Berlin, en entraînant dans la mort Henriette Vogel, qu'il a froidement abattue d'un coup de carabine avant de retourner l'arme contre lui. Avant d'en finir, le poète et sa maîtresse atteinte d'un cancer ont laissé dans leurs dernières lettres l'image d'un couple joyeux, riant, apaisé. Stefan Zweig semble en avoir rêvé. "Celle qui dans la vie eût été trop petite, trop douce, trop faible pour lui, devient une compagne idéale dans la mort parce qu'elle est la seule qui crée autour de son trépas une atmosphère trompeuse d'amour et de communion", écrivait-il en 1925, dix longues années avant de rencontrer à Londres celle qu'il épouserait. À cette époque, il lui semblait qu'une belle mort pouvait être la plus belle des vies – c'est son sentiment sur la reine Marie-Antoinette, héroïne de sa meilleure biographie.

Elisabeth Charlotte Altmann allait avoir trente-quatre ans, le 5 mai 1942. L'âge d'Heinrich von Kleist au moment de sa mort, celui de la philosophe Simone Weil, quand elle est tombée d'épuisement, le 24 août 1943, dans un sanatorium anglais. Cette jeune juive supérieurement qualifiée pour parler des mystères n'était alors connue que de quelques-uns. Georges Bernanos conservait précieusement dans son portefeuille la lettre qu'elle lui avait écrite en 1938, bouleversée par la lecture des *Grands Cimetières sous la lune* – le premier contact du romancier avec l'existence et le prophétisme juifs, quelques mois avant son départ pour le Brésil.

Du malheur et de l'exil, Simone Weil voulait faire bon usage, fidèle à la lumière des sept bougies du chandelier doré. Quand Lotte taillait les hortensias, quand Lotte préparait les pâtisseries de son enfance, quand Lotte accompagnait son mari dans ses travaux littéraires, quand Lotte chantait des comptines allemandes, elle était près d'atteindre ce point où le contraire de l'exil n'est pas le retour, mais l'être.

*Le Monde d'hier*, *Le Joueur d'échecs* sont d'autant plus géniaux qu'ils portent sa marque. Sa dactylographie du Balzac témoigne d'un vrai travail d'édition. En s'accrochant à son mari, en se battant pour lui comme personne ne l'avait jamais fait auparavant, Lotte a tenté de prendre son destin en main pour la première fois de sa vie. À ses côtés, avec attention, elle a veillé à ce qu'il trouve la paix pour achever la rédaction de ses derniers livres, soignant sa mélancolie avec tendresse. Mais Stefan ne faisait que parler de l'Europe et de l'Allemagne, surtout de l'Allemagne. Soir et matin, cette pensée a fini par le dévorer. À sa femme, il répétait que les nazis ne les prendraient pas vivants. Elle l'a entendu. Cette femme fière était de la lignée des guerrières juives Judith et Esther. De celles qui ne se laissent pas égorger.

Quand j'ai quitté la maison de Petrópolis et ses environs pittoresques, les oiseaux s'étaient tus et la nuit était tombée sur la ville. En un instant, un orage avait éclaté dans le ciel. Partout autour de moi, j'ai vu des trombes d'eau changer l'argile rouge des collines en boue qui dévalait vers l'asphalte. Je suis monté dans un taxi et j'ai demandé au *motorista* de me conduire au cimetière municipal. Il m'a laissé en haut de la rua Fabrício de Matos, devant une porte que je connaissais bien. J'ai retrouvé la tombe de Lotte et Stefan Zweig, habituée au déferlement des tempêtes.

J'avais, dans la poche, trois cailloux de granit que j'ai posés sur le marbre noir. Ils venaient de Bretagne, une région dont Stefan Zweig a découvert les pierres, les ciels et les horizons en 1903, à l'âge de vingt-deux ans, lors d'un séjour sur l'île de Bréhat. Dans mon sac, j'avais le *sidour* qu'un ami m'a rapporté de Jérusalem. À ce qu'il m'a dit, il l'a acheté dans une librairie à proximité du Mur occidental, dernier vestige du Second Temple. Ce livre contient les prières en hébreu, avec leur transcription phonétique et le français mot à mot… La pluie tombait à l'horizontale sur le cimetière municipal de Petrópolis, j'allais mouiller mon *sidour*… Tant pis… Je l'ai sorti en songeant au prophète Isaïe, à la pluie qui féconde et fait germer, qui donne du pain à celui qui doit manger… Et à Fernando Pessoa… *Um dia de chuva é tão belo como um dia de sol, ambos existem, cada um como é*, écrit-il, idyllique… "Un jour de pluie est aussi beau qu'un jour de soleil, tous deux existent, chacun comme il est…" Au bord de la tombe de Lotte et Stefan Zweig, j'ai repensé aux chants des degrés, au pèlerinage des époux suicidés vers la Jérusalem céleste.

Dans mon *sidour*, j'ai lu le psaume 121, j'ai vu en rêve les collines de Juda, j'ai frémi en me souvenant des portes de Sion. La traduction interlinéaire du texte hébreu m'a permis de donner ma version de ce psaume de voyage, ce chant de marche destiné à ceux qui se mettent en route au milieu des ouragans de la vie, priant le Seigneur de retenir la foudre et de faire taire le tonnerre… Je l'ai récité à voix mentale, dans la solitude et le silence, les yeux fixés sur les crêtes déboisées d'où l'eau du ciel coulait à grands flots… *Essa enai el heharim, meayin yavo ezri*… Je lève les yeux vers les montagnes et j'appelle en renfort… *Ezri meim Adonaï, osse shamayim vaarets*… Mon renfort est dans le Seigneur qui a fait l'azur et la terre… *Al yiten lamot raglèkha, al yanoum shomerèkha*… Il ne veut pas que ton pied trébuche ni que ton gardien se couche… *Hine lo yanoum velo yishan, shomer Yisrael*… Voilà donc que le gardien d'Israël ne dormira pas et ne sommeillera pas… *Adonaï shomerèkha, Adonaï tsilekha al yad yeminekha*… Le Seigneur te gardera, comme une ombre sur ta main droite le Seigneur… *yomam hashémesh Lo yakekha, veyarèakh balaila*… Le soleil ne t'atteindra pas le jour ni la lune la nuit… *Adonaï yishmorkha mikol ra, yishmor et nafshèkha*… Que le Seigneur te garde de tout mal, qu'il garde ton âme… *Adonaï yishmor tsetekha ouvoèkha, meata vead olam*… Il gardera ton départ et ton retour, aujourd'hui et pour toujours…

Les gouttes d'eau tombées du ciel traversaient mon murmure, je ne voyais plus le paysage autour de moi, j'avais le sentiment de flotter sur des eaux immenses… En rangeant mon *sidour* dont les pages gondolées témoignent de cette fin de journée sous les eaux du déluge, j'ai songé au livre de prières juives de Lotte.

Se pouvait-il vraiment qu'il ait été enseveli avec elle, dans son cercueil, sous terre en attendant la fin des temps, comme le chandelier de la nouvelle de Stefan Zweig ? Je n'en ai pas douté. J'ai su que les mots imprimés sur ses pages gardaient la poussière de Lotte. Que le jour au jour redisait la sanctification du Nom. Que ce signe d'une fidélité renouvelée malgré la morsure de l'inquiétude et de l'impatience juives, avait été soustrait au regard des hommes, gardant la Parole, mais sans perdre sa valeur d'usage, telle une pièce devenue profane dans la vitrine d'un musée – la version contemporaine de l'idolâtrie.

Dans l'oreille, j'avais à nouveau le chœur final de la *Passion selon saint Matthieu*... *"Euer Grab und Leichenstein soll dem ängstlichen Gewißen ein bequemes Ruhekißen und der Seelen Ruhstatt sein...*" "Que votre tombe et votre pierre tombale soient, pour la conscience angoissée, comme un doux oreiller et le lieu de repos des âmes..." La conscience angoissée... J'ai laissé les larmes du ciel laver mon cœur, cessé de chercher les mots. Ils m'étaient venus dans un murmure.

*Le plus grand, le plus profond, le plus douloureux désir de mon cœur – en ce qui me regarde – c'est de vous revoir tous, de revoir votre pays, de reposer dans cette terre où j'ai tant souffert et tant espéré pour la France, d'y attendre la résurrection comme j'ai attendu la victoire.*

Georges Bernanos,
lettre à Hilda de Boa Vista,
9 février 1946.

## En lisant, en écrivant


Stefan Zweig

*Brasilien. Ein Land der Zukunft*, Suhrkampf / Insel, Berlin 2013.

*Journaux 1912-1940*, traduit de l'allemand par Jacques Legrand, Belfond, Paris, 1986.

*Lettres d'Amérique. New York, Argentine, Brésil, 1940-1942*, avec Lotte Zweig, traduit de l'allemand par Adrienne Boutang et Baptiste Touverey, Grasset, Paris, 2012.

*Pays, villes, paysages. Écrits de voyage*, traduit de l'allemand par Hélène Denis-Jeanroy, Belfond, Paris, 1996.

*Dans la neige* suivi de *Le Chandelier enterré*, traduit de l'allemand par Rose Labourie et Olivier Mannoni, Petite bibliothèque Payot, Paris, 2018.

Georges Bernanos

*Les Grands Cimetières sous la lune*, Plon, Paris, 1938.

*Scandale de la vérité*, Gallimard, Paris, 1939.

*Nous autres Français*, Gallimard, Paris, 1939.

*Lettre aux Anglais*, Atlantica Editora, Rio de Janeiro, 1942 ; Éditions Charlot, Alger, 1944 ; Cahiers du Témoignage chrétien, Lyon, 1944 ; Gallimard, Paris, 1946.

*Le Chemin de la Croix-des-Âmes*, Atlantica Editora, Rio de Janeiro, quatre volumes, 1943-1945 ; Gallimard, Paris, 1948.

*Monsieur Ouine*, Atlantica Editora, Rio de Janeiro, 1943 ; Plon, Paris, 1946.
*La France contre les robots*, Éditions France Libre, Rio de Janeiro, 1946 ; Robert Laffont, Paris, 1947.
*Combat pour la liberté, correspondance inédite*, tome II, *1934-1948*, Plon, Paris, 1971.

Blaise Cendrars, "Feuilles de route" in *Au cœur du monde. Poésies complètes 1924-1929*, Poésie / Gallimard, Paris, 1968.

Claude Lévi-Strauss, *Saudades do Brasil*, Plon, Paris, 1994.

Les citations de *A alma do tempo* de Afonso Arinos de Melo Franco (Editora José Olympio, 1961) sont traduites du portugais par l'auteur, comme le poème de João Cabral de Melo Neto (p. 42).

La version d'"Aquarela do Brasil" [1939] qui a accompagné la rédaction de ce livre est celle de *Stone Flower*, le sixième album studio d'Antônio Carlos Jobim, enregistré en mars, avril et mai 1970 pour le label Polydor.

Table

## DU MÊME AUTEUR

*LES BARRICADES MYSTÉRIEUSES*, Actes Sud, 1998 ; Babel noir n° 59.
*GEORGES BERNANOS ENCORE UNE FOIS*, L'Âge d'Homme / Les provinciales, 1998 ; Babel n° 534.
*LES IDÉES HEUREUSES* (prix François Mauriac de l'Académie française), Actes Sud, 1999.
*TRIOMPHE DE DIONYSOS. ANTHOLOGIE DE L'IVRESSE*, avec Jérôme Leroy, Actes Sud, 1999 ; Babel n° 392.
*MYTHOLOGIE FRANÇAISE* (prix Goncourt de la nouvelle), Actes Sud, 2002.
*CHEZ MARCEL LAPIERRE*, Stock, 2004 ; La Table Ronde, coll. "La Petite Vermillon" n° 340.
*COURT VOYAGE ÉQUINOXIAL : CARNETS BRÉSILIENS*, Sabine Wespieser éditeur, 2005 ; La Table Ronde, coll. "La Petite Vermillon" n° 295.
*DES TRIPES ET DES LETTRES*, avec Yves Camdeborde, L'Épure, 2007 ; nouvelle édition, 2010.
*ROOM SERVICE*, avec Yves Camdeborde, Actes Sud, 2007.
*IL FAUT QU'IL PARTE*, Stock, 2008 ; Babel n° 1097.
*SERMON DE SAINT FRANÇOIS D'ASSISE AUX OISEAUX ET AUX FUSÉES*, Stock, 2008.
*LE PETIT LAPAQUE DES VINS DE COPAINS*, Actes Sud, 2006 ; nouvelle édition, 2009.
*LES IDENTITÉS REMARQUABLES*, Actes Sud, 2009 ; Babel n° 1723.
*AU HASARD ET SOUVENT*, Actes Sud, 2010.
*LA CONVERGENCE DES ALIZÉS*, Actes Sud, 2012 ; Babel n° 1195.
*AUTREMENT ET ENCORE. CONTRE-JOURNAL*, Actes Sud, 2013.
*THÉORIE DE LA CARTE POSTALE*, Actes Sud, 2014.
*THÉORIE DE RIO DE JANEIRO*, Actes Sud, 2014.
*THÉORIE D'ALGER*, Actes Sud, 2016 ; Barzakh, Alger, 2016.
*GEORGES BERNANOS ENCORE UNE FOIS* et autres textes précédés de *LA FRANCE CONTRE LES ROBOTS OU LE SERMON AUX IMBÉCILES*, Les provinciales, 2018.
*SERMON DE SAINT THOMAS D'AQUIN AUX ENFANTS ET AUX ROBOTS*, Stock, 2018.
*ESSE PARAÍSO DA TRISTEZA : STEFAN ZWEIG E GEORGES BERNANOS, BRASIL, 1942*, É Realizações Editora, São Paulo, 2018.
*THÉORIE DE LA BULLE CARRÉE*, Actes Sud, 2019.
*CE MONDE EST TELLEMENT BEAU* (prix Jean Freustié), Actes Sud, 2021.
*ON AURA TOUT BU*, Actes Sud, 2022 ; Babel n° 1858.
*VIVRE ET MOURIR AVEC GEORGES BERNANOS* (prix Émile Faguet de l'Académie française), L'Escargot, 2022.

Ouvrage réalisé par Nord Compo à Villeneuve-d'Ascq
Reproduit et achevé d'imprimer en juin 2024 par Normandie Roto Impression S.A.S. à Lonrai, pour le compte des éditions Actes Sud, Le Méjan, place Nina-Berberova, 13200 Arles.

Dépôt légal
1re édition : septembre 2024
N° impr. : 2402043
*(Imprimé en France)*